ZHONG GUO YUAN ZI CHENG JI SHI

中国原子城纪事

王菁珩 著

青海人民出版社
中国原子能出版社

图书在版编目（CIP）数据

中国原子城纪事 / 王菁珩著 . -- 西宁 : 青海人民
出版社 , 2024.1
ISBN 978-7-225-06630-1

Ⅰ . ①中… Ⅱ . ①王… Ⅲ . ①纪实文学－中国－当代
Ⅳ . ① I25

中国国家版本馆 CIP 数据核字（2023）第 205688 号

中国原子城纪事

王菁珩　著

出 版 人　樊原成

出版发行　青海人民出版社有限责任公司

　　　　　　西宁市五四西路 71 号　邮政编码：810023　电话：（0971）6143426（总编室）

发行热线　（0971）6143516 / 6137730

网　　址　http://www.qhrmcbs.com

印　　刷　西宁东宝印务有限责任公司

经　　销　新华书店

开　　本　720 mm × 1020 mm 1/16

印　　张　23

字　　数　230 千

版　　次　2024 年 1 月第 1 版　2024 年 1 月第 1 次印刷

书　　号　ISBN 978-7-225-06630-1

定　　价　78.00 元

谨以此书：

献给为我国原子弹、氢弹研制成功，默默奉献的 221 无名英雄们！

献给为我国第一个核武器研制基地完成历史使命，还金银滩草原一片蓝天

与净土的 221 人和核工业系统的同仁们！

献给在完成国家"864 工程"任务中，奉献、拼搏、成长的 221 核二代人！

序

1964 年 10 月 16 日，在中国西部上空，成功爆炸了我国第一颗原子弹，横空出世，震响寰宇。从此，中华民族挺直了腰杆。曾被称为"国营二二一厂"的神秘禁区，是我国第一个核武器研制基地（是院、厂、社会合一，一套机构三块牌子的事业单位）。为了爆炸我国的"争气弹"，成千上万的科学家、科研工作者、工人、干部，从大江南北汇聚到高寒缺氧的金银滩草原，战胜了苏联撤走专家与三年困难时期双重困难，发扬中华民族五千年来形成的坚定的民族自信、自强不息的优良传统，头顶青天，脚踏草原，自力更生、艰苦奋斗、自主创新，战胜了一道道艰难险阻，研制、总装、出厂试验，成功爆炸了我国的原子弹，书写出我国核武器发展史上浓彩重笔的巨幅画卷。

1960 年，作者从北京航空学院毕业（现北京航空航天大学），分配到北京第九研究所（中国工程物理研究院的前身）。1961 年 1 月，到"前方"——青海省第五建筑工程公司劳动锻炼，参加"221

工程"的筹建。先后工作于临时改建的精密加工 512 车间，裂变材料铀-238 精加工和热核材料(氘化锂-氢化锂等)压制成型、烧结、机械加工、涂层、中子源生产、内球组合件、氢弹被扳机装配的 102 车间。从事"内爆型"原子弹关键部件——聚焦元件的研制，铀-238、4 号、049、热核材料的精加工和产品的装配，在 102 车间工作了 16 年。一共在金银滩工作了 33 年，由于作者在核材料工程中的贡献，被评为核工业部有突出贡献的中青年专家，享受国务院特殊津贴。

在 221 基地的九院、二二一厂，从将军到士兵、从科学家到科技人员、从干部到工人，从主生产部门到辅助生产服务部门，在中央专委运筹帷幄和核工业部领导下，大力协同，研制原子弹、核航弹、氢弹，进行"两弹结合"试验、第一次地下核试验等国家 16 次核试验，并开始小型化试验及武器化、多型号的批量生产，并装备部队。

1967 年 6 月 17 日，我国第一颗氢弹爆炸成功。从原子弹到氢弹，美国用了 7 年零 3 个月，苏联用了 6 年零 3 个月，英国用了 5 年零 6 个月，法国用了 8 年零 6 个月，而我国只用了 2 年零 8 个月！成为第 4 个掌握氢弹的国家（在法国之前）。我国 16 次国家核试验的核产品都是在九院、二二一厂研制、装配出厂的。院、厂研制生产的东风-3 号、东风-4 号、东风-5 号核弹头，在国庆四十周年庆典上，通过天安门检阅，震惊世界。

喜读王菁珩创作的报告文学《中国原子城纪事》、纪实性文学作品《使命至上》，让人不禁回顾核工业221人所作出的历史功勋。

《中国原子城纪事》回顾了221基地36年波澜壮阔的历史。三年困难时期，加上苏联撤走专家，展现了依靠中华民族的倔强性格，全国人民大力协同，独立自主、自力更生，突破了原子弹、氢弹工程的科学技术障碍，实现了武器化、批量生产，装备部队的历程。在叙事中，将二二一厂的发展，融合到中国核工业发展的大背景中去写；在写人时，全景式展现221人，以核铸国防基石，扬我国威，激发出的那种爱国奉献、自力更生、艰苦奋斗、勇于创新、永攀高峰的大无畏精神。《使命至上》采用虚实结合的手法，以重大历史事件为骨架，以真实人物事迹为血肉，展现221的核一代人和核二代人在完成国家"864工程"任务和厂的撤销双重压力下，忍着内心的阵痛，站在国家战略调整高度，梳理好情绪，以高度的使命感，在特殊困难的环境中再次凝聚力量。讴歌了221人不畏艰险、勇担使命、无私奉献，担当、拼搏、创新的品格。

如今，核武器研制的烟云早已散去，金银滩草原成为世界上第一个化剑为犁的核武器研制基地。铸剑已成为过去的故事，但国之重器铸造者的丰功伟绩将永世长存，221精神将永放光芒。

我曾在酒泉原子能联合企业工作，经历了第一颗原子弹铀-235部件的研制、氢弹中380材料部件的生产过程。后来，受部党组委托主管二二一厂的撤销工作，见证了作者在两本书中求真求实、亲力亲为、生动感人、催人奋进的故事。它们的修订出版，丰富了我国核武器发展历程的珍贵资料；诠释了"两弹一星"精神和"四个一切"的核工业精神；有利于我国核工业优秀文化的传承。当代中国核工业人在面临新的挑战时，可以从两书中找经验、寻求精神的补养。它们是弘扬社会主义核心价值观，进行社会主义教育的生动教材。

2019 年 5 月

目　录

历史功勋

艰苦创业

氢弹计划

初始武器化

腥风血雨

拨乱反正

二次创业

战略调整

全面退役

历史功勋

银滩凤凰

巍峨的祁连山。

冰雪融化成涓涓细流，在金银滩草原蜿蜒流淌，滋润着海拔 3200 米的金银滩草原。盛夏时节，草原绿波万顷，黄色金露梅、白色银露梅，争相开放，故名"金银滩"。

1939 年 7 月，导演郑君里到青海金银滩草原拍摄纪录片《民族万岁》，邀请了在青海当音乐老师的王洛宾，剧组住在金银滩千户长家。千户长的漂亮小女儿萨耶卓玛出演牧羊姑娘，王洛宾穿上藏服助演，他不经意间用鞭子打到了萨耶卓玛骑着的马，引起萨耶卓玛的不满，她顺手用马鞭，抽打在王洛宾背上。三天后王洛宾骑着骆驼离开时，萨耶卓玛一家来送行，给他以创作的灵感。此后，一曲《在那遥远的地方》从青海湖传遍中国，风靡世界。

1953 年导演凌子风执导的农奴翻身得解放的电影《金银滩》

插曲中唱道："高山跑马啊云里穿，要找凤凰到银滩。"故事发生在青海湖畔的金银滩上，影片的外景也是在金银滩摄制的。

1958 年 7 月中旬，诞生在青海金银滩的 221 核武器研制基地，即后来的二二一厂，就是五彩斑斓凤凰冠上的一颗明珠。一首民歌、一部电影、一个核基地，让金银滩闻名于世界。

就在电影《金银滩》公开放映半年后，因故事发生地与神秘的核基地选址有关，电影被突然停播了。

建设中的二二一厂

从青海省会西宁市往北 102 千米，便是海北藏族自治州海晏县的金银滩草原。进入高原，那从未见过的景色便会映入你的眼帘。草的芬芳，风的清爽，山的奇崛，水的潺潺，湛蓝的天空，飘浮着朵朵白云，到处充满生机与活力。错落起伏的山包，是爆轰试验的好场所。厂区横跨三个河谷盆地，湟水源头的麻匹寺河和哈勒景河发源于这里。涓涓细流，丰盈了湟水，滋润着肥美的草原。境内最高峰同宝山海拔 4025 米，厂区海拔 3050 米至 3690 米（六厂区 610 爆轰试验场），总厂办公区海拔 3200 米。这里自然条件恶劣，紫外线强，高寒缺氧，氧气含量比平原少了近 1/3。年平均气温零下 0.4 摄氏度，空气干燥，气压低，水烧到 80 摄氏度就沸腾，米饭、馒头蒸不熟。一年有八九个月穿棉衣，无霜期短，春秋两季时有大风沙和沙尘暴。夏天这里气候清爽宜人，群山环抱，到处都是碧绿的草原和一片片绿油油的灌木丛……这里地处战略后方，水电交通方便，四面环山，地域辽阔，居民少，适合高能炸药、爆轰试验、核材料加工、核产品总装，是核武器研制基地好的选址。

我在 221 工作了 33 年，刻骨铭心。每次回忆起那难忘的年代，无不使我的心灵受到强烈的震撼，心情久久不能平静。一代人有一代人的使命。一个人的命运，往往离不开时代的选择。

使命和责任把我们这些来自五湖四海的人群，组成了一支敢于担当、自主创新、勇于攀登、善打硬仗的团队——不怨、不悔、不变对党的事业忠诚；不停、不息、不倦履行自己的责任。把核事业作为自己一生的神圣使命，希望早日造出"争气弹"圆中国人的梦想。

221 人可以骄傲地说：人生无悔——怨也无悔、苦也无悔、累也无悔。人的一生就是在无悔中，为事业拼搏而前进的。

许多离退休同志从内地再次去到 221，都由衷地感慨地说：这里真是一片社会主义的净土、精神高地！ 221 这块神奇而丰腴的土地，不管她有过怎样的磨难，都不能动摇她根植很深的独特精神；凡在这里工作、生活、学习过的人们，受过她的熏陶、滋润和哺育，都不会忘记她那潜移默化的特有魅力；只要一提起我国核事业发展的闪光点——第一颗原子弹、氢弹的成功爆炸，我们就会想起那难忘的金银滩岁月，心中油然升起对老一辈革命家、科学家的敬仰，涌动着对核事业的无比热爱和自豪。

在青藏高原金银滩的艰苦环境里，广大 221 职工秉承"爱国奉献、艰苦奋斗、团结拼搏、求实创新、永攀高峰"的精神，面对西方三次核威胁的险峻国际形势，在高寒缺氧的高原，完成了卓绝奋进、砥砺前行的英雄壮举。

在这个伟大的 36 年历史进程中，二二一厂历经了：

战胜自然灾害，头顶蓝天、脚踏草原、艰苦奋斗，度过基本建设的最艰难时期；

顶住苏联毁约，独立自主、自力更生、大力协同，过技术关，突破原子弹、氢弹的草原会战；

医治"文革""二赵"① 创伤，恢复科研生产，实现武器化、小批量生产、装备部队和保军转民的第二次创业；

服从国家战略调整，撤销厂，向常规武器转移，投身社会主义建设的过程。

历经沧桑的岁月，二二一厂这支队伍没有低头，没有气馁，挺起了民族的脊梁，披荆斩棘，排除多舛，一步步走向成功，干部职工队伍的精神也得到升华。

俗话说，一方水土养一方人。伟大的事业，产生伟大的精神。221 这个大熔炉，练就价值连城的"两弹一星"精神——"热爱祖国、无私奉献、自力更生、艰苦奋斗、大力协同、勇于登攀"。正

---

① "二赵"指：赵启民，海军原副司令员，国防科委副主任；赵登程，空军原八军副军长，公安部核心领导小组副组长，中央三办主任。

如朱光亚同志指出的：“两弹一星”精神是几十年科研试验工作的结晶，有着丰富的内涵：热爱祖国、无私奉献，是我们力量的源泉，是一种高尚的情操和品德；自力更生、艰苦奋斗，是我们事业的根本基点，是一种自强不息的精神和意志；大力协同、勇于登攀，是我们事业的特征，是一种优良的作风和传统。二二一厂在建厂的 36 年里，在党中央的关怀、中央专委的指挥下，国防科委、核工业部具体组织实施下，全国人民支援下，大力协同攻关，核工业人以惊人的毅力、非凡的勇气、锲而不舍的精神，攻克了铀矿勘探、开采、冶金、浓缩、加工等科学和技术难关，跨越一座座高峰，为中华民族的振兴和腾飞，谱写了一曲壮丽的英雄诗篇。

在 221 基地，中国工程物理研究院和二二一厂，从将军到士兵、科学家到技术员、劳模工匠到工人师傅、各级干部到支边青年，先后四万多名员工和驻厂解放军、武警部队指战员，头顶青天，脚踏草原，艰苦奋斗，突破了核子理论、爆轰物理、炸药装药、总体结构和引爆控制系统设计、核材料产品工艺和精密机械加工等技术，完成了我国第一颗原子弹、核航弹、“导弹与原子弹”两弹结合、第一颗氢弹、第一次地下核试验等 16 次国家核试验；实现了武器化，多批次、多型号批量生产，装备部队；开始了核武器的小型化研究；中程地对地弹道导弹常规弹头研制、试验、生产、出口。创造了世界震惊的科技奇迹，打造出中国的核盾牌，建立了历史功勋，走出一条有中国特色的核科技发展道路。

正如 1988 年邓小平同志指出的：“如果 60 年代以来，中国没有原子弹、氢弹，没有发射卫星，中国就不能叫有重要影响的大国，就没有现在这样的国际地位。这些东西反映一个民族的能力，也是一个民族、一个国家兴旺发达的标志。"

干惊天动地事，做隐姓埋名人。1999年中央表彰的"两弹一星功勋奖章"23人获得者，在原子弹、氢弹突破中有突出贡献的12人中，有8位在221工作、生活过。他们是中国知识分子自主创新的楷模——王淦昌、彭桓武、郭永怀、邓稼先、于敏、朱光亚、周光召、陈能宽（12人中还有钱三强、程开甲、王大珩、吴自良）。他们真正让中华民族挺起了脊梁，自立于世界民族之林，他们的功绩将永远镌刻在中华民族的历史丰碑上！

王淦昌　　　　彭桓武　　　　郭永怀　　　　邓稼先

于　敏　　　　朱光亚　　　　周光召　　　　陈能宽

钱三强　　　　　　程开甲　　　　　　王大珩　　　　　　吴自良

在突破原子弹、氢弹工程科学、技术中形成的"两弹"精神，是221人的灵魂；是221人的基本行为准则；是"热爱祖国、无私奉献、自力更生、艰苦奋斗、大力协同、勇于登攀"的"两弹一星"精神和"强核报国、创新奉献"的新时代核工业精神的重要组成部分和发源地之一。它是爱国主义、集体主义和科学精神的生动展现，是一部鲜活的社会主义核心价值观的好教材；更是中国人民在20世纪为中华民族创造的宝贵精神财富；是所有参加这项工作的工人、科技工作者、解放军官兵，富有生命力的优秀思想、高洁品格和坚定志向的展现，是用革命热情和无私奉献行为所铸成的。

这里培养了大批科技人才、积累了丰富的科技管理经验，为我国核武器持续发展作出了不可磨灭的贡献。221是发展我国核武器首先立功的地方，"两弹"精神的摇篮。

1974年1月，中央决定221基地的院、厂分家，科研生产分开。九院搬迁到四川，二二一厂留基地，改为企业建制，二二一厂继续完成核武器多个型号和地面装备批量生产、核武器退役处理、贮存性能研究、工艺研究、年度复检，常规武器战斗部的研发、试验、定型、生产、出口……这是 221 人为保卫国家安全，维护世界和平，提高我国国际地位，奠定中国对世界有重要影响力的国际地位作出的历史性贡献。

俗话说：一方水土养一方人。伟大的事业产生伟大的精神。221 这个大熔炉，铸炼出"两弹一星"精神和"四个一切"核工业精神。

习近平总书记指出："'两弹一星'精神是宝贵的精神财富，一定要一代一代地传下去，使之转化为不可限量的物质创造力。"

2018 年 7 月 13 日，习近平总书记在中央财经委员会第二次会议上指出："发扬光大'两弹一星'精神，形成良好精神面貌。教育引导广大科技工作者强化责任意识，弘扬科学精神，坚定自信，潜心研究，努力做出更多更有价值的原创性成果。"

历史证明，毛主席在 1958 年关于"搞一点原子弹、氢弹，我看有十年工夫完全可能"的预言是完全正确的。我国从 1954 年发现第一块铀矿石标本，到 1964 年第一颗原子弹爆炸成功，恰恰用了 10 年工夫。从 1958 年毛主席预言到 1967 年空投氢弹试验成功，也只用了 9 年。

1964年10月16日我国第一颗原子弹爆炸成功

1967年6月17日我国第一颗氢弹爆炸成功

郭永怀（左一）、邓稼先（右二）在核试验场

从右往左依次为张蕴钰、张爱萍、朱光亚、刘西尧、李觉、吴际霖
在现场庆贺首次核试验成功

　　20世纪80年代中，在完成员工安置、核设施退役处理、基地向青海省海北藏族自治州移交后，二二一厂完成了她的历史使命，光荣退役。

　　1995年5月15日，新华社向世界宣布："我国第一个核武器研制基地已全面退役。这个基地位于青海省，曾为我国研制第一颗原子弹、氢弹作出历史贡献。这个基地环境的整治，符合国家有关环保法规的要求，并已通过国家验收。目前基地原址已移交地方政府安排利用。"

221基地的退役，为我国政府实现全面禁止和彻底销毁核武器这一崇高目标，作出了重要的历史贡献，成为世界上第一个化剑为犁的核武器研制基地，彰显了我国保卫世界和平的坚定不移的决心。

有位电视台记者，曾采访撤厂期间留守西宁的同志："你们从北京、上海来到这里，工作几十年，后悔不后悔？"这位同志自豪地说："没有什么后悔的，事业的成功，就是我们最大的欣慰。"221人可以骄傲地说：人生无悔——怨也无悔、苦也无悔、累也无悔。人的一生就是在无悔中，为事业拼搏而前进的。

这里有党和国家领导人留下的足迹；有革命家、科学家工作、生活的场所；有我国第一个核武器研制基地纪念碑和原子城纪念馆；有爆轰试验的656试验场；有核设施退役处理的"填埋坑"。这里的每一寸土地，都记载着不寻常的历史；每一座楼宇，都有说不完的故事。221基地现在是青海省海北藏族自治州海晏县西海镇。青海古称西海，西汉末年，汉王朝在海晏县三角城设置西海郡。经过两千年的沧桑变迁，古西海郡已成为历史遗迹，但"西海"犹在，故取名西海镇，如今在西海镇的221遗址已成为全国重点文物保护单位、国家爱国主义教育示范基地，列入中国工业保护遗产名录（第一批），还是中核集团、中国科协、共青团中央党性教育基地。

如今"蘑菇云"已经散去，金银滩草原揭开了神秘的面纱，敞开胸怀迎接八方的宾客。

事业创建

1944 年 6 月 12 日凌晨的英国伦敦，没有飞机的轰鸣，却突然遭到从 325 千米以外的德国发射的 V-2 导弹的袭击。

1945 年 8 月 6 日和 9 日，两颗由美国研制的原子弹分别投向日本的广岛、长崎，顷刻之间将两座城市夷为平地，造成 20 多万人伤亡。

第二次世界大战后，导弹、原子弹这两种武器成为西方大国发展战略的重点，成为国际政治、外交、军事斗争的工具以及决定战争与和平的重大因素。西方某个大国在朝鲜战争节节失利时，3 次叫嚣要对中国使用原子弹，核讹诈、核战争的阴云密布在新中国的上空。

铀是实现核裂变反应的主要元素，是制造核武器的核心材料。

1943 年 5 月，南延宗在中国广西梧州富钟县第一次发现含有放射性的矿物。1954 年秋天，地质部和苏联专家在这里采集到一块带着鲜艳黄色花纹的铀矿石，这块铀矿石成为中国核工业的"开业之石"。消息传到中南海，毛主席、周总理立即要听取汇报。地质部党组书记、常务副部长刘杰带着铀矿石和仪器来到毛主席会客的菊香书屋，汇报了发现铀矿石的经历。毛主席问："你怎么证明它是铀矿石？"刘杰拿着盖革计数器进行探测演示，当发出"嘎嘎"的响声时，在场的人都会心地笑了。汇报结束后，刘杰离开菊香书屋时，毛主席握着刘杰的手，笑着说："很有希望啊！刘杰，这是决定命运的，你要好好抓哟！"

1955年1月14日，周总理约见地质学家、地质部部长、中科院副院长李四光，核物理学家、中科院近代物理所所长钱三强，地质部党组书记、副部长刘杰，在座的还有国家建委主任薄一波。周总理首先请李四光汇报了我国铀矿资源情况，钱三强介绍了原子核科学技术研究状况，周总理又详细询问了原子反应堆、原子弹基本原理以及发展这项事业的必要条件等。周总理对钱三强说："三强，你清楚约里奥·居里先生带的话：'你们反对原子弹，就要有自己的原子弹'，毛主席、党中央很重视这个意见。"周总理

最后告诉李四光、钱三强、刘杰："明天毛主席和中央其他领导要听取这方面情况，你们作点准备，简明扼要，可以带点铀矿石和简单仪器作点现场演示。"

第二天（1955 年 1 月 15 日），在中南海丰泽园颐年堂，中央召开了书记处扩大会议。刘少奇、周恩来、彭真、邓小平、李富春、薄一波参加会议，李四光、钱三强、刘杰列席会议。毛主席走进会议室，与李四光、钱三强握了手，微笑着对两人说："今天，我们这些人当小学生，就原子能的有关问题请你们来上一课。"李四光取出铀矿石标本说，这是我国在 1954 年秋天，第一次在广西发现的铀矿石。经一年普查，在西北、中南、华南等地，确认有远景的矿点 11 处。钱三强介绍了原子弹与氢弹的原理及外国发展的概况和我国近几年做的工作。把带来的自己制造的盖革计数器放在会议桌上，把铀矿石装进口袋里，然后从桌旁走过，计数器发出"嘎嘎……"的响声，大家都高兴地笑起来，气氛十分活跃。领导人提了很多问题，钱三强一一作了回答，并且提出想办法建设反应堆和回旋加速器的建议。最后，毛主席总结性地说："我们的国家，现在已经知道有铀矿，进一步勘探一定会找出更多的铀矿来。解放以来，我们也训练了一些人，科学研究也有了一定基础。……现在是时候了，该抓了。……我们只要有人，又有资源，什么奇迹都可以创造出来！"会议作出了发展我国原子能事业的战略决策。

1955 年 10 月，中央决定建设原子能研究所新基地。

1955 年 3 月至 1959 年 1 月，全国各地区性的铀矿地质管理机构相继组建成立。

1955 年 3 月 25 日，在湖南长沙成立地质部三局 309 勘察队；同年 4 月 20 日在新疆乌鲁木齐成立地质部三局 519 勘察队；其后，相继建立地质部三局 182、209、608、406 等 6 个勘察队，至此，数万职工组成的铀矿地质队伍在全国的布局基本形成。这些机构历经变革，驻地多次迁移，成为中国核工业地质局在历史上管辖的 6 个区域性地质局的前身。309 勘察队后来成为核工业中南地质局，519 勘察队和 182 队为核工业西北地质局，209 队为核工业西南地质局和华南地质局，406 队为核工业东北地质局，608 队为核工业华东地质局。

1956 年 11 月 16 日，全国第一届人大第 51 次常委会议，决定成立第三机械工业部（1958 年 2 月，更名为第二机械工业部；1982 年 5 月，更名为核工业部；1988 年 9 月，更名为中国核工业总公司；1999 年 6 月以后，改制为中国核工业集团公司），主管原子能事业。宋任穷上将任部长，刘杰、袁成隆、刘伟、雷荣天、钱三强为副部长。钱三强是副部长中唯一的一名科学家，主管科研工作。从此，钱三强成为中国核科学及核武器研制的开拓者和创始人。虽然他没有直接致力于核武器理论设计、爆轰试验、攻克链式反应中的技术关键，但他在发展中国核科学及核武器研制中成为技术方面的中心人物。他推荐科学家到核武器研制、试验的关键岗位，把科学家凝聚到一起，拧成一股绳，解决原子能事业中遇到的各种科学技术难题。当好参谋，及早发现问题，提出对策和建议，发挥桥梁纽带作用。上情下达，多方协调，调兵遣将，组织攻关。正如部长宋任穷所说："钱三强在我国原子能事业的创建与发展中有独特贡献。在普及原子能科学知识，培养推荐科学技术人才，建立综合核科研基地，引进和吸收外来人才，组织领导重大科技攻关和科技协作等方面，做了大量工作，起到了别人起不到的作用。"

1957年10月15日，中苏正式签订《关于生产新式武器和军事技术装备以及在中国建立综合性原子能工业的协定》（简称中苏《国防新技术协定》）。该协定中规定：为培养设计和科学研究方面的干部和生产原子核武器的专家，苏联政府保证供给中国生产原子弹的全部技术资料，带有训练使用和战斗用的成品样品……并帮助中国设计和建设研究原子弹结构的设计院（代号221）、生产和装配原子弹的工厂（代号342，1961年撤销）。

从此，中国开始了研制核武器艰巨而伟大的历史征程。如果说美国的核战略是"核霸权"，那么，我国的核战略则是防御性的核威慑战略。

同年10月下旬，三机部与苏联设计总局签署了《二二一厂工程项目设计任务书》和《二二一工程项目设计工作明细表》，二二一厂由第三机械工业部设计院与苏联列宁格勒设计院进行初步设计。

1958年1月8日，中央决定成立三机部九局（核武器局），负责核武器研制、生产和基本建设。西藏军区副司令员、参谋长李觉将军任局长。吴际霖从部计划局副局长调任九局第一副局长，负责技术启动、科研生产、组织管理和与苏联的对接。郭英会任副局长，负责政工、人事，人称"三驾马车"。李觉是新中国第一批少将，曾在北京的大学念过书，早年参加红军，生产过炮弹和雷管，会一些英语，这在当时的将军中并不多见。他作风民主，求贤若渴，爱护、尊重科技人员，十分注意充分发挥专家的作用。常与科学家促膝谈心，与科学家结成亲密的朋友。他在金银滩草原工作了8年，抓大政方针和对外协调，以身作则，心胸豁达，在工作中大胆放手。李觉将军虚心好学，有着很强的组织和活动能力，甘为科学家们铺路、搭桥，带领大家在探索核武器的征程中勇往直前。

吴际霖同志，早期毕业于四川华西大学化学专业。曾被派到山西前线为国民党士兵讲解防化知识。1940年年底，经中共地下党员王寒秋的帮助转赴延安，任延安军工局教员，并从事军工生产，成为中国共产党的军工专家。1941年加入中国共产党，抗日战争结束，党派他到鲁南，陈云同志让他负责补充部队弹药和修理军械任务。1948年解放战争期间，曾任鲁南军区后勤部军工处长，领导炸药、手榴弹、炮弹等的生产。新中国成立后任山东铝厂厂长、冶金部有色冶金设计院副院长、国务院第三办公室原子能小组成员，三次到苏联参加谈判。1956年调入三机部（后来的二机部、核工业部）三局，1957年10月任计划局副局长。九局成立后，任第一副局长，是李觉将军的得力助手。吴际霖有杰出的军工管理才能、严谨缜密的工作作风，他思路清晰、和蔼可亲、敢于担当、工作仔细，每天做了些什么工作，都记在保密本上，共18本。可惜这些珍贵资料，"文革"时期被一派抄走，至今仍下落不明。吴际霖十分重视、发挥下属领导才能和技术人员的专长。他的小本上记录着这些人员的专长，以便在工作中让他们得到更好地发挥。

郭英会来自山西的民族革命大学，曾在部队担任团政委，后来给周恩来当过军事秘书。1958年7月，苏联核武器研究院三位专家来华，帮助规划核武器研究机构，他们在宋任穷部长的办公室为6位领导干部（宋任穷、刘杰、袁成隆、钱三强、吴际霖、郭英会）讲了一次课，介绍了原子弹的原理、结构和设计。后由九局邓稼先、李嘉尧整理，朱光亚审阅，并写了一个序言，这次讲课在原子弹研制初期起到了启蒙、引路的作用。

在李觉将军还未到任时，吴际霖和郭英会开始了局的筹建工作。他们拟定了局的工作纲要，开展了机构组建、技术人员调集、科研工作条件创建及221核武器研制基地的选址、勘测、机构筹备、施工准备等工作。

1958年3月，根据中苏《国防新技术协定》，苏联派出了以列宁格勒设计院安德列耶夫为组长的8人建厂小组。1958年4月27日，二机部批准以吴际霖为主席，包括苏联专家5人，共11人的选址委员会。根据当时中国最大比例的军事地图，中苏选址委员会提出了山西雁北、甘肃张掖、四川绵阳三个可选择的厂址。部批准后，由于山西距内地太近而被淘汰。然后又考察了四川绵阳，它距海岸线较远，比较隐蔽，连绵曲折的山岭有利于各厂区布局，减少移民。但方案上报后，解放初期曾在四川工作过的宋任穷部长指出，四川是全国人口最多的省份，人口密度大，仅移民这一项就难以解决，否定了这个方案，建议到甘肃张掖地区选点。

选址委员会在主席吴际霖和郭英会、何广乾（三局总工程师）率领下，技术人员张冶那、屠尔勒，翻译朱少华、霍广胜，苏联专家8人，保卫、厨师等一行20多人，乘飞机到兰州，当晚向甘肃省委进行汇报。第二天乘火车前往张掖地区实地考察了5天。选址委员会权衡利弊后，初选张掖地区。回到兰州，向甘肃省委汇报选址初步意见。晚间甘肃省委设宴招待两位局长和苏联专家，期间，甘肃省委领导转达了在兰州的一位青海省委领导邀请选址小组到青海去看看的建议。经与李觉联系，同意去青海看看。怎么去？从兰州经西宁的青藏铁路还在勘察中，只有一条状况差的公路。为尽快赶去西宁，选址小组负责后勤的局保卫处处长袁冠卿，借来一架苏制"安-2"飞机。飞机虽小，但飞行速度慢，高度低，比较安全，经一个多小时行程抵达高原古城西宁。

"安-2"飞机的到来，改变了金银滩的命运。

当晚，青海省委第一书记高峰亲切接见大家，推荐了金银滩草原。

第二天，省计委主任带来地图和资料，选址小组驱车经5个多小时路程到达海晏县城。当时海晏县是只有5000人的经济欠发达县，县城仅有一条几十栋土平房的小街。县委也是几栋土坯房围成的小院。选址小组入住后，用桌子拼成床，被褥也是从西宁带来的。

第二天选址小组实地察看，以海晏县城为基点，向西偏北而后再向西、西南呈扇形的地区行进勘察。

小组驱车到北山南麓，直奔西山方向，察看了爆轰试验的场址。遇到沼泽地带有河渠时，就灌上几瓶水，察看河床与河岸地质情况。发现祁连山山顶终年积雪，融化后渗入地下的许多泉眼，使这里水源十分充足。汽车不能前行时，就步行一段。车路过河沟时，轮胎陷了下去，刚动过手术不久，身体虚弱，戴着一副高度近视眼镜的吴际霖同志身先士卒，毅然走进冰冷的水中和大家一起推车，后驱车到达青海湖边。望着那浩瀚的青海湖，苏联专家赞不绝口地说："好极了，再也难找到这样好的厂址啦！"

选址小组经过 6 天实地迂回，勘察了方圆几百平方千米后返回西宁，与省计委同志进行了一次详细讨论，澄清了一些问题，如年降水量、水质化验、地震、鼠疫等，还请有关部门就海拔 2500 米以上环境与人体的适应能力作了专题讨论。最终得出了青海金银滩厂址优于甘肃张掖地区，但要解决电力和运输问题的结论，决定第二天向省委书记作汇报。

1958 年 6 月，在北京选址委员会由刘伟副部长主持的会议上，又集中开了两天论证会。经过多方论证，认为金银滩地域辽阔，地形条件有利建厂，远离国境线，有利保密，水源充沛、水质好，自备热电厂用煤方便，移民少，兰新铁路在建，运输可以解决，不足的是地处海拔 3200 米的高原。建议 221 选址青海金银滩，最后决定向部党组推荐青海方案。宋任穷部长、刘杰副部长，苏联总顾问扎吉扬听取了吴际霖、安德列耶夫的汇报，并就几个重大问题，如铁路交通、电力供应、地方疾病、海拔 3000 米以上生活对人体的影响等专门安排调查、落实。总顾问扎吉扬介绍了苏联在高寒地区建厂情况，指出："在这地区建厂，职工队伍稳定问题要注意，苏联是以较高的工资待遇为代价的。"宋任穷部长做了原则指示，首先考虑 221 项目，要求职工宿舍不要超过三层，高寒地区建房标准要适当提高。6月下旬，在部办公大楼六楼会议室召开审定选厂报告会议，由刘伟副部长主持，会议开了几天，经过多方讨论、论证，建议 221 选址青海金银滩，上报中央。

1958 年 7 月 4 日，部党组书记刘杰给青海省委的信中提出，我部已初定在该地区建厂，请你们抓紧时间征地、移民。这次任务决定由李觉、吴际霖、郭英会同志负责，请省委领导支持。

7 月 15 日，吴际霖同志接到部绝密电报，中央已批准 221 选址青海金银滩，所以中央批准 221 的选址是 7 月中旬。具体是哪一天，无法考证。

1958 年 6 月，中国科学院近代物理所更名为中国科学院原子能研究所，在国际物理学发展史上，取得划时代科研成果的重铀核原子三分裂、四分裂现象的发现者钱三强兼任所长。

1958 年 7 月 1 日，苏联援建的"一堆一器"（研究性重水堆和回旋加速器）的建成标志着中国跨入了原子能时代。为我国"两弹

"一艇"成功研制，作出了历史性贡献，也为我国核电起步创造了实验条件。

1958 年 5 月 31 日，中共中央总书记邓小平批准了二机部的四厂（衡阳铀水冶厂、包头核燃料元件厂、兰州铀浓缩厂、酒泉原子能联合企业），三矿（湖南郴县铀矿、湖南衡山大浦铀矿和江西上饶铀矿）的选址报告。7 月中旬，邓小平批准了 221 核武器研制基地选址青海省金银滩草原。221 基地对外名称为"青海机械厂筹备处"，掩护名称为"青海省第五建筑工程公司"。从此，金银滩这块未开垦的处女地，蒙上了神秘的面纱，揭开了 221 基地艰苦创业的序幕。

1958 年 9 月 11 日，在北京建立了北京化工冶金研究所（北京五所）；1959 年 3 月，建立地质研究所（北京三所），为铀的开采、水冶提供了理论、技术支撑。

自此，我国核工业建设确定了最早布局。

人才战略

为加速原子能工业建设，部、局领导们把吸纳和培养人才放在一切工作的首位。尖端的事业，需要一批政治上过硬、技术上成就卓著的科学家。在我国核科学事业的开拓者和奠基人钱三强副部长推荐下，1961 年年初，学术上造诣高深、赤胆忠心、蜚声中外的科学家王淦昌、彭桓武、郭永怀毅然走进了北京花园路那座灰色楼房——北京第九研究所，担任副所长。与先期到达的朱光亚、程开甲，各主持一个方面的科研工作。

1961 年 4 月，刘杰部长约见刚刚回国的著名科学家王淦昌。王老曾任苏联杜布纳联合核研究所副所长，他所领导的小组，在世界上首次发现反西格马负超子，把人类对物质微观世界的认识向前推进了一大步。刘杰向他传达周总理指示，请他参与和领导研制战略核武器——原子弹的工作，并对王老说："这工作很重要，但很艰苦、很危险，更重要的是要你放弃非常熟悉、非常热爱，并已有重大进展的研究，去开创一个全新的领域。"并要求他绝对保密，长期隐姓埋名，不得告诉父母、妻子。刘杰给王淦昌三天时间考虑，王老当即果断地说："刘部长，没什么考虑的，我愿以身许国。"从此，王淦昌改名王京。当有人问他老伴儿，王老到哪里去了，老伴儿总是说："到邮箱里去了。"因为，她只知道王老通讯地址的信箱代号。王老隐姓埋名 17 年（青海金银滩工作 11 年，四川 6 年），从事核武器理论、爆轰试验、固体炸药研究及射线和脉冲中子测试等一系列关键技术的研究，完成了许多开创性的工作。特别是在地下核试验中，王老耗费了巨大精力研究改进测试方法，使我国在试验次数很少的情况下，掌握了地下核试验测试的关键技术。直到 1978 年，国务院任命王淦昌为二机部副部长时，人们才从新华社的消息中重新看到"王淦昌"这三个字。王老辛勤耕耘，开拓创新，勇攀高峰，取得了多项令世界瞩目的科学成就。

科学家王淦昌与作者

　　著名科学家彭桓武被誉为"中国理论物理学界的一代宗师"，当有人问及他临危受命的心情时，他的语气充满一种天经地义的自然，他说："这件事总要有人来做，国家需要我来，我就来了。"

　　1961年春天，周总理在中南海西花厅，会见了王淦昌、彭桓武、郭永怀。周总理谈笑风生、热情洋溢地与科学家们交谈。"彭桓武，你过去见过原子弹吗？"总理问。答："谁见过那玩意儿呀！"周总理又问："你以前懂不懂原子弹？"答："谁懂那玩意儿呀！"周总理语重心长地说："彭桓武呀，这可是严肃的政治任务。"就是这句"严肃的政治任务"，伴随这位科学界富有传奇色彩的人物辛勤耕耘了一生。他是我国理论物理、核物理理论、中子物理理论以及核爆炸理论的奠基人，为我国核武器的发展作出了杰出贡献。彭公知识渊博，看问题深刻，他科学的思维方法，深深影响了我国理论物理学界的一代人。彭公的多种粗估公式，创造性地运用在理论设计计算中，当存在众多的影响因素时，他善于把握事物本质，抓住主要因素，运用量纲和量级分析技巧，对复杂的物理问题做近似处理，建立各种粗估方法。主要矛盾处理好后，再回过头来处理次要矛盾的影响。此方法逐步被科研人员掌握，这种粗估和精确计算相结合的方法，成为理论部研究的主要方法。

1982年，《原子弹氢弹设计原理中的物理力学数学理论问题》荣获国家自然科学奖一等奖。按照国家规定，这枚金质奖章应授予名单中的第一位获奖者，而彭公坚决不受。他说："这是集体的功勋，不应由我一人独享。"实在推脱不了，他就先收下，还说："既然归我了，我就有权处理。请带回去放在所里，送给所有为这项事业作出过贡献的人！"他在核理论研究、核爆炸研究、核反应过程研究中作出了杰出贡献。

被称为核武器研究领域最初三大支柱之一的郭永怀（其他两位是彭桓武、王淦昌），为了能回到祖国，在美国工作时，从不参加机密工作，始终不肯入美国国籍，为此美方对他高度警觉。要他填一张调查表，其中一项是："你为什么要到美国来？"郭永怀回答："到美国来，是为了有一天能回去报效祖国。"他拒绝了美国当局的挽留，为避免美国给他回国带来麻烦，回国前一把火烧掉了他未完成的书稿，毅然回到祖国。1963年，他与北京科研队伍一同迁往221基地，在恶劣的自然条件下，经常风餐露宿。平时不苟言笑、总爱沉思的郭永怀，工作起来精力超人，解决了许多重要的动力难题。郭永怀历任北京九所副所长、九院副院长、场外试验委员会主任委员。他的工作涉及产品结构设计、强度计算、环境实验、武器化工作,他在核装置引爆方式上采用"内爆法"为主攻方向,为确定结构设计起了关键性作用。郭老学术上极为严谨,经常深入试验现场了解第一手资料。他经常对科技人员讲"搞科研要有预见性",要有"三步棋":一是手上要干着,二是眼睛要看着,三是脑子要想着。他还在氢弹结构设计、结构形式、弹体重量、减速装置上提出了科学见解。

1988 年郭永怀牺牲 20 周年在郭永怀墓前留影
从左往右依次为陈能宽、朱光亚、李觉、王淦昌、彭桓武

1968 年 12 月初,他在 221 基地核产品环境实验中发现一个重要数据,急于赶回北京研究,于兰州搭乘夜班飞机回京。12 月 5 日凌晨,飞机飞临北京机场,距地面约 400 米时,突然失去平衡,偏离跑道,在 1 千米外的玉米地坠毁。清理现场时人们震惊地发现,在飞机遇险、生命将尽的最后瞬间,郭永怀用自己的身体保护了对国家有重要价值的科技资料!他被批准为"烈士",他的英勇壮

举深深地印刻在广大科技人员心中，成为抛洒热血、尽忠祖国的永恒雕塑。

他们是中国知识分子的楷模，心里只装着国家和民族，唯独没有自己！中华民族正是有了一大批像王淦昌、彭桓武、郭永怀这样的民族精英，才真正挺起了民族脊梁，自立于世界民族之林。

10栋黄楼　科学家住在2、3、4、5栋的一、二层

1960年3月，国家从中科院、各部委和全国各地抽调了包括程开甲、陈能宽、龙文光在内的105名高、中级科研人员和工程技术人员。

1962年10月，中央专委批准增调张兴钤、方正知教授和黄国光工程师等126名高、中级技术人员，充实产品设计和制造的技术队伍。

1958年10月28日（启用印章之日），选定北京花园路作为准备接收原子弹技术资料和模型、培训技术人员的地点。为了保密，在名称上不与二机部直接联系，命名为北京第九研究所（中国工程物理研究院的前身）。九局领导兼任正、副所长。

1959年1月12日，221基地成立了第二机械实验厂筹备处（即后来的国营综合机械厂、二二一厂）。青海省委常委、九局局长李觉兼任筹备处临时党委书记，徐步宽为副书记。

核工业创业初期，建设进行得比较顺利，苏联的援助起了很好的促进作用。

1959年6月20日，苏共中央突然终止《国防新技术协定》，婉言拒绝提供原子弹模型和图纸资料。1960年8月，撤走核工业系统工作的全部（233名）苏联专家，带走了重要图纸资料。赫鲁晓夫还轻蔑地说，离开他们的援助，中国20年造不出原子弹。面对赫鲁晓夫的背信弃义和蔑视，周总理指出："我们不理他那一套。他不给，我们就自己动手，从头摸起，准备用8年时间搞出原子弹。"

当时，研制原子弹属国家最高机密，产品需要有个代号以便保密。部里决定"两年规划"的代号为"221工程"。1963年5月，李觉、吴际霖向刘杰部长提出，刘杰部长同意：我局"第一种试验产品"就以"596"作为我国第一颗原子弹工程的代号（以牢记苏联1959年6月终止《国防新技术协定》的日子），以激励大家奋发图强，自力更生，造出中国的"争气弹"。从此，部里决定把原子弹科研、技术、工程的突破重点放在北京第九研究所（以下简称"北京九所"）。

20世纪60年代初，北京九所可以说是"一穷二白"，二机部副部长、中科院原子能研究所所长钱三强从所里抽调邓稼先、胡仁宇、林传骝、王方定等四名科技人员到北京九所，分别负责理论、放射化学和实验核物理、电子学的筹建工作。我国研发核武器的最初日子里，九所派到原子能所工作、学习的科技人员近百人。其后，组建了理论、实验、设计、生产四个部。经过一段时间摸索，1960年10月，撤销四部建制，组建了"理论物理""爆轰物理""中子物理与放射化学""金属物理""自动控制""弹体弹道"六个研究室和一个加工车间，并建立了为221建设服务的"建筑设计室"和"非标准设备设计室"。爆轰试验是借用河北省怀来县工程兵靶场（17号工地）进行的。就这样开始了原子弹基本规律的探索和核材料研究。建所初期，为使刚刚从四面八方调来组建的科研队伍从学识上、思想上、作风上适应国家重大任务的要求，所、室领导一开始就着重培养科学求实、严肃认真、一丝不苟、刻苦钻研、精益求精的作风。

苏联专家撤走后，1960年5月，九局在骨干技术人员动员交底会上，传达了国家要自力更生研制原子弹的决定，提出要因陋就简、"土法上马"、越快越好的要求。二机部党组决定，九所有关实验核物理和放射化学方面的工作都依托原子能研究所，在钱三强的领导下和物理学家何泽慧的指导下进行。原子弹后期工作，完全是靠我们自己的科技人员在艰苦探索中完成的。

1962年10月19日，北京九所成立了四个技术委员会：产品设计委员会，主任委员吴际霖，副主任委员龙文光，委员肖逢林、苏耀光、疏松桂、周毓麟、谷才伟；冷试验委员会，主任委员王淦昌，副主任委员陈能宽，委员邓稼先、钱晋、周光召、李家尧、何文钊；场外试验委员会，主任委员郭永怀，副主任委员程开甲、委员陈学增、赵世诚、张宏钧、秦元勋、俞大光；中子点火委员会，主任委员彭桓武，副主任委员朱光亚，委员何泽慧、胡仁宇、赖祖武、黄祖洽、陈宏毅。

上马之争

历史总是在曲折中蹒跚前进。

原子弹是"上"还是"下"的争论持续着。1961年夏，在北戴河召开的国防工业委员会上，争论达到高潮。有的说，不能"为了一头牛，饿死一群羊"，"饭都吃不饱，还搞什么'两弹'"。因此，建议"暂缓"。聂荣臻、陈毅、张爱萍等说"就是把裤子当了，也要搞原子弹"，"即使再穷，也要有一根打狗的棍"。周总理态度十分坚决，表示一定要搞下去。在政治局会议上，双方的争论仍然相持不下。最后，政治局一致同意先调查后再决定。中央决定委派副总参谋长张爱萍、国家科委副主任刘西尧一同调查。在二机部刘杰部长陪同下，先后考察了铀矿、水冶厂和设备基本安装就绪的铀浓缩厂，只要解决一些零配件就可以开工生产。经过一个多月的调查，1961年11月，张爱萍向中央上报了《关于原子能工业建设基本情况和急待解决的问题》的报告，指出："根据原子能工业目前建设情况，1962年是关键一年，只要中央领导亲自领导、亲自负责，其他各项保障跟上去，采取保重点的办法，1964年研制成核武器，并进行核试验是有可能实现的。"

1962年6月8日，毛主席在一次谈话中坚定地指出："对尖端武器的研制工作，仍应抓紧进行，不能放松或下马。"

创业足迹

创业的道路充满艰辛。

1958年9月，二机部九局与青海省畜牧厅签订了《国营羊场迁移出协议书》（国营羊场职工1200人及所有牲畜）；同中共海北藏族自治州委签订了《工厂禁区范围内拟建厂地居民迁出费用协议》（禁区范围内5所小学，841户居民及牛羊），搬迁费共3084150元。

青海省委书记处召开了《关于二机部在海晏建厂问题》的专门会议。省委电告二机部党组《关于对二二一厂建厂的移民、加工设备、地方建筑材料、服务人员、保密等问题所作的安排和决定》。

海北藏族自治州委和海晏县委根据青海省委指示决定，将禁区内绝大多数牧民迁往祁连、刚察、湟源等地。

第一户拆卸帐篷搬迁的是极具威望的第一任海北藏族自治州年轻州长夏茸尕布活佛的母亲和妹妹。在她们带动下，牧民们三天时间内准备好行装。从1958年10月，金银滩1279户，6700多牧民，赶着17万多头牲畜，开始了长途迁徙。寒冬已至，路途漫漫，爬冰卧雪，饥寒交迫。行走在200多千米之外、海拔4000多米的祁连县的托勒牧场。历时 4 个月，完成了撤迁的壮举。这些纯朴的牧民，顾全大局、舍己为公的爱国主义精神为共和国核武蓝图的初绘作出了巨大的牺牲，他们是这一伟大事业的第一批奉献者。

由于受到当时极"左"思潮影响，搬迁准备工作不充分，突击撤迁，造成人员及牲畜一定程度上的伤亡。1962 年 6 月，海晏县委根据西北民族工作会议精神，核定外迁群众经济损失，拟定赔偿报告，并对在搬迁中因方法简单、移民费用未及时发放向群众表示道歉。其后，州、县向下发放移民费近 20 万元。

1963 年 5 月 27 日，由副省长李芳远主持召开的省有关单位、海北州、海晏、刚察、祁连、湟源、三角城种羊场、托勒牧场负责人参加的移民遗留问题会上，共补偿搬迁损失费 1124246.89 元。

青海省委〔1985〕16 号《关于解决海晏县部分群众要求返迁问题会议纪要》决定安置牧民 250 户，带回牲口 75222 头。

1961 年 11 月，青海省委决定拨给厂两万多头牛羊。留下的牧民于次年 1 月，组建了国营牧场，索南木（藏族）、金秉南、史发友、昂巴（藏族）参加了牧场的组建。

10 月和 11 月，国防部和总参先后从部队抽调 121 名驾驶员、80 台嘎斯汽车，在兰州工程局第三建筑工程公司宿舍成立了汽车队。在建工部的支持下，以兰州建工局建三师九团全体官兵集体转业为骨干的建工部直属第三建筑公司为主，并选调解放军建三师八团团长刘志民等 1000 多名骨干，以及青海省支援的 6400 多名从河南省项城、清丰、内黄 3 个县调来的支边青年，组建了二机部 104 建筑工程公司（后来的核工业二四建筑工程公司），又从建工部第九生产安装工程公司、一机部、冶金部、化工部等单位，抽调 1200 人组建 103 安装公司（后来的核工业二三建筑工程公司）和建设部二公司。

1958 年起，工程兵 54 师 103 团挥师东进来到祁连山南麓、青海湖北岸的海晏县金银滩草原的 221 基地，与先期到达的 101、109、125 团汇合，修筑从窑场到县城和总厂的公路、地下防空设施及大西北 XXX 公路。几万名建设者，怀着强烈的民族责任感，在天寒地冻、人烟稀少的青海高原，住窑洞、抗饥饿、战严寒，在恶劣的自然环境中，打响了建设我国第一个核武器研制基地的战斗。

在严峻的国际形势下，国内外的敌对势力曾策划运用卫星和间谍飞机深入兰州附近刺探中国核设施，甚至扬言要摧毁中国的核武器研制基地。1963 年 7 月，苏、美、英三国在莫斯科签订了《禁止大气层核试验条约》，企图阻止我国进行核试验。在 221 基地，工程兵部队建造了多处人防工程，其中地下指挥所能抗 1000 磅炸弹的袭击。保卫部三科负责管理进入大门的钥匙，必要时还在厂办公楼和招待所一楼设立值班室派员值班。在厂区去往一分厂的沿路、热电厂后面等地，挖了防空洞、交通壕。第一颗原子弹、氢弹爆炸前还曾进行过防空演习。

艰苦创业

到"前方"去

1960年10月,北京航空学院发动机系楼内,南头一层大教室里,大班党支部书记江普康宣布了108名航空发动机工艺专业毕业生的分配名单。在那个年代对于毕业生分配,人们的心态平和、宁静,人人脸上都流露出发自内心的喜悦。名单念到最后,江书记风趣地说:"王运耕、刘荣庭、朱志强、王菁珩四人分配到遥远的西北,到核工业系统工作,具体单位、地点,我也说不清楚。"事后江书记告诉我们,到花园路三号北京第九研究所报到。当时交通极不发达的西北,在人们眼里是非常遥远、落后的地方。虽然我们几个都是独生子女,但既然选择投身国防事业,到边远地方去,也是义不容辞的事。核工业虽在我们心中是一片空白,但在那人心向上、人人争做有益于社会的人的纯真年代,听到这样的分配,一种神秘、信任感油然升起,感到十分光荣和自豪。西北艰苦，正是打造自己、大有作为的地方。我们也明白，在做出选择和决定时，是要放弃一些东西的。我回到宿舍独自坐在床头望着窗外，脸上平静而深沉，内心的激动已经湮没，真正感到一种神奇的力量在召唤，自己将来任重而道远。第二天早早起床，吃完早饭，大家顶着寒风，沿着田间小道来到北京九所。我们走进一栋坐北朝南的红砖单身楼，在一楼一间小小的办公室里，干部科王科长（女）热情地接待我们，叫我们坐下，为我们倒上茶水，满怀热情地说："欢迎北航的同学来所工作。目前所里除开展一些基础科研外，都到'前方'参加基地的筹建和生产准备。组织的意见是：你们到'前方'参加筹建工作。"没等话说完，我们异口同声地问："我们到'前方'什么地方？叫什么单位？""到青海省西宁市胜利路 196 号报到，单位名称是青海省第五建筑工程公司。"王科长稍加停顿后继续说，"根据高教部规定，大、中专学生毕业后需要劳动锻炼一年后才能转正定级。去'前方'之前你们回家看看，元月中旬回到北京再去'前方'。"听完介绍，我们来到工商银行西单分行，领取了人生的第一份工资（46 元），又来到五道口商场，我兴高采烈地买了一个既能漱口、又能喝水的玻璃杯。这是我用工资支出的第一笔费用。透明、厚实的玻璃杯放在宿舍的窗台上，我望着它，愿自己今后的生活明亮、纯洁而坚实。

在北京前门大栅栏京味食品店，排队购买了两份高价（三元一斤）枣泥饼，作为三年困难时期孝敬父母的礼物。

乘火车经长沙转乘小火轮回到久别的澧县津市镇，见到即将步入老龄的双亲，心里涌动着茫然和惆怅。从母亲的眼睛里看出她多么希望儿子分配的地方离家近一些，但她知道这是无法改变的。几天相处，当天凌晨4点，吃完母亲做的一碗面条加一个荷包蛋，提着行礼包走在黄色灰暗的路灯照亮的石板小街上，在父母的陪伴下，来到望江楼轮船码头，沿着台阶登上小火轮。汽笛响起，小火轮离开码头。我站在一侧的甲板上，望着父母恋恋不停地招手，顿时，脑子里浮现出裹着小脚的母亲提着装衣的木桶，沿着楼后下坡的小路，来到湖边桥板上洗衣的场景，心里一阵酸楚。

我们探亲后回到北京，收拾好简单的行装，离开了朝夕相处、情同手足的同窗学友，恋恋不舍地来到前门火车站。王科长早已来到站台为我们送行，她祝愿我们旅途顺利，尽快适应工地生活。

登上西行的列车，带着对未来生活的向往离开了北京。火车里真像一个浪漫的童话世界，车上各色各样的人，有的带着希望在侃侃交谈，有的望着窗外在沉思，有的皱着眉头在低头等待。从行色匆匆的面容上看，人们正忍受着饥饿的煎熬。火车穿越平原、桥梁和隧道，沿途的车站冷清、萧条，没有什么东西可买。一进入西北高原，就感受到从未有过的苍凉。黄土高坡，酷似壮汉的脊梁，挺拔而峻峭，因植被破坏，水土流失，看上去伤痕累累，而在大雪覆盖下白茫茫一片真是干净。列车横穿大半个中国，行驶40多小时，到达西北工业重镇——兰州市。走出车站，映入眼帘的是不少来自生态极度恶劣的陇西地区的农民。我们把从嘴里省下来的一个馍馍，送给一个可怜的小孩后，心情才平静了些。

夜幕降临，我们乘公共汽车来到西固城，换乘当晚的混合列车奔赴西宁市。那座矮小的平房车站，灯光灰暗。车站小铁门一打开，大家争先恐后拥进车厢，挤坐在车厢地板上。没有乘务员，没有灯光，沉重的车厢拉门也无法关上。火车一启动，一溜烟儿地在夜幕里狂奔起来。一月的西北高原，寒风刺骨，身穿小棉袄难以抵挡寒风侵袭。不知谁说了一句：换到前面客车厢去！一时心里升起了希望，我们几个不约而同地说：走！列车一停，几个人马上跳下车，在伸手不见五指的黑夜往前飞奔，经过两次周转，终于登上列车仅有的一节客车厢。客车厢虽然没有暖气，但比闷罐车厢暖和多了。一坐下，衣服上的寒气直往身体里窜，双脚也已冻得麻木。调干生王运耕，脱下棉大衣，裹盖在我们的腿上，这才慢慢暖和起来，大家谈笑风生，说起这次爬车的乐趣。列车行驶10多个小时，第二天中午抵达高原古城——西宁市。

当时的车站只是一排排平房。往北眺望，光秃秃的山峦，大风和阳光搅成一团，东边是下马停建的车站大楼的钢筋水泥骨架。我们急急忙忙出了车站，乘公共汽车来到西宁办事处。办事处是一栋人字屋顶的四层青砖楼房，在楼道里遇上同一车厢、前往"青海综合机械厂"的同事。原来是同一个单位，只是用的名称不同，因而没有在车厢多交谈。吃的第一顿晚餐，是灰黑色的青稞馒头和白菜汤。馒头发黏、牙碜，但吃起来还真有点儿新鲜劲儿。漫步西宁街头，来到仅有的一条"繁华"大街——东大街。除了大十字百货商店、邮局、新华书店、湟光副食品商店和军阀马步芳的公馆等几栋楼房外，多为一层的土坯房。街上路人稀少，商店里物资极为匮乏，仅有凭票供应的布匹和日用百货，副食品商店仅有不凭票供应的酱油膏。省政府斜对面的青海湖餐厅，除粮票供应的主食外，凭当日下车的火车票，每人可购一条干湟鱼。我们高兴地买来湟鱼放在暖气上烘烤，第一次品尝了青海湖的特产——无鳞湟鱼。在当时这座冷清、落后、荒凉的城市，流传着这样的顺口溜："一条马路几座楼，几个警察看两头，一个动物园（指西宁市人民公园的动物园），两只猴。"现在想起来，当时我们这些对未来生活充满憧憬的年轻人，硬是将这些冷清和荒凉当成一张白纸，决心在上面画出美丽的画卷。

窑洞生活

从西宁到221还有102千米路程。筹建初期，管理比较混乱，条件也差，没有班车，只能搭乘货车进厂。我们在小楼领取了四大件（棉大衣、狗皮帽、棉大头鞋、羊毛毡），在西宁等候了一周，坐上了那辆留下永远回忆、开往四工区的敞篷货车。

那天寒风呼啸，太阳一整天隐藏在隆冬的云雾中，天空像被灰色的帷帐笼罩着，一片灰蒙蒙。我们挤坐在四工区为春节供应的装着粉丝、果酒、罐头纸箱和咸菜坛的货车上。汽车一出市区，青藏高原独特的气息扑面而来。光秃秃的山峦，冰封的小溪，零星的村落，使人顿生荒凉寂寞之感。只有那些平坦屋顶上的烟囱，冒着白色的浓烟，呈现出一丝生活气息。汽车在坎坷不平的公路上奔跑着，人们犹如跨骑在野马背上似的颠簸着。汽车在湟源县城停下来，大家下了车，活动活动筋骨，暖暖身体，呼吸几口新鲜空气。汽车又急速行驶，一直来到南山口六号哨所接受检查。六号哨所是进入基地的大门，只有一座仅 3 平方米临时建筑的警卫岗哨。我们下车接受持枪战士证件检查后，横在马路上的栏杆高高抬起，汽车便进入一望无际的金银滩草原。

"在那遥远的地方，有位好姑娘，人们走过她的帐房，都要回头留恋地张望。"歌声回荡在耳畔，眼前的草原远处是山峦的棱线，浮着淡淡的朝晖，宛如镀上一层金边。汽车在四工区场坪停下来，我们受到先期到达的负责人董俊卿同学的热情接待。

基地有四个工区，承担 18 个厂区的建设任务。1960 年从北京、上海、西安等地来的 30 多位毕业生，有董俊卿、张录、朱顺忠、周祥生、胡名元、滕军、吴文绶、夏祖民、林起孝、刘春祯、李微正等，分配在四工区劳动锻炼。四工区承担八、九、十厂区和污水处理厂的建设。我被分配到油漆工队，住的是一排坐东朝西

站岗的军人

当时居住的一排窑洞

的窑洞。另外 3 名同学分到斜对面的瓦工队和钢筋队。窑洞是用泥土夯实的围墙，用红柳条、油毛毡、泥巴糊成的半圆顶棚。低头进入南头第一个窑洞，中间空荡荡只有一座火炉。进入东边的小屋，只见南北墙上各有一扇小小的玻璃窗，有一缕微微的阳光，室内阴暗。我在西南角的土炕上，收拾好自己的床位，就和老师傅拉起了家常。

每当清晨走出窑洞，空气总是那么清新宜人。来到附近的小溪提水，看到几股溪水在草原跳跃着汇成一条小河。河水清澈碧透，蜿蜒流入山坳。

建设初期，基地所有的砖、石都是从西安运来的，后来在海晏县城进入金银滩的马路西边建起了窑场，烧制红砖，并修建轻便导轨运输。在基地最初的日子里，我们吃完早饭，就参加修建轻便导轨路基的劳动。一天下来，全身骨头似乎散了架，一躺下便一觉睡到大天亮。冬天，草原上飘起鹅毛大雪，金银滩草原银装素裹，在灿烂的阳光照耀下，显得妖娆壮丽。最为壮观的是北部的雪山、蓝天和白云。雪山连着雪山，此起彼伏，连绵不断，一直连着白云蓝天。在阳光照耀下，白茫茫、亮晶晶。而在冰天雪地筑路，打炮眼儿最为艰难，几个人一天下来，也只能打一两个炮眼儿。筑路基，铺道轨，运送红砖、水泥、沙石，异常劳累。偶尔，工地上看到一只奔跑中的野兔，大伙儿的情绪一下子被调动起来，不停地追赶，直到它从视线中消失。晚上，每个床头上都点着一盏自制的小油灯，亮光若隐若现，人们在灯光下写家信、看书。每当饥肠辘辘时，大家就躺在床上聊天，分散饥饿感，享受精神上的会餐。话题涉及天南海北，毫无拘束，像满天雪花，飘到哪里是哪里。

221基地地处青藏高原，高寒缺氧，自然条件十分恶劣。特别是在1959年至1961年的困难时期，食品供应极度匮乏。这年冬天，雪下了一场又一场，饥饿和严寒像猛兽一般袭击着草原。221基地的干部每月口粮定量是24斤，还要节约1斤支援灾区；每月二钱油，几乎没有副食品供应。建筑工区工人的每月粮食定量要高一些。油漆工是每人每月30斤。食堂的主食是青稞面、谷子面（碾小米的谷子）。早饭一大盆稀稀的青稞面粥、一点咸菜或半块红豆腐乳；中午和晚上两个小的青稞面、谷子面馒头和一碗白菜汤。每逢节日发点面粉，我们就用石头架起脸盆或大罐头筒，拾点柴草做糊糊或面疙瘩吃。职工回家探亲，食堂发给粮票或部分面粉。由于渴望吃上一顿饱餐，有的年轻人一拿到面粉，就做成手擀面条或做疙瘩汤，猛吃一顿，撑得肠胃难受，不得不送到窑场的临时医院治疗。即便是技术6级以上的科研技术人员，行政13级以上干部，也只发给一个小红本，每月凭此本多供应一点儿花生米、香烟和罐头。由于缺乏营养，基地90%以上的职工得了浮肿病，指甲盖凹下去，大便异常困难。在生活极度困难的情况下，解决好基地几万人"吃"的问题，关系到队伍能否坚持下去，能不能早日造出原子弹的大局。筹建处党委坚决贯彻执行毛主席关于"尖端武器的研制工作仍应抓紧进行，不能下马"的指示精神，一手抓科研，一手抓生活，李觉和新调来的党委书记赵敬璞同志商量，请吴际霖、王淦昌、彭桓武、郭永怀、朱光亚几位副所长继续抓科研，赵书记抓全盘和思想政治工作，李觉将军主动抓后勤供应。基地党委及时提出"大抓职工生活，保证职工健康""过好生活关，坚持下来就是胜利"的口号。青海省政府也拨来两万多头牛羊，基地组建了农、林、牧、渔专业队，垦荒种地。打鱼队在海晏县甘子河口搭建帐篷，没有床就把干草铺在地上，吃的是谷子面。两人一组，一根钢钎、两个钓钩，在厚厚的冰面砸开一个洞钓鱼，效果不佳。改用小木船和拖网，在冰面围成一块捕鱼，在夜晚用煤油灯照明，用绞盘拉网捕鱼，每网仅捕 200—300 斤鱼。1960 年年底，自己动手在厂多工种配合下，两艘长 26 米、宽 11.5 米，载重达 4—5 吨的机帆船建成，在绞盘的帮助下，队员们站在冰冷的冰面上用绳拖拉，终于将机帆船拉入湖中。李觉将军振臂高呼："我们胜利了！"李觉、赵敬璞、田子钦（农副处处长）领导，一周轮换一次，在船上与船员们同吃同住，下青海湖打鱼。青海湖盛产一种无鳞的湟鱼，由于青海湖水温低又缺氧，浮游生物匮乏，湖中的湟鱼肉质非常细嫩，但生长极为缓慢，一年仅长一两。鱼打上来后，由职工食堂轮流去拉，食堂一周也有两顿湟鱼吃。有时，每斤鱼八分钱，职工每人可以买 8 斤、10 斤，当提着沉甸甸的湟鱼，想美美地饱餐一顿时，细一想，这日子还得细水长流，于是又把鱼晾晒起来，以便慢慢享用。在饥寒交迫的草原，吃上一顿鱼可算是一次奢侈的享受，有的同志连鱼骨都烧烤后吃了。在三年困难时期，青海湖盛产的湟鱼不知挽救了多少人的生命。20世纪60年代初，基地开垦了几千亩荒地，种上土豆、蚕豆、油菜和青稞。在国家遭受严重自然灾害的1960年和1961年，基地获得了好收成。

当时造的机帆船

1961年10月，张爱萍副总参谋长亲临221基地视察，在全厂科级以上干部大会上，他讲形势，鼓励职工克服暂时困难，渡过难关，以此稳定职工队伍。张爱萍在大会上问："同志们，你们说，来到这个地方好不好？"下面没有一个人回答。因为大家都觉得这个地方不好，又不好说出来。张爱萍接着说："我知道你们认为这个地方不好。我看这个地方也不好，头顶蓝天，脚踏荒原，海拔高，风沙大。但是从另外一个方面说，这里又是个好地方。因为我们要建设一个原子能工业基地，只能在这样一个人烟稀少的空旷地区，才适合建设这样一个基地。"明确了来金银滩的目的，很多干部心里不再有任何怨言了。

时任中央军委副主席、国务院副总理、国防科委主任的聂荣臻，得知西北在建的几个国防单位的困难后，他忧心忡忡。在向各大军区和海军募捐时，他饱含深情地说："我以革命的名义向大家募捐，请求你们立即搞一点粮食和副食品支援我们的在建基地，我们的科技人员太辛苦了，他们能不能活下来，是关系到国家前途和命运的大事。"

1961年，各部队筹措黄豆、罐头、酱菜等几十万斤物资送到221基地和西北几个基地，当一列列装运物资的火车抵达221火车编组站时，我所在的四工区建筑施工队参加了抢卸。从车皮到粮库，有的装袋，有的捆扎，有的两人担，有的一人扛，来来往往的人流形成了两条长龙，一派热闹非凡的景象。从此，每个职工每月可得到3斤黄豆等的额外供应。

由于工程技术人员多，即便是双职工也分不上独立的住房。每逢节假日，不少同志挤到出差、探亲的同志空出的床铺上住上一晚，腾出房间或帐篷，让同在基地工作的夫妻相聚。基地领导以身作则，与职工同甘共苦，率先垂范，哪里艰苦，哪里就有他们的身影。赵敬璞书记胃出血，仍然是一碗白菜汤，两个青稞馒头，被职工誉为"赵青天"。当基地新建起第一栋红楼时，李觉将军指示，把新建楼让给科技人员住。李觉将军等干部带头搬进帐篷住。领导清廉、透明、忘我工作的精神与亲密无间的干群关系，使我们这支队伍站稳了脚跟，渡过了难关，迎来了1963年国民经济形势的好转。

221基地创业时，领导和职工住的帐篷

小电厂（装机1500千瓦）由于备件不足，循环水管时常被冻裂而停电。大电厂（装机2.4万千瓦）1963年3月才供电。草原高寒缺氧，鼓风机无法启动，食堂无法用煤做饭，只得安排施工队上山打柴。每人每天打柴30斤，达到60斤就奖励休息一天。打柴的劳动比较自由舒心，大家三三两两带着工具，到附近的同宝山去打柴。西边的同宝山看着近在眼前，走到山脚下也得3个多小时。上山砍好红柳条捆好后背下山，每当路过青烟缭绕的帐篷时，年轻人总会提议去歇歇脚。走近帐篷，铁链子拴着的高大威猛的藏獒会狂叫着扑过来。热情好客的藏族牧民，马上会走出帐篷热情迎接。大家进入帐篷，围着干牛粪燃烧的火堆，盘腿坐在地毡上，主人会沏上香喷喷的奶茶，用生硬的汉语和我们交谈。抽烟的职工，拿出节日凭票供应的香烟回敬主人。帐篷里满是汉藏一家亲的和谐气氛。

业余生活

劳动之余，我们参加了四工区广播站的撰稿和播音工作。

星期六晚上，我们朗诵《红岩》《林海雪原》等小说的精彩片段。职工中的"好人好事"播出，受到工人们的欢迎。露天电影最受职工喜爱，即便是寒冬腊月，也有不少人会早早带着小马扎，占据有利位置。《冰山上的来客》《五朵金花》《地道战》等一批优秀影片成为窑洞谈论的中心话题。春暖花开时，工区组织文艺演出队，由多才多艺、潇洒豪爽的胡名元同学负责，他擅长的笛子独奏享誉基地。八九个人的演出队，一周就准备了山东快书、双簧、魔术、相声等近十个节目，到各建筑工区和青海湖打鱼队演出。当我们唱起《黄河大合唱》里的"河边对口唱"：

张老三，我问你，

你的家乡在哪里？

我的家，在山西，

离城还有三百里。

我问你，在家里，

种田还是做生意？

拿锄头，种田地，

种的高粱和小米。

一时引起刚刚放下锄头当上建筑工人的河南籍支边年轻人思念家乡的共鸣。周日，有的同志在小溪旁开垦的菜地里整地、锄草、施肥和浇水。由于错过了开荒的季节，我们只能到农业队已收获完的地里，去挖拾野生萝卜。忙了一上午，小手指粗的野萝卜也只能挖到一小罐头盒。不过总算有收获，高高兴兴拿回来，洗洗干净，拾两块大石头当灶，拾些红柳条生火一煮，吃起来真是香喷喷的。胡名元种的土豆，那年丰收了，整整收了两面袋。晚上邀请我和他的同学周祥生，一同吃土豆。煮了半白铁桶的土豆，火灶上飘出的土豆味，将整个窑洞弥漫得透香透香。三个人围坐在火炉旁，土豆剥皮蘸着盐巴，吃得那么香。这是来221基地吃到的第一顿饱餐。那时，家住城市的同学，家人或女友寄来一点高价点心和糖果，总是与自己的好友共同分享。个别饭量大的同学，在工区食堂花上两元钱，从回农村探亲的建筑工人中换取一个馒头充饥。油漆工队的一名年轻人与牧场年轻牧工合谋，约定在星期日收工的小溪旁设下埋伏，当羊群路过小溪时，这位年轻人故意将一头小羊拖入水中淹死，拉走杀了，分给几个好朋友吃了，合谋牧工只需赔少量款就了事。此事暴露后，四工区的领导找到油漆工队队长，要队里对这位年轻人进行批评教育。队长找到我，派我去找这位年轻人谈话。在那困难的年代遇到这类事如何去谈？想来想去，只有将心比心地谈。在安静的窑洞里，我找到这位年轻人，进行心平气和的交心谈话，讲了当前的生活困难是暂时的，挺一挺就会过去的，同时拿出我的一点粮票给他。这位年轻人低下了头，承认错了，也拒收粮票，承诺以后不干这种损害集体的事。当我结束劳动锻炼，离开油漆工队时，他特来和我告别。

在晴空万里、风和日丽的周日，我们几个年轻人骑着借来的自行车沿着尘土飞扬的小路（现在已修成进入西海镇的柏油马路）到县城里逛一逛。当时整个海晏县仅5000多口人，县城很小，仅有几栋平房搭建的小百货商店、新华书店和邮局，我每次总要进去看看有什么新书出版、商店有什么变化。

机械二厂车间土建工程相继完工，油漆工开始油漆工作。我们攀上钢筋房梁、系上安全带来往于钢梁间刷底漆和深灰色油漆。而油漆门窗工作则要细腻多了，徐阿毛老师傅教我们如何配制油漆腻子，将油漆刷得匀称和光亮。通过师傅的帮带，最后我独立完成了门窗的油漆工作。从515车间到511、512、513车间，我们整整工作了三个月，安全圆满地完成了施工任务，与师傅们结下了深厚的友谊。有一年我路过上海时，曾到徐阿毛师傅在上海虹口区的家里探望。工区生活劳动条件艰苦，甚至还会带来一些痛苦，而这些痛苦，又是不能讨价还价的。保尔、吴运铎、方志敏等英雄形象，成为我们咽下艰辛、保持坚强的支点，也使我们能比较自觉地做到自律。建筑工区的艰苦劳动和生活，让我们增强了不惧艰难、顽强拼搏的精神，今天想起来依旧充满了怀念和向往。

一场虚惊

高原上的季节，严格说来只有冬夏两季。春秋两季一晃而去。高原上的春天总是迟到，五六月份草地有点绿色，等到草地遍绿，已是七月时光。而七、八、九月是草原的黄金季节。遍地牧草吐露出高原独有的芬芳和清香，山花烂漫，漫山遍野，沁人心脾。盛夏的八月，天气多变，时而大雨倾盆，时而阳光高照。那蓝色的天、白净的云，时而还领略到那顶天接地的巨大彩虹——第二天准是拾蘑菇的好日子。下班后，三三两两的人群，走在潮湿松软的草地上，走进废弃的牛羊圈，看到一块块地上长满的蘑菇，兴奋不已，加紧采摘，口袋装满了，就脱下外裤把两个裤腿口一捆扎，就成了装蘑菇的袋子。大家带着丰收的喜悦回到帐篷，把蘑菇洗净加点酱油膏一煮，就能美美吃上一顿。

草原上地鼠、旱獭多。旱獭肉肥美可口，皮毛可做精美的帽子。但旱獭身上的跳蚤是传播鼠疫的媒介。有一次，车间付鸿元所住帐篷里的几位师傅，在去往拾蘑菇的路上捕获到一只旱獭，足足有四五斤重。带回帐篷收拾后，饱餐了一顿。当得知该地区历史上曾出现过鼠疫致人死亡的案例时，领导当即采取消毒、隔离措施。付洪元师傅所住帐篷里的同志情绪一下子紧张起来，有的流下了后悔的眼泪，有的留下了遗言。帐篷外的同志，为他们送去香喷喷的米饭、罐头及安慰的纸条。一周后被隔离的同志身体未发现异常解除了隔离，大家紧绷的心弦才松弛下来。这件事作为一次警示，草原旱獭传染鼠疫的事例，深深印记在人们的心中。矿区卫生局防疫站，每年都会组织人员消杀厂域内的旱獭。其后，从未发生鼠疫疫情。

温暖真情

在那朝气蓬勃的年代，对事业的执着追求和信念，把来自五湖四海的同志凝聚在一起，大家相处得是那么真诚、和谐。

1961 年年底，我成家后，又搬进了窑洞居住。那是毗邻油漆工队一排排坐北朝南的窑洞。进入窑洞门向右，是仅有 10 多平方米的空间，窑洞内用板条、油毛毡隔出两间房，住两户人家。前半部住着留苏归来的宋国庆两口子，我们住在后半部。平时室内说话都是轻声细语，以免打扰邻居。大门外上一把锁，管两户人家。在前半间房旁，再间隔出一人宽的过道，过道往里是板条支撑的油毛毡做的内小门，出门时用铁丝扣着，过道里放着一只白铁桶，盛水共用。那时候，两家人总是早早起床，抢着去附近的小溪破冰提水。夜深人静，窑洞外传来狼的嚎叫声，而洞内老鼠在顶篷上追闹不停，好在年轻人一躺下就睡到大天亮。我们两户人家，分别在小溪旁开垦了菜地，种菠菜、土豆等，我和已怀孕的爱人下班后，到露天厕所掏大粪，给菜地施肥浇水、锄草，经常和宋国庆两口子分享收获的喜悦。爱人怀有身孕，想吃点香的，只能将分配购买的湟鱼内脏（有毒）掏出来，放在脸盆里，上面盖块玻璃，在太阳下暴晒，晒出一点油来炸馒头吃。

一次，爱人回内地分娩，火炉的火墙排烟不畅，我早上起床时一下栽倒在床上。我大声呼叫："老宋，我可能煤气中毒了，起不了床！"老宋两口子急忙敞开大门，推开小门疏通了火炉，又从卫生所请来了大夫，还送来了用北京带来的大米做好的香喷喷的稀饭。一阵暖流涌上我心头，连声说："谢谢！谢谢！"是啊，221人那种敦厚、淳朴、善良、率直的情感，让我感到满满的暖意，成为我一生中难以忘怀的记忆。

草原婚礼

摆脱了三年自然灾害的阴影，国民经济开始好转。

1962年冬，海晏县城出现高价奶糖（三元一份）和手抓羊肉，机械二厂也迎来了草原的第一场婚礼。新郎是厂办公室负责人张逸才同志，一米七的身高，浅黑色的皮肤，一双炯炯有神的眼睛。他从空军部队转业到上海工作，又从上海调到基地。原女友在上海，由于老人需要照顾，加之当时青海贫穷、落后，无奈便和老张分手了。221基地里，女同志特别少，眼看老张30多岁的人还没有对象，党委书记裴文德同志看在眼里，急在心上，找到筹建医院的党委书记谈起这件事。领导牵线搭桥，老张结识了一位医院的女同志。我们那个时代的人思想单纯，感情真挚，任何事情都解决得快。当时的恋爱再简单不过了，见见面谈谈，如果觉得合适，再多接触几次，就产生了感情。经过半年的相识，这对有情人终成眷属，由组织出具证明，到海晏县民政部门登记，领取了结婚证。婚礼在筹建的 513 车间北跨举行。墙壁正中贴着大红纸书写的大幅双喜字，"相亲相爱结良缘，志同道合创新业"的对联贴在两旁。参加婚礼的同志，自带小马扎围坐在一起。在"革命人永远是年轻"的音乐声中，身着藏蓝色中山装的新郎与身穿深红色毛衣的新娘，带着自制的小红花，满面笑容步入会场，引来了热烈的掌声。司仪——组织科的邵胖子饶有风趣地开了腔："今天草原第一座小高炉正式点火运行，愿这座小高炉炼出第一炉优质铁来！"一下子把大伙逗得捧腹大笑。双方领导作为主婚人、证婚人讲话。新郎、新娘按照司仪要求，一丝不苟地向主婚人、证婚人、来宾一一鞠躬，而后，两位新人相互鞠躬。新郎、新娘在大伙儿要求下，演唱了《大海航行靠舵手》。向来宾分发高价买来的糖果后，婚礼在热烈的掌声中结束。新郎、新娘在双方领导陪同下，来到车间三楼临时腾空的办公室，两张单人床和双方的被子凑在一起就是新房。生活就是这样，生活的艰苦、条件的简陋、个人的幸福和快乐也变得十分简单和具体。

男女比例严重失调，当时在 221 基地找对象相当困难。若在内地找，偏远、落后地区的人，还需组织严格审查，更加大了找对象的难度，这也成为建设中的一道难题。后来，基地从北京、上海招收了一批技校和高中毕业的女学生，充实科研生产和实验室队伍，加之医院、学校、商业队伍的发展，女青年逐渐增多，年轻人找对象难的问题才得以缓解。

一箱土豆

1961 年年底，我们准备回家结婚。所带的礼物，是一箱土豆。在当时食品供应极度匮乏的年代，这是一种极为珍贵、实惠的好礼物，也是为了让家乡亲友品尝到青海的特产。要将土豆带回老家，却是十分为难的事。既不能从邮局寄，又没什么快递，只能将伴我上大学用的油皮纸箱腾空，装上土豆，约有 30 多斤，乘火车随身带回家。从青海到长沙有 2100 多千米，没有直达火车，还要经郑州中转。郑州站是一个大的交通枢纽站，东、南、西、北来往的火车，大多要经这里中转，这是一个交通十分繁忙的交通要道。而中转的火车，只有当火车进站后，方才放人进站，火车一般最多只停留 15 分钟。而去往南方的中转火车，往往都在深夜，从西宁到郑州已经坐了 20 多小时，到郑州站台没有行李送站的服务，只能自己扛着行李，拖着疲惫的身体，奔跑在 100 多米的天桥上。而往南去中转车的车道往往在最远的站台，好不容易挤上火车，坐在过道的土豆箱上。火车运行近 20 个小时，终于到达长沙站。

来到未来的岳父母家，迫不及待地打开纸箱，分成几堆（除带往澧县津市镇以外），让老丈人大家庭的兄长和孩子们分享，大家见到青海又大又圆的土豆，齐口称赞青海的土豆真好！在结婚的日子里，土豆多少能填补一下肚皮，这也是最实惠、难以忘怀的记忆。

1961 年结婚照

1961 年 12 月 25 日，我们在长沙领取了结婚证和补助的布票。凭证购买了两个深绿色的搪瓷口杯、一个搪瓷脸盆、五斤水果糖。坐上小火轮船来到年迈的父母身边——津市小镇。经济拮据的父母只能在小饭馆宴请了十几位亲朋好友，用粮票吃了一顿简单的晚餐，品尝了从青海长途跋涉带来的土豆，这种特殊的新鲜感，给亲朋好友留下了深刻印象。当时的婚礼就这样简单，但结婚后的日子却能白头到老。

2008 年，我再次来到长沙，参加雅礼中学百年校庆时，年近 80 岁的二嫂还念念不忘地谈起我从青海带土豆的趣事。

辅助先行

221 基地在基本建设的同时，生产准备也在紧锣密鼓地进行着。辅助生产首先抓的是热电厂（后来的四分厂）早期建设中

1500 千瓦的小电厂（1959 年开建，1960 年 4 月开始发电）和 2.4 万千瓦大电厂的设备安装调试。另一个是机械二厂（后来的三分厂）中生产的压缩空气、氧气、液氮和铸造车间的设备安装、调试。

1960 年 10 月，电厂潘振远、魏哲轩、马文申、李作亭、冯文富、于刚德和季金龙等技术人员、干部和工人，面临高寒缺氧、心慌气短、心跳加速、嘴唇发紫干裂、白天头发晕、晚上睡不好的困境，在无煤取暖的总厂棉帐篷里办公、住宿。晚上，帐篷外的气温达到零下 30 多摄氏度。早晨起来，棉被头部呼吸处是一层白霜，毛巾冻得硬邦邦的。用水要到附近小溪破冰取水，吃的是青稞馒头，没有油水，没有副食。大多数同志得了浮肿，仍在坚持查找资料，制作系统图等工作。有时步行去往热电厂和机械二厂，路上人烟稀少，天空有时阴沉沉的，时而刮起大风，常有狼群、野兔、黄羊出没。

一天，季技术员步行去往机械二厂，走到距东山坡 100 多米处，突然，左前方隐约出现一群黄褐色的东西，他瞪大双眼仔细一看，是 20 多条狼，它们正窥视着来往的行人。季技术员屏气息声，警觉起来，冷静、沉着地应对意外。他认为最好的办法就是马上往后撤，绕道拉开与狼群的距离。这一方法果然奏效，狼群发现捕食无望便向山坡的远方离去。

基地在生活条件极为困难的情况下，仍想尽办法保证小电厂运行。寒冬，当装载煤的火车皮到厂，煤的表面已冻成厚厚一层。工人、技术人员、领导爬进车皮里，抢起约 16 斤重的铁锤砸开已冻住的煤层。保证了建设、生活的电力供应。

1963 年 3 月 18 日，221 基地自备大电厂正式运行，保证了厂的供电、供气、供暖、供水（四分厂热电厂和水厂）。早期与停在厂区铁路线上的 13 号、35 号列车发电站双套电路运行，保证了高能炸药、核材料产品生产的安全。后来自备大电厂与西宁电网联网后，列车发电站退出运行。

怀念好友

在 221 基地，有不少出身于革命干部家庭的子女，他们默默无闻，勤奋地工作在科研、生产岗位上，为我国核武器的发展作出了重要贡献。

这里讲的是一位极为平凡、踏实工作的"孺子牛"——刘维海同志。

1961 年夏天，他从大连造船厂调到 512 车间。车间领导觉得刘维海同志高中毕业，有文化，又在大连造船厂工作过，对生产熟悉，于是叫他担任器材组组长。精密加工车间工种复杂，临时科研器材和报项多。他 1.67 米的身高，单薄的身体，忠厚纯朴，埋头苦干，有一种老黄牛吃苦耐劳的精神。经常看到他抬抬扛扛，穿梭于车间，一心投入器材账目和库房的整理。车间器材供应及时、准确，账目清晰，库房器材摆放整齐，受到职工的好评。

他担任车间团支部宣传委员时，主办车间的黑板报，既组稿，也写稿，又画刊头，报道车间好人好事，办得有声有色。我作为团支部书记，又是老乡，自然与他联系较多。

1962年，国民党叫嚣反攻大陆，他在黑板上创作了一幅漫画，我为画配诗，讽刺蒋介石自不量力，痴心妄想，必将是粉身碎骨。同志们从办黑板报中，感到他擅长写写画画，是工人中的"秀才"。刘维海做人低调，言语不多，从不张扬。在221这个大集体中，风清气正，人人平等，没有高低贵贱之分。组织、领导、车间里的同事也没有因他是高干亲属而高看他一眼，给予什么特殊照顾。

刘维海离开大连造船厂留影（前排中刘维海）

一次，付鸿元师傅等住帐篷的同志在周日捕获一只旱獭，美美饱餐了一顿。当领导得知后，当即采取消毒、隔离措施。顿时，付鸿元等师傅的情绪紧张起来，流下了后悔的眼泪。车间组织大家送饭、送水、写纸条慰问。刘维海代表团支部写了一封简短的鼓励信，送给帐篷里的团员王跃祥、张耀祖等人。一周后，被隔离的同志身体未发现异常，从而解除了隔离。

工作之余，我曾路过火车编组站铁路，来到刘维海的住地——

四工区 10 多人的大通铺上与他聊天，那一次我们谈得很多，记忆就像陈年老酒散发着浓香，他追忆着在北京的学习生活。

他是从湖南宁乡来到北京 101 中学上学的，住在叔爷刘少奇家。刘少奇对子女要求严格，从不用公车接送孩子上学，孩子们都很朴素。刘维海的衬衣领子和袖口补了又补，但他总是穿得整齐、干净。由于刘少奇工作繁忙，很少同子女们在一起用餐。高中毕业时，刘少奇问他："毕业后有什么打算？"他毫不犹豫地回答："当一名工人。"少奇同志点头表示同意和支持。后来，他被分到大连造船厂当了一名铣工。1961 年夏，刘维海与大连机械厂、钢铁厂、机床厂、造船厂的 17 名技术工人结伴路过北京，前往青海 221，住在北京天坛附近的一个旅馆。刘维海曾去看过叔爷爷刘少奇，都是当晚返回旅馆。刘维海与刘少奇一见面，刘少奇便严肃地问他来北京干什么？刘维海说我调动工作了。刘少奇又问他调到哪里？他回答说调到西北新建的一个大型保密工厂。刘少奇听后点点头，说："你去吧，那是国家重点工程，目前比较艰苦，但将来会发展得很好，有光明的前途。"

1963 年秋，他爱人也从湖南宁乡调来 221 基地，在职工医院当了一名妇产科的卫生员。她工作勤奋，不怕脏、不怕累，埋头苦干，心直口快，热心助人。1966 年，我们又同住在一个二居室小单元间，一户一小间，共用一个卫生间和厨房，两家相处和睦，过节时还在一起小聚。有一次，老刘到西宁采购车间急需的工具材料，下午时分，他的爱人杨定清面临分娩，大家找来担架送往医院。老刘深夜返厂来到医院，见到躺在病床上急待分娩的爱人，心里十分感激大家。

512车间搬到一分厂101车间后，车间承担核武器重要金属部件的加工、表面处理。配合爆轰试验的科研任务增多，规模扩大，器材组人员也增加了。作为器材组组长的刘维海，深入技术、生产班组，做好每月材料计划的申报。他急生产所急，不厌其烦地对外联系，热心为生产基地服务。有时他自己下料，送到工人机床旁。他从未和同志们发生过争执，深得职工好评，多年被评为先进工作者，也加入了中国共产党。"文革"期间，由于众所周知的原因，他被送到多巴、西宁学习班审查，面对逆境，是孩子们的爱把全家紧紧团结在一起，让他对未来的生活仍充满希望。然而，他因身患肝炎没能得到及时治疗，慢性肝炎恶化成肝硬化。"四人帮"垮台后他在家养病期间，帮孩子制订学习计划，买来全套数理化丛书辅导孩子。他对孩子们说得最多的一句话就是："只有知识才是真正完全属于自己的财富，其他都是身外之物。"他期望孩子们能接受高等教育。此外，他还鼓励孩子们到外公家干农活；有时还给孩子们的毛衣上绣花，设计漂亮的服饰和发型；带领孩子用药盒制作灯笼；把还未成熟的柚子串起来做游泳圈，教孩子们游泳。时而写写诗、作作画、拉拉二胡。

有一年，老刘在当地住院，爱人在医院照料，孩子们只能租住在旅馆里，但他们仍发奋地学习。中午到医院与父母一起吃饭，见面的机会多一些。老刘看到孩子们努力学习，心里十分欣慰。

那一年，刘维海同志得到平反，家里充满欢乐，有说有笑，一家五口度过了最开心的时光。刘维海倾尽了心血，忍受着病痛的煎熬，辅导孩子们学习。他那朴实、执着、乐观的精神，潜移默化地影响着孩子。三个孩子中有两人先后考上北京、上海的大学，一人也上了电大，毕业后在技术部门工作。刘维海后来病情恶化，来到长沙住院治疗，但为时已晚，肝硬化腹水已到晚期。

1976 年，我探亲时路过长沙，曾到医院看望过他，他饱含期望、满怀深情地告诉我说他希望早日出院，做点力所能及的工作，并准备写一本讲述在北京生活的小说。他在长沙稍做治疗后便返厂，仍默默耕耘在物资供应保障战线上。此时，我已调到一分厂工作，他们两口子还不时到我家坐坐、叙叙旧。虽然他重病缠身，身体虚弱，仍乐观向上，坚持工作。他在厂内多次住院，终因医治无效于 1981 年 3 月英年早逝，未能实现他的夙愿。他去世后，我和同志们护送他的遗体到西宁火化。望着他蜡黄的脸上留下的痛苦和牵挂，禁不住漫溢出我的不尽哀思。他的才华未来得及全部展示出来，就匆匆离开了我们。火化后，我陪着他的儿女走在西宁的水井巷，给她们讲述着她们父亲为人坦诚、默默奉献、埋头工作的精神。刘维海和众多工作在生产保障和生活后勤部门的同志一样，几十年如一日，用青春、智慧乃至生命，甘愿在庞大的核武器系统工程中燃烧自己，为核武器的发展描绘出了绚丽多彩的蓝图。

草原第一炮

五月的草原，春意姗姗来迟。七月盛开的马兰花、狼毒花等令人眼花缭乱。吐绿的草地，犹如铺上毛茸茸的地毯。机械二厂的各车间相继交付使用。宋光洲同志带领北京九所的同志与厂第三办公室一起，进入十厂区成立机修厂（先后改为机械二厂、三分厂）。劳动锻炼的同学都回到机械二厂，参加车间筹建工作。

新的生活，新的工作，一切都要从头做起。来到机械二厂的第一天，我们就把自己当成221基地的主人，默默地做着一切该做的事情。

为落实"两年规划"，争取在1964年爆炸第一颗原子弹。当时，一生产部101精密加工车间，远未建成。上级决定将规划中的机械二厂512车间临时改建成精密加工车间。除车间领导、老工程技术人员住在车间办公室外，我们和其他职工住在车间外搭建的棉制帐篷里。每顶帐篷住着四五个人，两条长凳支着一块门板就是床，没有桌椅，每人仅有一个自制的小马扎。技术人员坐在马扎上，伏在床上放置的图板上，拉着计算尺设计工艺装备。有时和工人师傅一起拉运、安装设备。到了冬天，天寒地冻，雪花飘满天，帐篷里没有火炉取暖，早上起床毛巾冻成冰巾。车间没有送暖气，就自己动手用大油桶改成火炉，用机床包装箱的木材生火取暖。

车间筹备的日日夜夜，真像古罗马角斗士那样拼杀，我们把精力、毅力和智力全部调动起来。用几根撬杠、滚杠和手动葫芦，像蚂蚁啃骨头那样，在短短两个月时间里，将几十台设备运输、安装、调试完毕，生产出一批工艺装备，初步具备了生产条件。这时车间进行了休整，调整劳动组织，建立规章制度。好不容易有个假日，大家喜欢躺在床上看书或一起聊天，谈谈艰辛的童年，叙说同志的友谊，探讨人生的理想，回忆学生时代的学习生活。青年人谈的更多的是事业发展，在交流中我们憧憬着基地的明天。人有了希望，也就有了目标，有了动力。谈论中大家有一个共同感受，那就是在学校时，觉得学习生活平平淡淡，总想早点跨出校门走向社会，到工作单位体验工作的乐趣。走上社会后，便发现学校的生活，同学间纯朴、真挚的友情，为人师表的老师，学校的元旦晚会、春节包饺子聚会等活动，那是让人最怀念的好时光。

"美不美故乡水，亲不亲故乡人"，离别家乡念家乡，是情感的自然流露。一次，在谈论名胜古迹时，来自北京和西安的两位年轻人发起了一场哪个城市古迹最多、最美的争论。小马首先开了腔："西安这块山川壮美的黄土地，曾是10个朝代的都城，有1200年建都史。有中华民族始祖黄帝轩辕氏陵墓，还有秦始皇、汉高祖、唐太宗等陵墓。"小王马上插话说："北京是六朝古都，又是一个历史丰富的博物馆。有中国古代文明的遗产长城、有明代的故宫、有天人合一的天坛、有皇家园林颐和园。"一说到古迹景观，小马急着说："西安有大小雁塔、钟鼓楼。举世闻名的'丝绸之路'就是以西安为起点，沿河西走廊西行的。"两人的争论把北京和西安的历史文化古迹说得淋漓尽致。最后还是小杨开了腔："好了，不用争了。西安是我国历史悠久的古都，北京是中国的政治、文化中心，是历史名胜古迹最多的城市。西安和北京都有中国的灿烂文化，都值得我们引以为豪，今后有机会到两地去看看就清楚了。"

我国第一颗原子弹装置采用的是反应效率高的"内爆型"原理。要让原子弹高能炸药起爆，向中心同步聚焦。首先要从爆轰试验上摸清原子弹内爆形成球形波的规律和技术，补充、完善、验证原子弹的理论设计。领导这一爆轰试验的是王淦昌、陈能宽等。

1960 年 2 月上旬，主管炸药成型研究工作的二室副主任孙维昌（主任是陈能宽，他晚一些时间到任）带领一个 10 多人的小组，在长城脚下的工程兵试验场（代号 17 号工地），开展了前期炸药成型工艺、爆轰波形试验。为进一步完善爆轰试验，决定上爆速高、密度大的混合炸药。由片装法改为球装法，增加了药球密度。二室副主任孙维昌到兵器部 724 厂求援了两套小球模具，解决了炸药浇铸的急需。

同时，试制小球模具的任务落实到刚刚开工生产的 512 车间，机械二厂副厂长宋光洲要求车间在 20 天内完成。小球模具的尺寸、装配几何精度和光洁度要求高。当时，车间没有通暖气，为保证产品质量，便将大油桶改装，内烧机床包装箱木板取暖。这样的产品大家都没接触过，我们在学中干、在干中学、在探索中前进。技术难关的突破，靠的是群策群力、大力协同的群众路线，三五人在一起一商量就有了办法。周鑫裕师傅精心磨制出球形刀具，回义和师傅提出改进装配工艺，李玉波、吴连启、张凤城等师傅精心研磨，确保了产品质量。

为保证任务完成，车间实行两班工作制，少数同志住在四工区窑洞和总厂。当时，厂区占地1170平方千米，除4个分散的建筑工区、总厂办公区人员比较集中外，其他地方十分荒凉，白天、夜深时野狼经常出没，领导照顾让他们上白班，可这些同志坚持不搞特殊，下晚班时就拿着一根棍子走，以防狼的袭击。即使遇上风雪天也从不迟到早退。由于同志们的共同努力，终于提前一天圆满生产出小球模具产品，满足了北京17号工地爆轰试验的需要。

第二生产部老工人于广德（左）、梁祥善（中）、刘志义（右）

车间承担的另一项任务是爆轰探测装置。由于探针细长，有机玻璃加工中易变形，装配后的精度迟迟达不到要求。一天下午，身穿黑皮长大衣的221基地最年长的科学家王淦昌（55岁），在张寿奇、李孝本陪同下，来到坐标镗床间，看见大伙正围着探测装置热烈地讨论着。王老面带微笑地走过来和大家亲切握手，详细介绍了部件的工作原理及关键技术要求，风趣地对我们说："俗话说三个臭皮匠顶个诸葛亮。像你们这样的分析和实验，问题是可以解决的。"王老的鼓励和开导，增强了我们克服困难的信心。通过多次改进，终于利用坐标镗床加工、组装出合格的产品。当王老再次来到车间，拿着精巧的探测装置，脸上露出了笑容，他开心地说："谢谢你们，还是干部、技术人员、工人三结合把问题解决了。"王老对工作高度负责，工作上严谨、务实，学术上民主，他深入科研、生产、试验第一线的精神，和平易近人、和蔼可亲的作风，深深感染和影响了我们这一代年轻人。

第二生产部 201 车间，用块装法生产出第一个炸药部件，1962年 12 月 20 日，打响了草原爆轰试验的第一炮，加快了原子弹理论设计的进程。

在爆轰试验中，经过大家认真讨论、论证，最后采用陈能宽的坐标一号聚焦元件方案进行实验。王淦昌先后提出"综合颗粒"等方法以提高炸药质量，在爆轰驱动和特态方程的爆轰试验上取得了突出成就，通过大家努力，突破了测试技术难关，基本掌握了内爆的规律和实验技术。建设中的原子城，人们和睦相处，沉浸在探索、开创的事业中。人们不计较生活的单调、条件的艰苦，唯独关心的是科研中取得技术上的突破，尽快试制出合格产品，在爆轰试验中取得成功，职工就是在这样的拼搏进取中收获快乐。

基建会战

原子弹的理论方案研究在北京九所紧张进行。在理论方案研究中，在河北省怀南县的 17 号工地，爆轰物理研究人员进行大量爆轰试验，补充、完善了理论设计。但仍需要从原子弹理论设计与大型爆轰试验的结合上，探索原子弹产品结构设计和验证理论设计方案。

然而，大型爆轰试验只能在 221 基地进行。但到 1962 年年底，221 的投资仅完成百分之几，余下的工程量相当大，要在一两年内全部建成几十个工号，尤其是关键的精密加工车间，任务十分艰巨。

遵照周总理指示，实现"两年规划"的主要任务在二机部，二机部的任务又主要落在李觉和九院同志们身上。李觉奉命组织实施"两年规划"的基本建设会战。中央专委从建工部、铁道部、水电部、通信兵部、铁道工程兵部等 13 个部门抽调了 15000 人的施工队伍，浩浩荡荡向 221 进发，与二机部建筑、安装队伍汇合，组建了"221 基本建设联合指挥部"，李觉任总指挥。

1963 年 4 月，221 工程的基建全面展开，随着突击抢建工作的推进，百里草原出现了蔚为壮观的建设场面：一条条马路向草原纵深延伸，一栋栋红色楼房拔地而起，一座座红灰色厂房星罗棋布。在方圆 1170 平方千米（后缩减为 573 平方千米）的禁区，先后建成 22 个厂区（18 个生产厂区、4 个生活福利区），建筑面积 56.4 万平方米，其中厂房建筑 33 万平方米；铁路专线 38.9 千米，与青藏铁路在海晏县火车站接轨；沥青标准公路75千米，与青藏、青新、湟嘉公路连接。221基地总投资4.5156亿元。

院、厂办公楼

二二一厂设计部与第一生产部的105大楼

二二一厂实验部六厂区爆轰试验场之一

二二一厂第二生产部半掩体生产车间之一

221 工程

核武器的研制是一项综合性很强的宏大的科学、技术系统工程，融科研、设计、制造、建设、生产于一体的高科技工业体系。而最重要的：一是科研的组织领导。在中央专委的直接指挥下，组织全国科研、技术、生产的大协作，联合攻关；二是理论原理和基本结构模型的突破；三是铀–235 材料和热核材料以及产品的生产。

很好，照办

在我国经济、科学、技术十分薄弱的条件下，要完成原子弹的研制、生产、试验，必须依托全国的力量。二机部经反复研究，后经国防工业办公室主任罗瑞卿审定，1962 年 9 月 11 日，向中共中央呈报了《1963、1964 年原子武器工业建设、生产计划大纲》（简称"两年规划"）。中央政治局听取了国防工办的汇报，中央军委秘书长兼总参谋长、国防工办主任罗瑞卿提出，力争 1964 年爆炸原子弹。

毛泽东同志于 11 月 3 日在罗瑞卿《关于加强原子能工业问题

的报告》上批示："很好，照办。要大力协同做好这件工作。"

1962 年 11 月，中共中央成立了以周恩来总理为主任，7 位副总理、7 位部长组成的 15 人中央专门委员会，成为中央领导尖端事业的最高决策机构，全面领导原子弹的研制工作（1965 年 3 月以后，中央专委不仅管原子弹，也管导弹）。原子能工业上升为国家战略，原子能、原子弹事业的发展成为全国、全民族的共同事业，是一次倾全国之力，大力协同，攻克原子弹、氢弹科学、技术、工程的全国大协作、大攻关。从此，中国原子能事业和核武器研制发展进入快车道。

中央通过了 221 工程，代号 02 单位，列入国家最高等级绝密工程，开始人才、科研、物资、设备、基建等的调配、协作工作。

到 1962 年秋，核工业所需的专用设备、器材的研制协作网络初步形成。核武器研制中急需的新材料和专用设备，如重水、耐氟橡胶、高能炸药、高性能电子元器件等，陆续进入 221 基地。

自中央专门委员会成立以来，周恩来总理主持召开了 9 次专委会，组织解放军有关单位、26 个部（委）与 20 个省、市、自治区（包括 900 多家工厂、科研机构、大专院校）参加攻关会战，研究解决了原子能工业建设和原子弹研制攻关的 100 多个重大问题。

九次运算

原子弹研制初期，工作大致确定了六个环节。如果说原子弹的研制是一条龙的话，理论设计就是龙头。

原子弹是利用铀重原子核裂变反应，瞬时释放巨大能量的核武器。主要由引爆控制系统、炸药、反射层、核装料的核部件、核点火部件和弹壳结构部件组成。我国第一颗原子弹装置采用的是反应效率高的"内爆型"（压紧型），活性材料采用的是高浓度铀-235。它是通过高能炸药爆轰，产生的冲击波和高压，向心同步聚焦，压缩处于次临界状态的铀-235，使其密度急剧升高瞬间达到超临界，中子适时点火，触发链式反应，瞬间释放出巨大爆炸能量，产生冲击波、光辐射、放射性污染和电磁波对人员和目标进行杀伤和破坏。

邓稼先是我国核武器研制工作的开拓者和奠基人之一、为核武器事业作出了巨大贡献，是核武器研制事业的光荣代表，也是中华民族几千年传统文化孕育出来的富有奉献精神的楷模。

他1950年回国，在中科院原子能研究所任助理研究员、副研究员，1954年任数理化部的副学术秘书。1958年中秋，钱三强找到邓稼先："小邓，我们要放个'大炮仗'，这是国家的绝密，想请你参加，你看怎么样？"钱三强又严肃地说："这可是光荣的任务啊！"当晚，邓稼先失眠了。妻子许鹿希看他神情有些异常，问他发生了什么事？邓稼先平静地说："没什么，我在调动工作。鹿希，往后家里的事我不能管了，我的生命就献给未来的工作了，做好了这件事，我这一生过得就很有意义，就是为它死了也值得了！"许鹿希对邓稼先说："放心吧，我会支持你的。"

邓稼先是第一批到二机部九局报到的四人之一，后来又派他去九所。邓稼先和刚毕业的大学生一起担土、平地、修路、砌墙、抹灰，修建准备接收苏联的原子弹模型的库房。1959 年 6 月，不仅原子弹模型没到，苏联专家也撤走了。二机部刘杰部长在九所组长以上人员参加的会议上交底，他对邓稼先说："你要有思想准备，原子弹的理论设计要自己干。"邓稼先就在刚刚建成的一座灰楼里开始第一颗原子弹理论设计及基本结构模型的研究，当时我国正处于三年困难时期。在彭桓武、邓稼先、周光召领导下，邓稼先带领十几个刚从大学毕业的年轻人，在十分艰苦的条件下，从最基本的《中子输运理论》《爆轰理论》《辐射流体力学》三本书学起。

1960 年 4 月，第一颗原子弹的理论计算和基本结构模型研究正式开始。房子刚建起来没有暖气，对面的副食品店有个火炉，大家经常过去烤手，烤暖了再回去看书讨论，经常通宵达旦。一次，邓稼先也过来烤手，这种艰苦奋斗的精神，深深感染了这些年轻人。邓稼先还亲自授课，组织讨论并立题进行研究，一边学习讨论、一边举办各类学术讲座及学术报告会，请老专家讲课，为快速突破关键技术奠定了坚实基础。苏联停止援建后，邓稼先立即组织理论队伍对原子弹的物理过程进行大量的模拟计算和分析，迈开了中国自力更生研制核武器的第一步。科研人员凭借 4 台手摇计算机，一天三班倒（一班计算、一班休息、一班分析），日夜连轴转，运用特征线方法计算内爆型原子弹的物理过程，考察各种物理因素和参数对计算结果的影响。

胡思得等 4 名年轻科技人员经过 180 多个日夜的艰苦努力，建立了包括高、低压等整个范围内的状态方程，为原子弹的总体力学计算提供了有依据的物理规律。

那时，九院的理论部上下关系融洽，部、室主任平易近人，一律以"老邓""老于""老周"相称。工作中出现种种问题都会及时地拿到会上"会诊"，当时叫"鸣放会"。没有苏联的框框，大家都没有搞过核武器，讨论起来十分激烈，争论中经常交锋、面红耳赤。会上，你来我往、针锋相对的思想碰撞，达到智力的融合，从而激发出创造的活力。没有科学、技术上的自由交锋，哪能有基础理论上的突破？又如何能在世界科学上领先？会后，同志们之间依旧感情融洽，有说有笑。工作中形成了上下融合的人际关系，营造出和谐的文化氛围。这使刚走出校门的大学生明白了，原来做研究就是要讨论与争论的。有一次参加"鸣放会"后，意犹未尽的胡思得对黄祖洽说："科学家的本事真大！"黄祖洽语重心长地告诉他："不能光看热闹，要会看门道，学会大专家的思维方法。"

日夜不停地计算，大家经常"饥肠响如鼓"。邓稼先从岳父（人大常委会副委员长许德珩）那里多少得到一点粮票的支援，他都用来买糕点与同事们共享，有时也叫大家到餐馆改善一下生活。他们就是在这样艰苦的条件下日夜加班，计算用纸装了一麻袋又一麻袋，堆满了房间。终于，二十多天后取得计算结果。由于缺乏经验，差分网格取大了，没有体现几何形状的特点，但从中发现了一些新的物理现象。为此，他们又进行了第二、三、四次计算。两个月后，三次计算所得结果十分接近。但其中一个很重要的数据与苏联专家讲的技术指标不符。面对权威,大家没有却步,经过反复验证和讨论,又提出了三个重要的物理因素，建立了三个数学模型，形成了第五、六、七次计算。清晰的物理图像，多次重复的数据，都说明我们的数据是正确的，但又没有足够的论据否定苏联专家所讲的那个指标。

1961年，由数学家周毓麟等研究的有效数学方法和计算程序，使用中科院计算所的104电子管计算机又进行了第八、九次计算，结果仍然一样。与手算结果很接近，误差仅在5%左右。理论部不停地计算讨论，讨论计算，共进行了九次，历时一年。这就是研制原子弹初期广为称道的"九次运算"。

"九次运算"这场重要的攻坚战，为第一颗原子弹的理论设计，立下了大功。科研人员终于摸清了原子弹内爆过程的物理规律，为理论设计奠定了基础。其后的爆轰试验又从理论与试验的结合上，完善和完成了原子弹的理论设计。

1961年5月，周光召应用最大功原理，从理论上论证了九次计算是正确的，而苏联专家所讲的数据，是在振动收敛过程中偶然出现的波峰值，是应该省掉的，从而否定了苏联专家的数据。结束了对一个关键数据的争论，扫清了原子弹研制过程的重要障碍。他是核武器科技事业的重要奠基人之一，他曾感慨道："人生中最好的年华，有幸和中国最优秀的一批青年在一起工作。"

17 号工地

理论设计选定"内爆法"后，聚焦元件以控制爆轰波的路径，产生内爆的聚心爆轰波来压缩核材料，这是原子弹研究中非常重要的一环。更要保证这些元件组合后具有非常好的对称性，要能聚焦到非常小的范围，这才能保证雷管起爆后爆轰的扩散方向可控，且受到有效的控制。能否获得符合内爆所需的波形，成为实现这一方案的关键。九局局长李觉将军找到工程兵司令员陈士渠上将，借用河北省怀来县的工程兵试验场，即17号工地，从1959年7月开始，作为过渡性爆轰试验场。爆轰物理研究的人员围绕波形问题进行了高能炸药研制、聚焦元件的设计和波形会聚流体力学过程的研究。

17号工地爆轰试验场

　　1960年2月，在17号工地进行了前期爆轰物理试验。著名的金属物理学家、二室主任陈能宽和副主任孙维昌带领一个30多人的小组在熔化炸药炉没到货的情况下，因陋就简，在帐篷里利用一台普通锅炉和从部队借来的几只熔药桶，用马粪纸作炸药模具，焊接了一把双层结构的铝壶，外层通上蒸汽，里面熔化炸药以浇铸炸药部件。为保证炸药部件密度均匀，需要用木棍不停地搅拌。炸药熔化后形成雾腾腾的粉尘，充满整个帐篷，气味刺鼻，毒性也大。越是苦累大家越是争着干，他们冒着生命的危险，忘我地研制炸药部件。副所长王淦昌当时已是50多岁的人，他也坚持参加轮流搅拌，还给大家讲解有关的德文资料。经过大家的努力和一次次试验改进，很快解决了炸药部件的质量问题，4月终于浇铸出第一个炸药部件。

　　1960年，郭永怀推荐中科院力学所的叶钧道来到九所，组织的信任赋予他勇于担当、求是创新的动力。从此，作为高压物态方程测试技术的负责人，他与核事业"焊接"在一起，一干就是一辈子。当时，老叶家庭生活条件异常艰苦，他每个月的粮食定量27斤，工资62元，一家五口人挤住在12平方米的房间里，而他每天要在北京和17号工地之间往返穿梭。爱人生小孩，组织上给了他一周假让他照顾爱人。因他负责的课题正处于试验的关键时刻，他毅然坚守在爆轰第一线，直到问题得到圆满解决。他感受到了成功的喜悦，也受到了所里的表彰。

　　在爆轰试验中，采用陈能宽的方案进行实验。1960年4月25日，打响了爆轰试验的第一炮，揭开了我国核武器研制爆轰试验的序幕。围绕波形进行了高能炸药研制、聚焦元件的设计和波形会聚流体力学过程的研究，"前方"（221）及时提供小球模具，熔铸高密度、高爆速炸药，保证每天打10多炮，在17号工地进行了3000多次爆轰试验，实现了高能炸药的精密铸造、从爆轰到平面波、球形波形的提升。这里也成为我国核武器爆轰试验的摇篮，没有"17

号工地"的隆隆炮声，就没有罗布泊上空腾空而起的蘑菇云！

通过理论计算和爆轰试验的结合，为最终理论的定型提供了检验和修正数据。叶钧道和同志们掌握了596（我国第一颗原子弹工程代号）爆轰规律，他也成为流体力学试验学科的开拓者之一。

1960年4月，摸清了原子弹的内爆原理及爆轰规律。爆轰试验也证明九次计算的结果是正确的。又通过爆轰试验，从理论与试验的结合上完善了理论设计。

在最后离开17号工地的那天，科学家王淦昌拔下几根白发，悄悄放在古长城的石缝里留作永远的纪念。

1963年3月，北京九所一室提交了中国第一颗原子弹的理论设计方案，为原子弹的结构设计提供了可靠依据。9月，第一颗原子弹结构设计方案问世。

让我来！

1960年，九所副所长王淦昌、朱光亚，一室主任邓稼先对二室提出内爆型原子弹的雷管必须是微秒级的理论方案。当时，国内用于军事的雷管都是秒级，从秒级到微秒级的级差是10^6数量级，并对装药成分、结构、长度作了严格要求。北京九所二室的李富学和其他三位同志接受了微秒级雷管研制任务。对于这项既陌生、技术要求又高的任务，他们勤于思考，勇于探索，敢于走前人没有走过的路。在完成几个型号产品初步设计后，由于试验和测试条件限制，考虑到西安兵器工业部八〇四厂是新建的现代化雷管、炮弹、炸药工厂，离前方青海较近，所里决定派李富学等三名同志与兵器工业部八〇四厂协作研制新雷管。当时，正值国家遭受严重的自然灾害，西安的生活条件非常艰苦。为解决粮食、副食供应问题，他们将户口转到西安，下定决心完成任务后再回北京。他们一下火车来不及安排好生活便投入到紧张的工作中。合作单位缺少几台关键仪器设备，他们又赶回所里求援。在所领导的支持下，很快从其他单位调进了仪器和设备，自己动手安装调试，直到具备研制实验条件后，又投入到紧张的实验工作中。在科研中，他们对每一个数据经过反复实验确保无误后才进行后续工作。月复一月，年复一年，通过近万次的实验，确定了采用某雷管产品结构外形、材质及装药量等数据。近一年数万次实验，终于研制出符合设计要求的微秒级雷管。

王淦昌和二室副主任吴永文来到西安看望他们，充分肯定了他们的研制思路和方法，他俩指出："还要通过爆轰物理试验，对雷管进行动态考核，从理论与实践的结合上完成研究设计。"并决定在河北省怀来县的 17 号工地采用特殊雷管进行爆轰试验。从西安到北京，产品长途运输有一定危险，李富学勇挑重担，对小组同志说："让我来！"他说得那么朴实、豪爽和自信。在对产品进行软包装后，为防止产品在火车厢里颠簸和冲击，李富学和警卫战士轮流坐在产品箱上。在崎岖的公路上，他坐在卡车司机室里，紧紧地抱着产品箱，当长途跋涉到达目的地时，老李的双腿已麻木失去知觉。同志们接过产品箱时感慨地说："老李，真是好样的！"

微秒级电雷管爆轰试验取得了满意效果。在九局专业技术委员会汇报会上，专家们充分肯定了多个型号微秒级电雷管的科研成果。辛勤汗水的浇灌，终于有了收获，李富学的心中充满了成就感。产品成功应用于我国第一颗原子弹、氢弹试验上。

1980年，微秒级电雷管因产品质量荣获国家金质奖。由于李富学在研究和设计中的突出贡献，荣获了协作厂设计一等奖。随后，他又以科学严谨的态度和丰富的经验，编写了特殊雷管的技术标准等技术文件。

知识和经验的积累，拓宽了李富学的思路和方法。

1986年，二二一厂副总工程师吴景云交给他一项新的研究任务。时间紧，要求高，技术上又无资料可查，他大胆应用核武器研究的技术成果和经验，起早贪黑，埋头实验，不断改进优化设计。由于过度劳累，每当牙床红肿疼痛，他就含一口凉水，忍痛继续进行初步设计。正当历经上千次机械、电器性能的试验取得技术上的突破时，他80多岁患重病的老母亲在老家不慎摔断了腿，病情加重，家中多次来电催他回家，他只能去信安慰，依旧一心扑到实验上。这项开创性的设计在厂区爆轰试验中取得成功，但在厂外大型试验中却遇到挫折。他连夜赶到基地，和同志们一同查找、分析原因，排除故障，亲自装配产品，取得了发射试验的成功。李富学兴奋地说："工厂在中央决定撤销的情况下，在较短时间研制、试验成功产品，真是来之不易。它凝聚着221人的智慧和胆识。"

他长期担任雷管组组长，待人和蔼，坚持原则。1988年，二二一厂进行核设施退役处理，贮存多年的残、次特殊雷管组件要进行销毁。由于产品贮藏时间长、数量大，特别是青海气候干燥，雷管性能不稳定，极易发生事故。他亲自动手对不同型号、不同贮存时间的组件依次进行检查测试，制定搬运和销毁方案，身体力行、大胆谨慎带头操作，和同志们一道连续作战，圆满完成了销毁任务，体现了一位共产党员无所畏惧的高尚品德，为基地移交与和平利用，交出了一份合格的答卷。

1989 年，李富学荣获"全国劳动模范"称号。

初战告捷

1962 年下半年，512 车间接受了核装置中第一个关键部件——聚焦元件的试制任务。聚焦元件是实现反应效率高的"内爆型"（又称压紧型）原子弹爆轰向心、同步聚焦的关键部件。该部件形位和尺寸精度要求高，是形状特殊的薄壁零件，铸造、加工、测量都十分复杂和困难。机械二厂副厂长宋光洲组织 511 和 512 两个车间的工程技术人员、工人，开展联合技术攻关。512 车间技术组组长宋国庆同志负责聚焦元件的组织、讨论、协调。陈树梅（A 零件工艺编写执笔）、周宗矩和王菁珩（B 部件工艺编写执笔）、吴淑华等分别负责聚焦元件中的 A 零件和 B 组件的试制。A 零件遇到的第一个问题是铸造毛坯的质量迟迟达不到技术要求。511 车间（即后来的 301 车间）每改进一次铸造工艺生产出的毛坯，副主任郑宝湖工程师都亲自送到 512 车间，站在机床旁察看切片的内部质量，和 512 车间副主任严文灿工程师等技术人员一同分析、研究，提出改进意见。通过数十次铸造工艺的改进，511 车间终于克服了缩孔、裂纹、针孔等缺陷，铸造出合格的毛坯零件。为解决 A 零件加工中零件的测量和变形，技术组的宋组长与陈关全、邢家栋等采用机械靠模装置，在加工中不断改进，加工出产品。检查科郑哲工程师、计量室协同配合，对测量工具和方法进行了不断探索，计量室测量了上万个数据，完善了测量方法，终于实现了技术上的突破，形成了独特的加工、测量技术，收获了成功的喜悦。在 B 组件的研制方面，技术科侯国义工程师给予了技术上的指导。侯工程师是一位精力充沛、思维敏捷、动手能力强、有个性的工程师。我们在一起构思了两套工艺方案，设计了 20 多项加工工艺装备草图。和工人师傅反复讨论后确立了一种工艺方案，取消了部分装备，缩短了工艺流程。试制过程中，我们用设计的卧铣长臂专用卧铣头进行内型腔的精加工时，发现难以保证加工精度，测量十分困难。工段长文积洪提出采用插床精加工技术，技术员吴淑华设计了退刀装置，解决了加工中零件的变形和测量问题。B 组件组装后，在专用设备未到货的情况下，王跃祥师傅自己动手改装球面加工和检验工艺装备，保证了组装后的加工质量。

正当研制工作紧张进行时，总厂从机械二厂工程技术人员中，选用王运耕和我到总厂担任学术秘书。当听到我作为候选人时，一时思绪万千，是去还是留？正当我犹豫不决时，王子通厂长看出了我的心思，把我叫到他的办公室，语重心长地对我说："小王，留下来吧！多在基层锻炼，增长知识和才干，这对年轻人成长有利。"简短的几句话，表达了一位老干部对年轻人浓浓的呵护之情。我的情绪很快平静下来，决心在基层锻炼，正是因为十多年的基层思想锻炼和知识积累，我才慢慢成熟起来。

1963 年 6 月，聚焦元件的研制取得技术上的突破，它是 221 基地研制成功的第一个核武器关键部件，是坚持领导、技术人员、工人三结合的产物。中央军委副秘书长张爱萍、工程兵司令员陈士榘来车间视察指导工作时，查看了该部件的加工情况。八一电影制片厂在车间摄制了聚焦元件的加工过程，作为向中央汇报原子弹研制的资料片内容之一。

移师青海

221 基地的实验室投建工程大部分已完成，原子弹的研制进入到关键时刻，急需各有关学科在 221 大力协同完成。1963 年年初，张爱萍上将到北太平庄的铁道部干校为北京九所同志做动员，发出了"草原大会战"的战斗动员令，将军满怀豪情地说："现在的情况是'春风已度玉门关''西出阳关有故人'。"他在激励大家艰苦创业热情的同时告诫同志们要牢记工作性质、地点"上不禀告父母，下不告妻儿"的保密纪律。大批科研职工满怀热情，抛弃首都优越的生活、工作和学习条件，义无反顾远离亲人，有的甚至隐姓埋名毫不犹豫地服从工作需要，怀着报效祖国的激情奔赴气候环境恶劣的青藏高原。王淦昌、彭桓武、郭永怀、陈能宽等一批科学家也来到青海。加之历年分配的大中专院校毕业生和从苏联、东欧等归国的留学生，特别是1963年和1964年，分配到此的大中专学生1500多人，核武器研究队伍进一步加强，各类技术专业干部逐步配齐，建立起一支能打硬仗、勇攀高峰的科研队伍。一批来自五湖四海、德才兼备的部队转业干部充实了党、政、后勤部门。从全国抽调的政治素质好（70%以上是党、团员）、技艺娴熟、经验丰富、四级以上的工人和部队复员的优秀战士送到沈阳、哈尔滨的国防工厂，对他们进行专业技术培训后也分配到221，组成了生产的骨干力量，一批上海技校毕业生作为生产的后备军。核武器研制基地形成了科技人员、生产工人和党、政、后勤人员三位一体的团队。千军万马汇集草原，开始了原子弹攻关的最后决战。职工们深深体会到能为实现中央的核战略决策献身的自豪，深感使命崇高，责任重大，无上光荣，决心早日造出"争气弹"，圆中国人的梦想。

1963年年初，九局机关和北京九所（除理论部外）陆续向221基地转移。大批人员迁入221致使楼房不够，李觉等领导主动腾出住房搬到帐篷里住，一时传为佳话。周光召深受感动地说："这一举动让我深受教育，终生难忘。"

原子弹的研制事关国家最高安全利益，有关原子弹的一切工作，都是在极其保密的状态下进行的。为此，做好基地的保卫保密工作，是一项重要的政治任务。做到人人重视、处处重视、时时重视。职工进厂要进行严格的保密教育，有的还进行了保密宣誓，健全的保密规定张贴在办公室里。重点车间、研究室建立有保密包制度——每天上班前，到车间（设计或研究室）保密室领取自己的保密包，将一天的科研、生产活动记录在保密本上，科研总结撰写在科研报告纸上，下班时交回保密包；每月最后一个星期六下班前召开小组会，进行保密对照检查和保密包清理。当时各技术小组之间是不发生横向联系的，有关问题的协调通过车间沟通解决。为加强基地的保卫、保密工作，完成了甘南平叛任务的中国人民解放军8126部队进驻221基地。在1170平方千米的厂区设置了8个哨所布防，哨所间由骑兵连进行巡逻。从此，这支英雄的部队和基地一起，从艰难困苦走向成功辉煌。

221的领空安全早期由驻厂的高炮14师负责，后改由兰州空军地对空导弹独立八团负责，最后由防空混成四旅的地空12营进驻青海省海晏县青海湖乡克土以西约4千米的喜马草原阵地，负责领空安全。

基地内部保卫、警戒工作极为严格，各要害车间、工号、实验室，均有持枪战士站岗值勤，工作人员持盖有车间、工号字样的通行证才能进入。每逢产品装配时，保卫部人员到现场与值勤战士共同保护现场安全。

1965年4月，国务院批准成立了青海省人民政府矿区办事处，建立了公、检、法、司、民政、粮食、商业、文教、卫生、邮电、银行等部门，建成了以核武器研制、设计、实（试）验和主生产、辅助生产、生活服务为一体的院、厂、政合一的事业联合体，创建了我国第一个核武器研制基地，形成了高层次生产力要素组合。加之221基地实行商品的特殊供应，保证了从事有毒、有害作业人员的保健食品供应，节日为职工提供凭票供应的黄花鱼、粉丝、木耳、烟酒等，基地建成了一座较为封闭的原子城。当时的工作效率和经济效益都是比较高的，充分体现了社会主义能集中力量办大事的政治优越性。

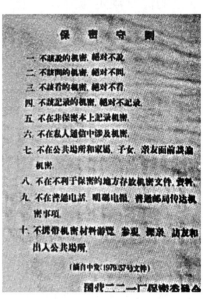

保密守则

草原会战

中央专委成立后，周总理一再指出，要一面抓科研，一面抓试制生产，把科研和工业生产紧紧结合起来。

使命、责任、担当又重新把"一家人"汇集到221基地，开始了"221工程"的原子弹和其后的氢弹工程的总决战（草原会战）。

1964年3月，二机部撤销了九局和九所。局、所、国营综合机械厂合并成立了第九研究设计院和221分院。李觉任九院院长、代理第一书记，分院党委书记由九院党委第二书记刁筹寿兼任，分院院长由李信担任。分院成立不到一年又合并到九院。

早在 1961 年，二机部根据中央领导的指示，提出了隐蔽地区建设第二套新基地规划目标。1963 年二机部向中央呈报关于三线建设的报告，二机部提出对第一套工程有计划地进行缩、停、搬、分，集中人力、物力在西南战略后方，按照靠山、隐蔽、分散、钻洞的原则，抢建一套"小而全"的安全、保险的新基地。从 1965 年 3 月至 1986 年年底二二一厂调往 902 基地共 6398 人，九〇三厂 650 人。

1965 年 4 月 3 日，在 221 基地成立了三线四川 902 基建指挥部和党委。九院第二书记刁筹寿兼任总指挥和党委书记。

1965 年 4 月，国务院批准成立青海省人民政府矿区办事处。下设办公室、公、检、法、司、商业、文教、卫生、民政等局。1965 年 9 月 9 日，九院下设二二一厂，九院党委副书记、第一副院长吴际霖兼二二一厂书记。二二一厂是实体，下属第一、二、三生产部、设计部及实验部，理论部留在北京。建成了院、厂、政合一的核武器研究、设计、制造、试验，具有政府职能的综合基地（三块牌子、三套领导班子、一套机构）。既是"科学研究院"又是"试制生产厂"，也是政府机构，组建了集理论、实验、设计、生产于一体的精干、高效体制。

一、形成以李觉、吴际霖、朱光亚为首的"三驾马车"。院把二机部"以任务为纲"的口号，具体化为"一切工作都要为科研服务""原子弹响了就是最大的政治口号"。当时九院没有设技术副院长和总工程师岗位。九院党委副书记、第一副院长兼二二一厂党委书记吴际霖同志抓设计和科研计划、组织的协调及院（厂）日常工作；朱光亚同志抓科研。院的计划、设计协调会都由吴际霖主持。重要的会议由李觉亲自主持，吴、朱两个人是李觉将军的得力助手，他们珠联璧合，配合默契。当时的会议充分发扬科学民主、畅所欲言的精神，开起会来争论相当厉害，大家意见发表完后，先要朱光亚谈一谈从技术上如何实施，而后，让吴际霖讲从组织上如何落实，最后李觉拍板说："按朱、吴二人的意见办，有什么问题报上来，我们协调解决。"在"三架马车"的带动下，这里集中了院（厂）、部、室（车间）三个层次的技术骨干组成的攻关队伍。

第一个层次，以王淦昌、彭桓武、郭永怀、朱光亚和技术委员会下属的 4 个专业委员会为代表。核武器理论上有彭桓武，爆轰上有王淦昌，工程力学上有郭永怀。技术上由三个人分兵把口，另有一个"瓶口子"把总关——朱光亚（他常把上面的方针和下面的意见，经过筛选、过滤、选择，将内容归纳上报和下达）。下面部、室（车间）的技术骨干来自全国研究、生产第一线的科学家、工程师，一接工作马上上手，运转顺畅效率高。

第二个层次是各大部，班子都配得很强。到 221 基地后，北京九所一室扩编成理论部，领导有邓稼先、周光召、于敏，党委书记是彭非，二、三室合并组成实验部和第二生产部。实验部领导有陈能宽、张兴钤、方正知、苏耀光、王义和，党委书记是吴益三。五、六室合并组成设计部，领导有龙文光、俞大光、黄国光、疏松桂，党委书记是牛广增。四室改为第一生产部102车间。第一生产部领导有宋光洲、何文钊（兼102车间主任）、蔡慈波，副总工程师有谢平海、周蕴章，党委书记是李学良。第二生产部领导有钱晋、吴永文、孙维昌、蔡抱真，党委书记是张鸿江。第三生产部领导有徐庆宝（221分院副院长兼）、胡深阀、马文申、李作庭等，党委书记是张循时。

第三个层次是各研究室和车间，领导配得很精干、得力。像胡仁宇、唐孝威、胡思得、任益民、李德元、王庆延、陈家圣等都是研究室的主任。

第一生产部有严文灿、郑宝湖、隋蔚祺、宋家树、王铸、苏桂余、刘成发、张洽宇等。

第二生产部有李必英、吴文明、吕崇修、刘振东、赵瑞禾等。

第三生产部有赵国进、孙怀宝、工家栋、任雇臣、曹瑞兴、孙八达、陈子彬、孔庆格、刘彦忠、曹学乾、徐连山等。

二、在科研、技术运行机制上推行创新。让有战略眼光、技术能力强、勇于创新的王淦昌、彭桓武、郭永怀、邓稼先、于敏、陈能宽等科学领军人物各管一摊，建立起让他们说了算的科研、技术运行机制。

三、倡导学术民主、集体主义，营造浓厚的学术氛围。科学研究坚持实事求是的原则，一切通过实（试）验来修正、完善、验证。当时大家都没有接触过核武器，又没有苏联的框框，所以对于学术上的讨论，无论是专家还是大学生，可谓是人人平等，畅所欲言，有时争论相当激烈。这种自由的学术民主研究氛围，让大家凝聚智慧攻关，心情舒畅地讨论，也让员工的创新、创造活力得以喷发出来。出现多个方案时，就采取多路探索，在探索的实践中，允许探索中的失败（李觉将军说"这是缴学费"），从而找出最佳方案，再集中力量进行突破。在大胆的探索实验中，优秀的年轻人才胡仁宇、胡思得等脱颖而出。通过原子弹、氢弹工程科学、技术突破等一系列实践，形成了充分发扬学术民主，选准技术路线，重视战略发展研究，集智攻关、倒排计划等一条多、快、好、省的科研路子。为原子弹、氢弹突破提供了技术上的保证，大大加快了原子弹、氢弹爆炸成功的进程。可以说草原会战（1963 年年初到 1967 年 6 月 17 日），是我国核武器快速发展、出成果、出人才、出管理的丰收年代。也是科学民主理论、试验、生产三结合和领导、技术人员、工人三结合发挥最好的时期。可以说，那是一个人人平等、充满活力、敢于拼搏、勇于创新、科研成果辈出的黄金年代。

在紧张地突破原子弹、氢弹工程科学、技术的时期，横跨麻匹河两岸的"七厂大桥"，是除广阔草原外的另一处休闲场所，承载着无数人青春、阳光、热恋的大桥，是 221 人挥之不去的记忆。在文化生活极度匮乏的年代，除电影、收音机外，高音大喇叭是唯一在业余时间能听到新闻、音乐、文娱节目的音响设备，人们的生活不免有些单调、寂寞。正如电视剧《国家命运》主题曲所唱："你的路，注定要孤独寂寞地走完，岁月的沧桑，遮住了你的足迹，历史深处留下了你永恒的背影。"221人耐得住寂寞，甘于寂寞，把寂寞当作人生的一种境界。努力工作成为一种自然，全身心地去追求事业的成功。用青春、用智慧、用热血百折不挠地创造科技上的辉煌。是的，221人在这条道路上隐姓埋名，他们不论在什么岗位上都在奋斗，以苦为荣，写满奉献。

七厂大桥

人活得简单，就会感到快乐！晚饭后或周日是总厂职工散步、孩子们嬉水玩耍、青年男女谈情说爱的时间。

七厂大桥也是通往七厂区、四厂区、六厂区的公路通道。七厂区是实验部广大科技人员工作的地方、六厂区是进行爆轰试验的场所、四厂区则是设计部进行核产品环境实验的地方。别看七厂大桥是一座简单、不大的水泥桥，但桥下清澈的、急速流淌的小溪流，为这宁静草原带来一种美的享受。桥下的流水也经历了由清变黑再变清的变化。自备热电厂运行不久，由热电厂排煤渣流出的水汇入小溪流后，水越来越黑，小孩子也不来这里嬉水了。"文革"结束后开始整治这里，修起了拦灰坝，小溪流水又变清了，桥下再次恢复了过去的热闹，小溪周围开阔的草坪组成了一处休闲的好去处。

精益求精

在郭永怀副院长的指导和设计部主任龙文光的领导下，结合理论设计和爆轰试验开展了原子弹总体结构设计和力学、环境条件适应性试验。当时，科研人员只能乘坐解放牌卡车，自带干粮到四厂区进行力学、环境等试验。当时设计部的办公楼（105大楼）还未交工，他们在未通暖气的单身宿舍内设计了引爆控制系统。最后是在一厂区103车间完成了引爆控制系统的试制。在艰苦条件下提前完成了原子弹总体结构设计及力学、环境等试验和引爆控制系统设计与试制任务。三机部所属的沈阳410航空发动机厂组织技术人员和工人师傅破解了一道道技术难关，提前完成了原子弹精密大金属部件的制造任务。

第三生产部，八厂承担了试验用工程车（遥测车、电缆车、通讯车和维修车等）的改装任务。上级调来剪板机、滚板机、冲床、点焊机，他们夜以继日地忘我工作，根据新疆罗布泊的地形特点选用底盘，经过一个月完成设计。从八厂和四分厂抽调40多人，组建以钳工、钣金工为主的工程车改装组，车间主任是孔庆格、刘彦忠，技术科长曹学乾、徐连山，技术人员有周祥生、冯宝生等，大组长张金洪、张天明，生产组长郁士坤，老工人张伯英、娄松年、姜义山等，他们日夜奋战在 802 工号大厅。施工中出现问题，就在现场由领导、技术人员、工人师傅"三结合"研究解决。经两个半月的苦战，1966 年 3 月前完成了改装车任务，为场外试验提供了遥控测量的手段。

核材料产品

铀-235 部件是核装置中关键的核心部件。铀-235 核材料的提取是一项极为复杂的高科技综合工程。

核工业地质普查勘探的中南 309、新疆 519 等六个地质大队的同志跋山涉水、风餐露宿，经过艰苦的地质勘探，确立了 711 矿（湖南郴县铀矿）、712 矿（衡山大浦铀矿）和 713 矿（上饶铀矿）矿山选址。

首先建设的是三矿、一厂（二七二厂）。第一个开工的是湖南郴县的金银寨矿，这里被刘杰部长称为"核工业第一功勋铀矿"。为争取时间，采取"边勘探、边设计、边施工"的方案，抢建 711、712、713 矿。矿山员工在极度困难的条件下，用极其简陋的设备，靠着一股子拼搏创业的精神，土法上马完成了铀矿石开采。1960 年 4 月生产出第一批铀的氧化物和"黄饼"（重铀酸铵或重铀酸钠，俗称黄饼）。在第一批铀矿和水冶厂建设时，二机部动员有铀矿资源的广东韶关 741 矿，用简陋的工具和简单工艺方法，与北京五所（北京化工冶金研究所）合作，在中国放射化学奠基人杨承宗副所长带领下，生产出黄饼和氧化铀，同时，五所自己动手，日夜奋战，建成一座铀冶炼实验厂，纯化处理黄饼，也为水冶厂顺利投产提供了经验。

二七二厂经纯化、沉淀、过滤、干燥、硫酸氨化，生产出提纯 60%—90% 的化学浓缩物。对"黄饼"进行溶剂萃取或离子交换，去掉杂质转化成二氧化铀、三氧化铀、八氧化三铀等稳定的氧化铀和四氟化铀，提供给酒泉原子能联合企业进行氟化，制成的六氟化铀送五〇四厂。

1964 年 1 月 14 日，科学家王承书（女）来到五〇四厂，以无与伦比的坚韧和执着，与技术人员一起不分昼夜，拿命作赌，推动我国第一座铀浓缩气体扩散厂启动，这比预计提前了整整 113 天。他们用气体扩散法进行同位素分离，分离出丰度高达武器级的六氟化铀材料，为我国第一颗原子弹的诞生提供了极为珍贵的装料。

武器级的六氟化铀又返回到酒泉原子能联合企业。1964 年 5 月 1 日，酒泉原子能联合企业把浓缩的六氟化铀经精炼、铸造、加工等多道工序还原成金属铀。在 1964 年 5 月以前，加工出光洁度达到照亮标准、尺寸误差不超过一根头发丝五分之一的合格的铀 -235 部件。当时，一千克铀 -235 在美国的售价为 1536 万美元。原公浦等人在 1963 年 8 月起开始封闭式技术攻关训练。厂总工程师姜圣阶说："原公浦同志，铀 -235 是我们的命根子，比我们的生命还重要……"

1964 年 4 月 30 日晚 8 时，加工首个原子弹铀 -235 球。按计划要求，加工过程由 3 人操作：原公浦主刀，第二人监护，第三人负责测量。车床启动，原公浦突然感到紧张，双手颤抖着刚车了两刀，突然部件"啪"的一声掉进切屑盘内，加工立即停止。

大汗淋漓、衣衫湿透的原公浦被人搀扶到休息区喝了一杯牛奶。在大家的鼓励和关怀下，原公浦稳定了情绪振作了精神，终于，最后三刀顺利完成。原公浦长出一口气，几乎瘫倒。全场欢呼，大家把车工"原三刀"抛向空中。1964 年 5 月 1 日凌晨，加工出第一套合格的铀-235 部件，北京九所四室部分同志参加了这项工作，并进行产品验收。铀-235 部件实现了原子弹核心技术的突破，为成功爆炸我国第一颗原子弹提供了可靠保证。

经同位素分离后的六氟化铀，送到二〇二厂经还原、冶金，由第二研究室安纯祥担任分室主任，负责铀-238 部件的锻造及热处理等科研攻关。厂党委决定把 627 仓库作为研制场地。安装一台盐溶加热炉、一台 150 公斤空气锤开始锻造。在严寒的冬天，阴冷的仓库里，为了保密，只能在晚上工作。为了抢进度，科研人员吃、住在现场，每天工作 12 小时。他们只有一个信念：宁可掉几斤肉，也要试制出"争气弹"。强烈的事业心和一不怕苦、二不怕死的革命精神，使锻造团队在很短时间内，锻造出铀-238 部件毛坯并进行了热处理。1965 年 9 月，生产出首批合格的氘化锂-6 产品，为氢弹研制生产提供了可靠的热核材料。铀-238 半成品和氘化锂-6 等热核材料送二二一厂。

北京九所刚组建时，核材料的研究还是一片空白。副所长朱光亚认识到核材料的重要性，于是他首先抓队伍的建设，组建了北京九所第四研究室（102 车间前身，1965 年 4 月，技术二处 107 实验室、203 车间，内球组合件装配小组合并到 102 车间），负责第一颗原子弹从中心到惰性层各部件制造工艺的研究。朱光亚经常来到此室就关键问题作出及时决策和指导。1960年10月，酒泉原子能联合企业的祝麟芳、张同星、原公浦等同志来到四室参观学习铀-235材料的精炼、铸造、压力加工和机械加工。前期，四室开展铀冶金研究，取得了许多有价值的工艺参数，基本掌握了它的特性，同时也培养了一批技术骨干力量，为核材料研究奠定了基础。

　　1963年年初，我调到102车间筹备组，即将接触核材料。当时在221基地，对核材料了解的人甚少，有人说，从事核材料会造成终生不育……因为当时基地图书资料很少，我便找到主管技术的副厂长宋光洲咨询，他像拉家常似的对我说："放射线在我们日常生活中到处可见，如宇宙射线、岩石、X光透视……但放射线又是可以得到防护的，控制在一定剂量范围不会对身体造成伤害，更不会造成终生不育。接触放射性材料和原子弹爆炸产生的核辐射污染是两个不同的概念，不能混为一谈。"听完老专家的介绍，我心里有了底，轻松地来到筹备组。筹备组有从北京九所四室来的洪声钰、张家厚、查幼良、沈绍严和我。我们五人挤在机械二厂（后来的三分厂）办公楼一层东头规划中的计量室办公，消化进口设备的图纸和资料。老洪主管热核材料产品成型、干燥空气站等生产的筹备，其他人筹建裂变材料的加工和装配。调干生张家厚和查幼良大学毕业后，曾在北京机床研究所、无锡机床厂工作，后调入北京九所四室从事核材料的工艺研究。老张耿直、率真，有个性，直言不讳，从不违心说话。不过老张也有较真儿的时候，是一碰就炸的火药脾气。他办事利索，是不达目的绝不罢休的人。老查却乐观、敦厚、稳健，言谈幽默，分析问题时清晰简洁，遇到困难总是乐观面对，从不退缩。二人都有扎实的专业知识和丰富的经验，是我们的好组长。1964 年年初，北京九所四室整体搬迁到 221 基地组建了 102 车间，筹备组迁入一厂区第一生产部的核心车间——102 车间，是 221 基地唯一特殊材料产品研制、试验、生产、装配单位。

何文钊同志 90 华诞座谈会

每当新型号、新试验任务下达，理论部、设计部、实验部的技术人员便来到车间进行技术交底。车间驻有二炮代表组，二炮、海军、空军的技术人员曾在车间产品装配组实习。车间成为院（厂）内外技术交流、产品协作的平台。车间主任由第一生产部副主任何文钊同志兼任，副主任有苏桂余、宋家树、王铸、刘成发、赵家业，形成了 102 车间的科研、试验、生产任务直接由总厂下达的传统。车间承担铀 –238、4 号材料、铍 –049 的精加工，热核材料（氢化锂、氘化锂）压制成型、烧结、机械加工、涂层、质谱、探伤、物性、理化分析，以及中子源生产、原子弹内组件和氢弹被扳机装配。筹备组成天围着进口设备，用铝棒等模拟加工来探索最佳工艺参数和精度控制方法。国防尖端研究无小事，核材料的生产稍有不慎，几十万元甚至上百万元的产品部件就得报废。热电厂为保证科研生产安全，除大电厂运行外，启动了列车发电机组作为备用电源，保证用电安全。

102 联谊分会与 6916 厂领导留影

前排：陈宏卫（左 2）、刘书鹤（左 4）、高桐淮（左 5）、武胜（左 6）、宋家树（左 7）、何文钊（中）、王菁珩（右 6）、蒋志刚（右 5）、于永宽（右 4）、赵东辉（右 3）、尚书友（右 2）

2019 年上海 102 车间部分同志留影

前排左起：刘素　沈雪荣　杨应达　王菁珩　苏恒兴　许纪忠　李凤珠

中排左起：徐文富　张爱青　沈佩英　单维美　蔡秀金　饶冬金　陈佩芳　何惠兴

后排左起：孙国良　忻福祥　胡志福　马国弟　陈龙达　杨俊文　张妙根

参加中国核学会核材料学会苏州会议的 102 车间代表合影
前排左起：陆振华、吴仕玉、骆继湘、林秉章、谢建源、韦钞熙、蒋国纯
后排左起：胡允杰、杨志高、王菁珩、宋家树、郝树琛、钟东汉、张强国

第一生产部副主任兼 102 车间主任何文钊（后任第九研究设计院副院长）提出："特殊材料车间、工号和实验室要实行文明生产，要像医院手术室那样整洁、卫生，严格保证产品质量。""不要带问题进工号、实验室。每加工一刀，每测试一个数据都要对人民负责。"型号产品生产前，理论部、设计部技术人员来到车间进行技术交底，而后召开车间、班组会，提出具体的质量、安全目标，把要求和困难交代给大家，使员工明白该做什么、如何做、注意什么。这样，职工心领神会、心神敏锐，就能排除周围干扰，全神贯注思考和把握各项操作。在生产、实验过程中，领导身体力行、以身作则，既是指挥员又是战斗员。在会战攻关的那些日夜里学习氛围十分浓厚，我们在干中学，学中干。白天全身心地投入研制实验，晚上实验室、

办公室灯火通明，大家集中精力钻研业务和资料，每天工作到 10 点以后才离开车间步行回到总厂生活区。

中子点火是实现原子弹自持裂变的关键技术。为解决制备内爆中子源的相关技术难题，委托中科院原子能研究所（现中国原子能科学研究院）王方定领导的小组年轻科技人员进行研制，在原子能所二室主任物理学家何泽慧的指导下，王方定小组承担引发原子弹链式核反应的中子源的装料研制。首先遇到的问题是放射性物质从哪里来？钱三强所长从法国带回来十多个带磨口石英瓶装的镭盐，解决了钋-210 的原料问题。他们因陋就简，一个月建起以沥青油毛毡做顶、芦苇秆抹灰当墙的五间工棚作为实验室，用废弃的手套箱，经过三年多紧张的日夜奋战，1963 年终于成功研制出第一颗原子弹爆炸试验所需的中子源材料，并由 102 车间的同志护送到 221 基地，在 102 车间八组组长孔祥顺、技术人员郝金玺、张荣福等和工人师傅刘雨林、王凌峰等精心操作下，生产出点火中子源部件。内球组合件采用投篮结构比较复杂，尺寸精度、光洁度要求高，包头核燃料元件厂提供了铀-238 半成品部件，在车间副主任刘成发工程师带领下，一大组大组长张洪年，车工裴玉成（后接任大组长）、李志良等师傅，装配钳工严文楼、邹振伦、袁寅、吴连启等，和一工艺组的技术人员：组长张家厚、副组长查幼良、组员胡木荣、沈绍严和我等，严肃认真、精益求精、群策群力地克服了零件吊装、装夹、薄壳件变形及测量上的技术难点，犹如在精工雕刻一件艺术品，有条不紊地进行加工。每测量一个数据，工人、检验员、跟班技术人员进行复核无误后，方可转入下一工步。若测量出现差异，一定要找出原因后方可继续进行操作。最后一刀精加工，需经车间领导同意并在现场共同完成。孜孜不倦地学习，脚踏实地地苦干，团结拼搏的精神带来了科研工作的创新和突破。

铀切屑燃烧

正当铀-238 部件进行紧张试制时，6 月 13 日下午 5 时许，24 号大厅外北边的产品装卸厅里，铀-238 切屑在集中倒桶的过程中发生自燃。当时，24 号加工大厅仅剩下我们外型面机加工组人员（包兴良、马国娣和我是当班技术员），我们擦拭完设备正准备下班。当听到正在吊装厅倒切屑桶的高根生和孙玉山师傅大声喊着"失火啦！失火啦！"的呼叫声时，我们急忙奔向大厅北门。拉开大门，熊熊燃烧的大火蹿出两米多高，把整个大门紧紧封死。我们急速绕到四号大厅，打破消防窗玻璃爬了出去赶到现场救火。火场已经聚集了二十多人，用滑石粉等扑救，火势已得到控制，院、部、车间领导和消防车也赶到现场，用沙石很快将大火扑灭，大火烧掉了 60 千克铀切屑。院、厂领导们仔细察看了现场，安排参加救火的人员前往职工医院工业卫生科住院检查，要求车间组织人员进行工号设备的去污清理，确保第一颗原子弹研制任务按时完成。经过短暂休整后，房建处的工人负责墙壁的铲除去污清理，其他任务由一大组和第一工艺组完成。车间一大组、一工艺组员工怀着极大的政治热情，紧张地投入工号的放射性污染清理工作中。

确保第一颗原子弹 10 月爆炸，就是命令，就是沉甸甸的责任。为把丢失的时间抢回来，面对放射性严重污染的通风管道和房梁，他们以生命赋使命，亮出了不怕牺牲的利剑，彰显 221 人的风骨。争先恐后地卸下通排风道，钻入放射性污染严重的通风管道内去污清洗。有的系上安全带，登上钢制房梁，一段一段地清洗放射性粉尘，有的擦洗机床设备，直到剂量合格为止。苦干一个多月后，车间再次投入生产使用。

同时，车间成立了以谢建源、贾建忠为正副组长的安全组，成员有张妙根、陈张寿、罗维申。在车间宋家树副主任指导下，对铀 –238 切屑燃烧机理、贮存方法进行了探索。通过反复实验研究，探索出一套既经济又安全的贮存方法，取代了苏联提供的方法。经过一个月奋战，车间又恢复了往日的生机。为牢记这次教训，车间决定将每年 6 月 13 日设为车间安全日。面对第一颗原子弹投篮装置中多个铀 –238 薄壳零件加工中发生变形，内型面中有内槽，外型面有台阶的情况给精加工带来的挑战。为保证开天窗两个零件型面的一致性，我们采取了工艺补偿办法并设计了专用测量工具，解决了尺寸精度、型面一致性的问题。硬是在 9 月初圆满完成所有铀 –238 零件精加工。保证了第一颗原子弹装置于 9 月 26 日出厂，1964 年 10 月 16 日原子弹爆炸成功。

三大组的同志们于 1964 年 5 月接手 4 号材料（石蜡 – 碳化硼产品、非放射性材料），借用三分厂 301 车间铸造出毛坯，委托 512

车间加工成产品。我和邹振伦、王文玉二位老师傅在102车间一楼一间腾空的办公室里铺上棉毯，紧张地工作了一周，精心地刮配出合格的4号材料产品，保证了核装置装配需要。一大组严文楼、邹振伦、袁寅、吴连启等装配师傅，在简陋的工号里精益求精、万无一失地操作，圆满地完成了某零件与4号材料产品和铀-238的装配以及铀-235与中子源的装配，第二生产部207车间完成内组件装配。至此，车间全面完成了核材料产品的试制和装配任务。

在会战的日子里，理论部、设计部的技术人员深入102车间进行技术交底，跟班作业。王淦昌、郭永怀、朱光亚、陈能宽、龙文光、张兴钤等科学家，经常来到102车间看望技术人员和工人，现场指导工作，遇到疑难问题，就在车间调度室听取汇报，你一言、我一语，平等、融洽地讨论，直到最后拍板，经常工作到深夜才离去。他们那种一心扑在事业上，敢于担当、自主创新、深入实际的工作精神和平易近人、学术民主、求真求精、严谨的工作作风，给青年人树立了榜样。

出中子试验

1963年年初至1967年6月是突破原子弹、氢弹科学、技术、工程的草原会战阶段。会战期间，雷管、高能炸药、核装置、中子源、引爆控制系统的设计、生产、实验都是紧紧围绕着出中子冷试验、次临界实验、国家核试验进行。

在王淦昌、朱光亚、陈能宽等科学家的亲切关怀和指导下，

第二生产部副主任孙维昌精心组织，亲自参与 201 车间炸药部件的研制，用 4 台带有蒸汽夹层的球形底不锈钢药炉，用木棒搅拌高能炸药熔化后制成悬浮体进行浇铸。1964 年 3 月 28 日，通过了全尺寸主药球的成型工艺定型。202 车间的工人师傅一丝不苟，远距离电视操作，生产出合格的炸药部件。

1963 年 12 月 24 日，在 221 基地六厂区 614 工号，进行聚合爆轰出中子试验。李觉、吴际霖、朱光亚亲自坐镇指挥。试验产品车由保卫、警卫的小车开道，李觉、吴际霖坐的小车紧跟在产品车后，以防发生意外。中子测量技术上很难，又是第一次使用自己准备的仪器进行测试，谁也没有把握能测到中子。所以，尽量把探测仪器的灵敏度调得很高。自幼多病的彭桓武 1963 年第一次走进青藏高原的金银滩，强烈的高原反应使他头晕、气喘、吃不下饭、睡不好觉，周总理的那句"彭桓武呀，这可是严肃的政治任务"的话语时常在他耳边响起，他坚持和年轻科技人员奋战在一起。直到中子点火装置试验产生了理想的中子，冷试验取得圆满成功，彭桓武的心才平静下来。二机部党组发来贺电。其后，进行 1 : 2 缩小比例聚合爆轰出中子冷试验（除活性材料铀-235 用贫化铀-238 材料代替外，其余全是核爆试验所用的真品）。1964 年 6 月 6 日，在六厂区 614 工号进行了全尺寸爆轰模拟出中子试验，这是对原子弹理论、结构设计、加工制造、测试手段及试验队伍的全面考验。试验取得圆满成功，标志着向心爆轰和点火装置均达到技术指标。它凝聚着核科技人员几年的心血和汗水，为我国第一颗原子弹爆炸成功奠定了基础。中央专委发来贺电，张爱萍同志赋诗一首，赠朱光亚及九院同志：

《贺第一颗原子弹冷试验成功》
祁连雪峰矗入云，
草原儿女多奇志，
修道炼丹沥肝胆，
应时而出惊世闻。

次临界实验

前期在北京九所完成了大量仪器的研制准备，调试好次临界实验的 621 装置、临界实验的 622 装置，在关键程序上实行定人、定岗、定动作、定指令，反复进行几百次演练，做到准确、熟练。到 221 基地又经过三个月设备系统调试和人员培训，1964 年 8 月，221 基地七厂区 701 大厅灯火辉煌，采用 621、622 装置，完成了测试临界和次临界任务。这是我国第一次进行快中子临界实验。原子能研究所的吴当时、李嘉梁、周眉清参加了这项工作，测出铀 -235 在各种条件下的临界质量。当首套原子弹核心部件运到七厂区 701 大厅时，李觉、吴际霖、朱光亚等院领导和有关部门的领导亲临现场。随着两个半球（铀 -235）的接近，中子增殖也在增加，计数器的计数加快，领导和全体参试人员的心都悬了起来。但从装配曲线来判断，实验进行得十分顺利，8月下旬完成了数据处理。一个月完成了产品出场前的物理参数测定和产品装配过程中的次临界安全检验任务。为研制原子弹取得宝贵的临界、次临界数据，保证了核装置铀-235装配、运输、贮存等过程中的次临界安全。

在原子弹装置中的部件制造、装配过程中，有黄克骥等一批有着精益求精、不断超越的工匠精神的代表，他们对人民高度负责，总是冲锋在前，敢于担当，突破层层技术难关，取得骄人的成绩。215车间完成了原子弹总装配与引爆控制系统进行联试。

总装车间

装配产品在上星站装上专列火车出厂

第九作业队

九院的广大科技人员、工人、干部以高昂的政治热情，科学、严谨、求实的工作作风，严格执行不带问题出厂、不带问题试验的要求，在第二生产部副主任蔡抱真、207车间副主任吴文明、吕崇修带领下，技术员吕士保和曹家义、曹庆祥、黄克骥、朱深林等师傅在207车间圆满地完成了原子弹内组件和投篮装置装配和总装。在215车间设计部科研人员完成了电缆敷设和无线电引控系统的联试。一个个安全、稳定、可靠的原子弹训练产品、备品、正式产品在总装联试后，分解装箱整装待发。

新疆核试验基地的程开甲等专家建议：中国首颗原子弹试验采用百米高铁塔上塔爆方式。一是塔爆方式可靠、保密性好，能获得最多的测试、测量数据。二是空投在弹落点和起爆与测试同步方面，困难很大，不易测得原子弹爆炸的各种数据，也不易保密。三是确保投弹飞机安全返航方面，心中无数。

1964年4月11日，第8次中央专委会议批准了塔爆方式的建议。铁塔由工程兵研究设计院设计，总重76吨。铁塔用的无缝钢管由鞍钢专门生产，塔架由建工部华北金属结构厂加工。吊装原子弹的专用起重机和吊篮由北京起重机厂生产。参与铁塔安装施工的是工程兵第124团、第109团二营和加工连、第122团的两个连共5000多名官兵。九院派出了222人的试验工作队伍——第九作业队下属七个工作分队，一个现场技术领导小组。吴际霖担任第九作业队副队长、党委书记，协助李觉院长组织、押运试验产品，做好沿路各项保卫工作。"596"核试验前，国际形势十分严峻。美国的卫星经常在核试验场上空侦察，中国不得不对首颗原子弹的生产、贮存、运输、试验采取极其严格的保卫保密措施。训练产品于8月15日，首次试验装置596-1、596-2（备品）于9月28日从221基地的"上星站"启运。根据周总理指示，产品火车专列定为一级专列。在运输途中，采取了严密的安全保卫和保密措施，核弹头专列沿途和到站后的警卫，都按国家元首级警卫配备。专列所经沿线都由公安干警警戒；到了两省交界处，由两省公安厅厅长押运过境并办理交接手续；铁路沿线检车用的铁锤，一律换成铜锤，以免产生火花；机车所用的煤都用筛子筛过，防止混入雷管之类的爆炸物；专列经过时，横跨铁路上的高压线暂停供电。产品安全运抵乌鲁木齐车站后又连夜运至乌鲁木齐机场，由改装的伊尔-14飞机运抵开屏，通过直升机送到靶心-701铁塔下。铀-235部件和中子源专列到达西宁后，用经保温改装后的伊尔-14经兰州、酒泉飞到开屏，在铁塔下的半地下装配车间进行总装。为保证在罗布泊进行第一次国家试验，原子弹装置万无一失地安全运送到铁塔下，他们在221基地模拟了地下装配和轻轨运输条件，反复操作直到模拟无误为止。在罗布泊完成装配后，由第二生产部副主任蔡抱真、黄克骥、朱深林、曹庆祥四人共同推着原子弹装置到高塔下，最后用卷扬机吊至102米高的铁塔上。核装置放在铁塔14层的活动盖板上（距地面100米）。整个过程中作业队的同志们遵照周总理的要求，严肃认真、精益求精、一丝不苟、万无一失地工作。8月31日进行综合预演，表明核装置和无线电控制系统部件经长途运输和总装后，质量均符合设计要求。

蔡抱真、黄克骥、朱深林、曹庆祥推着原子弹装置到爆炸的高塔下

第九作业队701分队在102米高塔爆室合影
前排左起：贾浩、李仲春、朱建士
第二排左起：李火继、陈常宜、潘馨
后排左起：张振忠、叶钧道

1964年9月23日，周恩来总理在中南海西花厅召开特密级小型会议，对中国原子弹爆炸时间作了确定。10月15日12时半，周恩来总理批示，请以保密电话嘱托张、刘同意"零时"定为16

日 15 时。

周恩来总理说：“对这次试验要严格保密……凡是和试验无关的人员都不能让他们知道，包括你们的妻子、儿子。”有关核试验的内容都编成绝密级的密语。首次试验密语为 1064。原子弹实弹称为“老邱”，装配为“穿衣”，弹在装配叫“住下房”，弹在塔上叫“住上房”，雷管叫“辫子”，弹上插雷管叫“梳辫子”，起爆叫“零时”。“原子弹在塔上开始插雷管”我们就叫“老邱住上房，开始梳辫子”。1964 年 10 月 14 日下午，国家首次核试验委员会在核试验场区召开全体会议，决定 16 日 15 时为核爆“零时”。现场总指挥张爱萍上将担心中子“过早点火”而导致失败的可能，于是给二机部发了一份“紧急电报”，要求九院科学家保证，依靠他们的计算结果，试验的成功率在 99% 以上。刘杰部长连夜赶到九院的理论部，指派物理学家周光召、黄祖洽和数学家秦元勋在 8 小时内作出答复。由于资料已经带到试验基地，三位科学家只能凭自己的记忆用计算尺进行核算，花了一整天工夫，核算完毕，三人同时在向中央专委的“备记录”上签字，说明成功的概率在 99% 以上。

陈常宜、叶钧道在 596 国家试验任务中担任正、副分队长，负责“老邱住上房，开始梳辫子”的工作。在预演时，他与陈长宜分队长一同被卷扬机吊到塔上。突然间，狂风大作，黄沙漫漫，卷扬机只能停止运行，两人在塔上待了人生最难忘的一天，仅靠一位工程兵战士冒着生命危险送来的一大包鸡蛋维持生命。

国家试验准备全面开始！

叶钧道再次坐在产品吊篮里，来到 100 米塔上。他与陈常宜队长、张寿奇确保最后一道最危险的工序——插雷管工作到位、牢靠。九院院长李觉将军仔细检查无误后才离开现场。

1964 年 10 月 16 日下午 3 时许，九院工作队的韩云娣神态自如地准确地按下了操作控制按钮，30 秒……10 秒，与此同时，响起了一位男军人清脆的声音："9、8、7……起爆！"

1964 年 10 月 16 日下午 3 点整，我国第一颗原子弹装置爆炸成功！举国沸腾，承载着民族使命的蘑菇云冲天升腾而起，那滚滚向上的蘑菇云让中华民族从此挺起了民族的脊梁，谱写了中国核工业发展的新篇章。身穿浅灰色工作服的第九作业队的同志们欢呼着、跳跃着，抒发出中华儿女扬眉吐气的民族豪情，它将激励着一代又一代中国人奋勇前进。试验的成功是中国人民加强国防、保卫祖国的重大成就，这一巨大成就震撼了全世界。我国政府郑重地声明，不首先使用核武器，不对无核武器国家使用核武器。这是一个自立于世界的民族发出的庄严承诺，是一个爱好和平、富强、繁荣和负责任的国家的庄重宣言。具有讽刺意义的是，曾经嘲笑中国"20 年都造不出原子弹""到头来连裤子都穿不上"的赫鲁晓夫就在头一天灰溜溜地下台了。

起爆操作员

起爆操作员是九院设计部的韩云娣，1963 年毕业于哈尔滨军事工程学院。在综合预演中"紧急刹车"按钮产生误动,经领导批准,韩云娣与小组同志对线路进行改进,这给张爱萍将军留下了良好印象。正式综合预演时,原主控操作员过度紧张,对紧急预案反应过慢,站在主控操作台后的张爱萍说:"换个人吧!我看哈军工的小韩就不错嘛!"戴白色工作帽身穿白大褂的韩云娣被推到主操作手的位置,虽然主控室的气氛异常紧张,但对系统了如指掌的小韩镇定自若地按下扣人心弦的最后一个按钮。这位隐姓埋名、工作认真负责、技术娴熟、干练泼辣、为人低调的无名英雄,在影片中仅留下他一只右手的镜头。

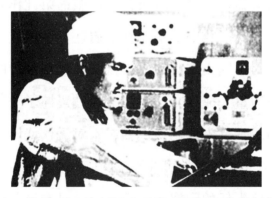

按下第一颗原子弹启爆按钮的计设部科研人员韩云娣

分享喜悦

在举国欢庆的日子里,周恩来总理、聂荣臻副总理在北京接见了全体有功人员。一生产部副主任兼102车间主任何文钊、产品装配的老工人邹振伦参加了这次活动。

组长张家厚也参加了第九工作队前往新疆罗布泊的试验。出发前，一工艺组的张家厚、查幼良、沈绍严、胡木荣和我，车间副主任刘成发以及原102车间筹备组的洪声钰一同前往原来矿区百货商店二楼东头那家小有名气的红星饭店（后荣获省级先进饭店），爱喝点老酒的老张和大家一起品尝了4.7元一瓶的好酒，庆祝圆满完成原子弹加工和装配任务。在原子弹爆炸成功全国人民欢庆的日子里，在221研究设计分院，一切是那样安宁、静谧，没有号外，没有庆功会。221人高度的使命感和奉献精神，以及低调不张扬的个性再一次得到体现。他们沉浸在努力的工作中，把成功的喜悦深深埋在心里，化作攻克下一个目标的动力。爆炸成功后，基地有不少单位和职工并不知道原子弹装置是从这里研制、总装出厂的。

1965年10月30日，九院领导在二二一厂办公楼前与核试验基地春雷文工团演员合影
第一排王淦（左2）、朱光亚（左3）、郭永怀（左4）、吴际霖（左5）、李觉（左7）、
王淦昌（右6）、陈能宽（右3）、王志刚（右2）

中央派来了新疆罗布泊核武器试验基地的"春雷文工团"，给文化生活匮乏的基地带来了喜庆和欢乐。文工团与221人共同分享成功的喜悦，每天两场节目，话剧和歌舞轮换演出，持续了一个多星期。文工团的成员深入分院基层体验生活，创作了一批反映221基地独立自主、自力更生、攻克难关的歌舞节目。当职工看到反映自己科研、生产、生活的节目被搬上舞台时，感到格外亲切。

氢弹计划

氢弹也要快

1965 年 1 月，毛泽东主席提出："原子弹要有，氢弹也要快。"

第一颗原子弹爆炸成功后的第 17 天，周恩来总理在听取张爱萍、刘西尧关于第一次核试验情况的汇报时，明确指出，"我们明年要试验核航弹，后年要与导弹结合试验，1967 年要搞氢弹。"这就是周总理关于我国核武器研制"三级跳"的设想。

氢弹是利用原子弹爆炸的能量，点燃氘、氚等氢核的自持聚变反应，能在瞬时释放巨大能量的核武器。原子弹的威力通常只有几百吨到几万吨梯恩梯当量，而氢弹的威力可大至几千万吨梯恩梯当量。

氢弹与原子弹相比，是一个阶段性飞跃。中国能不能比其他国家搞得快些？二机部领导和科研人员认真分析主客观条件后，认为如果有利条件运用得当，加快氢弹研制速度是有可能的。

氢弹的三个要素——原理、材料、结构比原子弹复杂得多，一个是重核裂变，一个是轻核聚变。在时间上还面临与法国的竞争。原子弹爆炸成功，使我国核武器研制、试验、生产等有了一定基础，特别是有了一支热爱事业、无私奉献、技术精湛的职工队伍。热核材料工业也初步建立起来，为氢弹突破创造了有利条件。我国的氢弹技术，完全是靠中国人自己的聪明才智，在艰苦探索中完成的。

上海 100 天

1960 年 12 月，正当北京九所（核武器研究所）全力攻关原子弹技术时，富有远见卓识的刘杰部长，提出先行在原子能所开展氢弹的理论预研，在氢弹理论研究上先行一步。他与副部长兼原子能研究所所长钱三强商量后表示同意。

12 月的一天早晨，一位 30 岁的年轻人——原子能研究所第四研究室的组长、1950 年入党的青年物理学家黄祖洽，走进了钱三强的办公室。钱所长以平静而严肃的语气说："小黄，今天叫你来，是要告诉你部党组的一个重要决定。为早日掌握氢弹理论，我们要组织一个轻核理论组，先行一步对氢弹的作用原理和各种物理过程进行可行性结构的探索和研究。现在我们只能靠自己啦！"钱三强特意叮嘱黄祖洽："要特别注意保密！"在钱三强所长的组织下，原子能研究所成立了以黄祖洽为组长、于敏担任副组长的"轻核反应装置理论探索组"（简称"轻核理论组"）。一群年轻的科学工作者秘密地开始了热核材料性能和热核反应机理的探索。

1949 年从北京大学物理系毕业的于敏，以"量子场论"作为攻读研究生的专业方向，完成了《核子非正常磁矩》论文。1951年他被分配到原子能研究所，从而改变了自己追求几年的"量子理论"的研究。他从头学起，开始原子核理论研究。"十年寒窗"，于敏发表专著、论文 20 多篇。钱三强称赞道："于敏填补了我国原子核理论的空白！" 20 世纪 60 年代初，丹麦著名核物理学家玻尔访华，于敏向他提出一些不同寻常的问题，其坚实的理论基础和独到的见解让这位诺贝尔奖获得者大吃一惊，他发现于敏是一位出类拔萃的人。

在原子能研究所"轻核理论组"的 4 年时间里，于敏的物理思维深入、透彻，解决问题深刻、快捷。这得益于他善于抓主要矛盾的"物理的直观"方法，从纷乱的现象中找出物理原因，从复杂的计算中找出其中的物理内容，他提出了一套解决问题的"物理学的分析方法"。于敏作为轻核理论组的年轻科学勇士，呕心沥血提交科研成果报告 69 篇，对氢弹的许多基本现象和规律有了更深的认识。

1963 年 9 月，在九所一室主任邓稼先和副主任周光召领导下，由副所长、理论物理学家彭桓武亲自指导，带领年轻科技人员开始了对氢弹原理的探索。有人把原子弹比作氢弹的火柴，火柴已经具备，中国的氢弹之路在哪里？

1965 年 1 月，于敏、蔡少辉等 31 名"轻核理论组"科研人员调入九院的理论部与主战场汇合，于敏任理论部副主任。在氢弹攻关的关键时刻，副部长刘西尧乘坐开了 18 年的红色"奔驰"车，不知多少次出现在九所的灰楼前和科技人员一起度过了多少个不眠之夜。刘副部长说："要研制氢弹，首先遇到两个问题：一是从哪里入手，二是要搞出一个什么水平的氢弹。"就是要先从突破氢弹原理入手，要搞出一个什么样的水平的氢弹？那时有两种考虑：一种是只要实现热核聚变就行，另一种是一步就研制出能装上导弹头的氢弹。

1964 年 8 月，中央专委同意在突破氢弹关键技术上第一步进行热核材料试验；第二步在上述工作基础上，进行一次三相（裂变—聚变—裂变）航弹试验。经多次研究，决定一步就研制出能装上导弹头、梯恩梯当量不小于 100 万吨、重量 1 吨的氢弹。为实现氢弹"1100"目标，理论部分兵作战、多路探索，从中寻找最佳方案。

理论部 13 室孙和生主任带领 50 多人（理论部副主任于敏晚几天）到达上海中科院华东计算机技术研究所，利用 j-105 计算机（每秒 5 万次），进行三相（裂变—聚变—裂变）氢弹航弹的优化设计。从计算结果看，这个模型中的聚变反应份额很低，表明聚变材料没有得到充分燃烧。通过几个月的工作，计算了很多模型，但结果都不理想，突破氢弹的两条途径距离"1100"目标还是很远。

当人们盼望能算出好结果时，一天，科研人员刘玉琴上机，突然算出氢弹要求的结果，大家一阵惊喜。闻讯后，于敏等赶到现场。这个结果给大家很大的启示，以前认为要提高温度，让热核材料充分热烧，现在看来提高热核材料的密度才是关键。一心扑在事业上、理论造诣颇深的"国产一号土专家"于敏通过敏锐的观察分析指出，要达到极高的压缩度必须用原子弹的能量才有可能实现。他分析了原子弹爆炸所释放能量的形式，提出一个减少能量损失，提高利用率的结构，从计算的多个模型中选用一种比较容易控制、驾驭能量的形式。通过改变计算机模型外界条件的办法，模拟原子弹能量通过某种机制瞬间作用到氘化锂-6等聚变材料的氢弹主体上来，计算取得完美结果。他发现热核材料持续燃烧的关键，取得了决定性的突破。科研人员通过大量的计算和讨论，终于探索出一条精巧的结构，用原子弹能量创造出热核材料的燃烧条件，控制住了原子弹的破坏因素。这个方案是利用原子弹作"扳机"，来引爆"被扳机"的两级理论方案。

上海100天，是艰苦卓绝的100天，形成了一套从氢弹初级到氢弹次级的原理和构型的原理方案。于敏兴奋地用暗语给在北京的理论部主任邓稼先打电话。

于敏说："我们到底牵住了牛鼻子！"

邓稼先说："好！我立刻赶过去。"

理论部主任邓稼先第二天飞到上海，听完于敏的汇报并与大家一起通宵达旦地分析结果，邓稼先对新原理表示充分肯定，他十分兴奋。按照老习惯，老邓和老于带大家外出，谁的工资高谁请客，这次老邓又请大家在餐厅美美地吃了一顿螃蟹。

回到北京，理论部主任邓稼先组织理论部的技术人员对这个设想方案进行了反复的讨论和推敲，并提出了一些非常好的改进。设计部技术人员提出了加大热核材料和铀产品的尺寸等重要的改进建议。后经理论部的科研人员计算论证，改进后的结构设计使爆炸威力有较大提高。

为实现氢弹新的理论方案，关键的试验项目，是模拟氢弹扳机爆轰试验。它的任务是把"能量传输系统"的设计定型。在221基地656试验场，"能量传输系统"在炸药爆轰产物中的状态，用常规的光学、电子学等爆轰测试技术是做不到的，只能用时间比医用X光短1万倍的强X射线闪光照相来观测。通过一次又一次改变结构形状和安全保护措施进行爆轰试验，解决了氢弹扳机结构安全技术问题，很快给出了"能量传输系统"的结构设计。

1965年8月18日，从221调往四川地区1249人，其中，干部与技术人员572人、工人677人。

1965年12月，在二二一厂由吴际霖主持，刘西尧、李觉两位副部长、国防科委二局局长胡若嘏等参加的1966—1967年科研生产会上，于敏详细汇报了利用原子弹作为"扳机"来引爆"被扳机"的两级氢弹原理方案，以及实现该方案所必须解决的关键技术和结构。会议确认于敏等提出的利用原子弹引爆氢弹的理论方案从基本规律上的推断是合理的、可行的。二机部确定了"突破氢弹，两手准备，以新的理论设想方案为主"的方针。中央专委于1965年年底，原则同意核武器研制两年规划。

于敏是我国自己培养的出类拔萃的顶尖科学家，在氢弹原理这一关键技术的突破中起了关键作用，于敏表现出求实创新的超人意志和不畏艰险勇于挑战风险的崇高品质（于敏荣获 2014 年国家最高科技奖，2018 年，党中央、国务院授予其改革先锋称号和奖章，2019 年被授予共和国勋章）。于敏说："一个人的名字早晚是要没有的，能把微薄的力量融入祖国的强盛之中，便足以自慰了。"

20 多年后，人们问于敏是怎样攻克氢弹原理的，于敏回答："我感触最深的是在工作中与大家亲密无间的合作。""研究氢弹原理是一批科学工作者，参加设计、实验的人就更多了。要说攻关，是集体攻关，我只是其中一个卒子。"

小平视察

"文革"前夕，山雨欲来风满楼。1966 年 3 月 30 日，中共中央总书记邓小平视察了二二一厂。

金银滩草原，寒风料峭。基地职工、少先队员、解放军指战员、家属列队在马路两旁，喜气洋洋地迎接邓小平同志的到来。下午 3 时许，一辆辆小汽车在办公楼前东边的马路转弯处停了下来。邓小平走下汽车，站在海拔 3200 米的总部办公生活区，举目眺望着茫茫的草原和起伏的群山兴奋不已。他告诉随行人员，这里与当年长征时走过的毛尔盖差不多。在薄一波副总理、西北局第一书记刘澜涛、国防工办主任赵尔陆、青海省委第一书记杨植霖、为高举毛泽东思想伟大红旗，遵照毛主席指引的方向，奋勇前进——别人已经做到的事，我们要做到；别人没有做到的事，我们也一定要做到。

邓小平

邓小平题词

省长王昭等陪同下，与前来迎接的二机部副部长刘西尧、副部长兼九院院长李觉、8122部队司令员贾乾瑞、第一副院长兼二二一厂党委书记吴际霖、副院长王志刚及陈能宽、院政治部副主任刘志宽一一握手。邓小平指着李觉，对薄一波和刘澜涛说："我记得这个核武器基地的地址是他选定的呢。"李觉马上说："是小平同志亲自批准建在这里的。"邓小平同志微微一笑，说："这么说，建这个基地我也作出了一点贡献啊！"身穿呢子大衣，风尘仆仆、神采奕奕的邓小平面带笑容，向欢迎的群众频频挥手。

他来到电影院前广场，接见了学习毛主席著作积极分子、先进标兵、驻军五好战士代表等1200人，并与他们合影留念。然后，邓小平同志一行驱车来到一厂区第一生产部的模型厅，在模型厅听取了刘西尧、李觉关于221基地贯彻毛主席的"氢弹也要快"、周总理"1967年要搞氢弹"的指示汇报。邓小平同志听后非常高兴，高度评价了我国科学家发扬学术民主、群策群力、脚踏实地、实事求是的精神，一再鼓励王淦昌等科学家，继续为发展我国的原子能工业和核武器作出新贡献。当听到搞氢弹有一定风险时，邓小平鼓励着说："你们大胆地干，成功了是你们的，出了问题失败了，我们负责。"这句话给予在场领导很大鼓舞。在展厅，邓小平仔细观看了产品模型，还欣然挥笔题词："高举毛泽东同志的伟大红旗，遵照毛主席指引的方向奋勇前进——别人已经做到的事，我们要做到；别人没有做到的事，我们也一定要做到。"这充分表达了邓小平同志敢为天下先的豪情和对我国核事业发展的期望，极大地鼓舞着221基地和核工业战线广大技术人员、工人、干部不断进取，努力创新，决心赶在法国前爆炸我国第一颗氢弹。

邓小平迈着稳健的步伐，来到马路对面的102车间。在四号大厅，一边观看热核材料成型用的手套箱、模具、压机、真空炉等设施，一边听取介绍，不时点头询问。他在11号密封间听取热核材料产品涂层介绍，观看了涂层操作演示。他不时微笑点头，鼓励同志们不断完善产品涂层技术。

在第二生产部203车间的215总装工号、实验部701临界安全试验大厅，他仔细、认真地观看实验装置。邓小平非常关心基地的建设和科研生产的正常运转，他伸出手指对刘西尧、李觉等在场的人们说："不管发生什么事情，你们要抓紧生产不放手，这是根本的一条。要保证各个环节正常运转。"参观后，邓小平兴奋地说："看到这些产品我很高兴。"下午5时许，邓小平同志在职工热烈的欢送中离开了二二一厂。党和国家领导人的视察和邓小平同志的题词，为我国核工业战线和九院、二二一厂广大职工突破氢弹技术注入了强大动力。

技术突破

氢弹设计决定以新理论方案为主后，九院组织全院的理论、实验、设计、测试、制造等方面力量加速试验研究。为实现新的氢弹理论方案，决定进行三次核试验：第一次探索热核材料性能，验证热核材料性能的理论计算是否与试验结果相符；第二次验证是否真正掌握了氢弹原理；第三次进行全当量爆炸试验。

X 号金属部件结构复杂，是高能炸药爆轰同步聚焦的关键部件，是非核部件中工艺技术难度最大的卡脖子部件。第一颗原子弹中的 X 号部件等是委托三机部四一〇厂完成的。其后任务转到 221，由第一生产部 301 车间老工人潘寿洪、徐兆伦、于德发为代表，克服高原气候带来的不利影响，改进升温和冷却速率，先铸后压，经过反复实验，攻克疏松等缺陷，终于生产出 X 号铸件毛坯。

第一生产部 101 车间，以老工人赵成发和赵世秀为班组长，铣工为主体，天车、检验、技术员参加的攻关小组将大型插床改造成大铣床，用于加工。高级工程师朱顺忠同志设计车间生产的回转夹具，8 个人分上、中、下三个操作面，64 个工步，进行加工。为尽快完成研制，车间实行两班倒，夜以继日奋战，仅此部件铣床加工一道工序就耗时数天完成。功夫不负有心人，终于在 1965 年 4 月研制生产出合格产品。至此，所有金属件全部在 221 完成。

热核材料部件是氢弹产生聚变反应的主要部件，它是攻克氢弹的关键技术之一。

1964 年 9 月，包头核燃料元件厂生产出合格的氘化锂 -6 等热核材料，为氢弹研制创造了物质条件。我国第一颗原子弹爆炸成功后，第一生产部 102 车间便着手进行热核材料部件的工艺研究。

1965 年 2 月，刘西尧副部长来到 102 车间，要求车间立足现有条件，一年内突破热核材料产品技术关。

热核材料部件的技术攻关是一项综合性很强的研制任务。要解决从热核材料粉末成型、机械加工和防潮涂层以及物理检验、探伤和杂质元素分析等一系列技术问题。

当时，热核材料对干部和职工都是新鲜事物，一切都得从头摸起。车间学习蔚然成风，大家边学边干，每天晚上，车间的办公室和实验室灯火通明，科研技术人员一边忘我地实验，苦苦探索，一边刻苦学习,钻研仅有的一点技术文献资料。晚上 10 点后才离开，步行回到总厂生活区。朱光亚、陈能宽、龙文光、张兴钤等科学家，经常深入 102 车间各工号和实验室，在一些关键技术上进行方向性决策和业务指导。

质谱分析仪是热核材料同位素丰度分析的重要仪器，当时国内还没有生产，通过调研和可行性分析，二机部决定委托北京气体分析仪器厂承担仪器的研制任务。他们闯过道道难关，很快研制出我国第一台质谱仪，与苏联提供的质谱仪一同用于科研生产。

热核材料（氢化锂–7、氘化锂–6、氘化锂–7 等呈银灰色颗粒）的化学活性极高，易燃、易爆、易吸潮。为解决热核材料压制成型、加工中的安全，所有的操作都在有保护装置的手套箱内进行。

把热核材料热压制成球状毛坯件，加热过程中务必把空气抽干净，并注入惰性气体氩气，以增强保险系数。刚开始组织技术攻关，一条路径是铸造，就是像搞炸药那样，把热核材料溶化后浇铸到模具里。一些技术环节很不容易掌控，都感觉难度比较大。另一条路径是压制成型，又分热压成型和冷压成型。车间副主任宋家树和大组长武胜带领大伙反复研究，集纳众智，最后决定把攻关重点放在热压成型工艺上。实践证明，他这个决定是正确的，为首颗氢弹热核材料成型提供了可行的技术路径。

在车间副主任宋家树（后来成为中科院院士）指导下，安全组在组长谢建源、贾建中领导下因陋就简，采用废弃的手套箱，通过实验终于找到了控制箱内氧含量的数据，设计出一套箱内氧含量的测定方法，解决了机械加工防粉尘爆炸的问题。通过不断实验研究，建立起科学的检测程序和方法，积极配合热核材料的成型和加工，样品随时进行检验和分析，确保科研试制的顺利进行。在热核材料成型实验研究方面，化学组组长谢仁寿、王炎明，光谱组组长叶宏才，质谱组组长秦有钧，探伤组组长姜尚国，物性组组长郭新章和气体组组长洪声钰带领尤兴发、林伏远等技术人员和工人师傅为热核材料手套箱和热核材料产品装配提供湿度低于 1% 的干燥空气。第三大组有 33 人，其中技术人员 22 人、工人 11 人，他们在车间副主任宋家树和大组长武胜（后来成为中国工程院院士）、许纪忠领导下，技术人员马德顺、李志义、郑坎钧、赵洪德、李耀南、吕志清、徐庆智、王景瑞、郑绍岐等与工人老师傅袁云芝、李作武、庞芬忠等，为争取时间，以科学求实的态度，采取多路探索，坚持领导干部、技术人员、工人三结合，充分发扬学术民主，博采众长，畅所欲言地对方案展开讨论，无论是专家还是新来的大学生、工人师傅都可以上台各抒己见，有不同的意见就展开争论，彼此从中得到启发。许多好的想法就是在你一言我一语的讨论中产生出来的。在实验研究中，尊重科研人员的首创精神，鼓励大胆创新，理解科研探索中的失败。正是这种学术上的民主、宽松的氛围，使探索中的技术方案更加科学，少走了不少弯路。也正是这种自由、平等、心情舒畅的讨论，使人的聪明才智被激发出来，调动了职工的首创精神，形成了团结协作、集智攻关的良好风气。

在使用代用材料从小到大进行了数百次的工艺试验的基础上，用包头核燃料元件厂提供的热核材料，进行部件的成型试制。经过对几种工艺方法的比较，发现一种工艺方法可以获得接近理论要求的质量。朱光亚副院长充分肯定并将这个方案作为主攻方向，他们集中力量，再接再厉，从原材料筛选、模具、烧结到冷却等过程实行严格控制，每15分钟记录一次数据，终于找到了在烧结过程中最佳的烧结时间、压力、温度。在一次当温度升高到某一温度时发生产品燃烧，从中摸索到其烧结的极限温度。通过各种工艺方法和脱模剂的实验，终于克服了粘模、疏松、裂纹等缺陷，实现了技术突破，生产出合格的热核材料关键部件毛坯，从而建立起一整套完备的不同热核材料产品的工艺方案和物性、探伤、理化分析的检测方法。

通过适时监测，严格控制加工手套箱内的气氛，保证热核材料产品的机械加工安全。一大组工人老师傅魏景春、姜元柏、李炳钧、毛波、忻福祥、冀学忠、严长法等和热核材料前期加工工艺技术人员沈绍严、程建忠、赵太权、王从敏在精心操作下，加工出合格的热核材料部件。但在摸索轻材料加工中，出现了惊险的一幕。

那是1966年8月的某天晚上。1964年9月初，忻福祥师傅刚从上海技工学校毕业分配到102车间一大组，从事重材料（即裂变材料）加工，后又被抽到轻材料（即热核材料）加工。当时，在一分厂模型厅正热火朝天进行轻核材料加工的摸索。为赶时间，大家已经连续几天加班，师傅们都感到身体很疲惫。到了晚上10点多钟，产品机械加工完，准备卸下产品时，忻师傅带上防毒面具钻进了密封手套箱内，正低着头弯着腰双手托着产品等待真空泵放气后从真空吸具上把产品卸下来，就在产品落到他手上的那一瞬间，由于箱内缺氧，忻师傅突然昏了过去。产品滑落在密封手套箱里，身体也随之倒瘫在箱内。机床旁的魏、姜师两位师傅看见此状，快速伸出双手把忻师傅从手套箱内拉了出来，两人搀扶着他到室外呼吸新鲜空气，过了一会儿，忻师傅才慢慢苏醒过来。

后期由杨福先任第一工艺组热核材料加工工艺负责人，技术人员有刘廷贵、罗昭容、刘恩懿、沃志峰等。在副主任王铸指导下，涂层组在组长朱日章、吴学义领导下，郝树琛、张良瀚、赵福春、刘素、刘庆禹、贺全三、吴方近、董绍章、陆振华、杨晓玲、冯淑敏、杨应达、蔡秀金等共同研制出简单易行的保护涂层"1215"，成功地应用于生产，受到全国第一次科学大会的表彰。王铸参加了此次全国科技大会。中子源小组在组长孔祥顺带领下，技术人员姜庆松、郝金玺、张荣福、王自和、李俊杰、晁富海等和刘雨林、王凌峰、孟学明、孙文治、冯鹤鸣等师傅以及实验人员精心操作下，克服加工、粘接（后改为焊接）、制料、装料、检测等困难，生产出合格的中子源产品。内组件与氢弹放能部分装配精度要求高，第一工艺组装配工艺负责人牛治国，技术人员王有春、吴克福、许志强、陈忠快、李登高、吴光荣等与产品装配组组长宋宪林、邹振伦、邹洪尤、严文楼、袁寅、郭学标、吴连启、杨永宽等师傅在一起研究、反复实验，终于实现技术上的突破，装配出合格的内球组合件、氢弹被扳机部件。娃娃泥、透明胶带和环氧胶也成为产品装配中的三件宝。

102 车间在不到一年的时间里攻克了热核材料粉末成型、机械加工、防潮涂层三个难关，拿出了合格的热核材料部件和铀-238 部件，装配出"扳机"内球组合件和氢弹放能部分"被扳机"。

拼命三郎

调干生张家厚，哈尔滨工业大学毕业生，从北京机床研究所调入北京第九研究所四室从事核材料工艺研究。搬迁到221后，他担任102车间第一工艺组组长。老张工作上拼命，是个不达目的绝不罢休的人，生活上又是细心关心同志的好组长。

张家厚（中）在讨论设计方案

在氢弹研制中，遇到一件大型铀-238异形回转件，它是氢弹能量传输的关键部件。苏联提供的设备横向行程不够，此时难倒了九院计划处处长贾纪，难以倒排赶在法国之前爆炸氢弹的出厂计划（从当时情况分析，法国将在1967年7月爆炸氢弹），他决定到102车间看看。遇到被人称为"拼命三郎"的张家厚，对贾处长说："你们按要求排计划，我们绝不拖后腿！"这话，贾处长是相信的。那是1964年加工原子弹装置时，有一件铀-238零件开有天窗，为保证两件内、外型面一致，他动手设计了测量装置，实现了两件铀-238产品外形高度一致，保证了装配精度。老张说干就干，马上找到我（裂变材料工艺负责人）和技术人员王来运、谢继业、宋协军、李志良等几位师傅一同来到放射性加工的 24 工号，围着 PT-45 仿形机床和 MK-199 球面机床研究改造方案。由于时间紧迫，只能立足现有条件，对 MK-199 进行技术改造，我和小王技术员设计了单边机械靠模仿形系统和各种吊具及样板。我们边设计、边生产、边安装，经过一个月的奋战，终于开始了铀-238 产品试制。面对 60—70 千克沉重的铀-238 大型异形回转件，工人们穿戴防护用品，在极为困难的条件下一丝不苟、精益求精地操作，每个班 6 个小时下来，工人师傅汗水浸透了两层衣服。但第一次加工出的铀-238 异形回转部件在与炸药部件装配中产生干涉。技术检查处处长沈光基在车间工艺组办公室和大家共同研究，决定改进靠模定位精度和设计全形样板测量，终于生产出符合要求的产品，保证了我国氢弹赶在法国之前爆炸成功。突破氢弹的日日夜夜，矮小精干的张家厚总是有使不完的冲劲，来往于裂变材料、热核材料加工工号和氢弹"扳机"的内组件和"被扳机"装配工号之间。有时来不及换装，他穿上白大褂换上鞋就进入工号检查、指导工作，有时动起手帮忙解决工艺问题。人们称赞张家厚同志是"一不怕苦、二不怕死"的"拼命三郎"。

优秀集体

102 车间一大组，大组长张洪年和谢继业、李志良、李宪洲、杨金元、孙玉山、王国忠、王永文、郑玉勋、王明华、马建华、孟俊章等 1969 年前后调往四川九院。接任大组长的裴玉成和包兴良、杨英洲、巩荣书、宋协军、刘庆恩、钱镜清、文美成、荣纪全、王崇德、刘广学、马国娣、忻福祥、钱国祥、钱妙根，1968 年以后参加一大组工作的陈惠栋、袁仁忠、李彦芳、张凤荣、王明华、姚振玉、张有志、常明海、郝玉星、陈有明等 30 多名车工老师傅和镗工（卢银福、房彦江、黄书明、周胜利）、磨刀工（张龙祥、刘金林）、工具室、库房的高根生、谢志、罗维申、史玉田、马成江等人员共同组成了 102 车间一大组。在第二次国家试验任务——596L 中，在车间热核材料加工还未投产的情况下，大家因陋就简、集思广益，在 T6163 坐标镗床上，由镗工师傅加工出热核材料部件，保证了国家试验任务的圆满成功。

从事铀-238 精加工的大、小机床共有 10 台。大机床一个机组 3—4 人，小机床 2 人，精加工的铀-238 零件从几千克的易变形的薄壳零件，到 60—70 千克大型异形回转件。加工精度、光洁要求高。机组人员通力合作，不怕放射性剂量大。在高原缺氧（缺氧 1/3）、通排风的强烈噪声、零件强力冷却困难条件下，穿戴多层防护衣物，怀着强烈使命感，为早日造出中国的"争气弹"而拼搏。

正当攻克"596"铀-238 薄壳、开天窗件的技术突破时，天有不测风云。

1964 年 6 月 13 日下午，在铀切屑桶倒桶过程中发生铀切屑的自燃，烧掉了 60 千克铀屑，造成邻近的 24 号工号产生严重放射性污染。抢救人员稍做体检和住院治疗后，车间一大组、一工艺组的员工怀着极大的政治热情，紧张地投入工号的放射性污染清理工作中。

为把丢失的时间抢回来，赶在 1964 年爆炸我国原子弹，面对放射性污染严重的通风管道、房梁，他们敢于担当，挺身而出，发扬了不怕牺牲的精神，凸显了 221 人的风骨。争先恐后钻入卸下的放射性粉尘剂量高的通风管内清洗，他们有的系上安全带，登上钢制房梁，一段一段地清洗放射性粉尘，苦干一个多月，车间再次投入生产，硬是在 9 月初，圆满完成所有铀-238 零件精加工，保证了第一颗原子弹装置于 9 月 26 日出厂，1964 年 10 月 16 日爆炸成功。

1966 年，车间一大组配合第一工艺组完成了对苏联 MK-199 机床的改造，保证了我国氢弹赶在法国之前爆炸成功。其后，我和王来运在"文革"停产期间，在 107 小楼设计了液压仿形刀架系统，委托大连五二三厂出产液压仿形刀架并成功应用于生产。在向副院长朱光亚汇报后，他充分肯定了液压仿形系统的成功（将另外一套液压仿型刀架送给了九〇三厂），提出采用数控技术精加工铀-238 产品的设想。我们随即引进了小型数控车床，成立了以我为组长，技术人员王来运、吴桂华、苏德功、郝印宁及工人师傅徐文福、液压工人师傅徐学源组成的攻关小组，在试生产中克服了加工冷却中造成的导轨爬行及刀具磨损、纸带编程等问题，成功应用于铀-238 精加工中，取得满意的效果。最后与沈阳机床厂合作研制了大型横向数控机床 S-221。工人师傅宋协军、袁仁忠、张凤荣、常明海、郝玉星等与技术人员通力合作，成功用于铀–238大型异形回转件的批量生产，提高了加工精度，改善了防护条件。实现了大型异形回转件工艺突破的三步走设想，完成了武器化批量生产，装备了部队，特别是为1986年"东风–X号"批量生产实现创优交付作出了贡献。我与他们共事16年，他们用青春、智慧乃至生命，甘愿在庞大的核武器系统工程中燃烧自己。他们默默无闻、无私奉献、敢于担当，一不怕苦、二不怕死，特别能打硬仗，为筑国防基石，挺起民族脊梁，作出了重要贡献。他们的集体是一个顶天立地的优秀集体。

钱镜清老师傅是优秀集体中的一员。他1959年8月从上海调入北京第九研究所四室，从事铀冶金研究中铀试件的加工，为铀的冶金研究提供了质量分析数据。

1964年3月，钱师傅随北京九所大批科技人员来到高原古城——西宁市。当天，他入住西宁杨家庄的一间平房。他半夜头痛欲裂，鼻子大量出血，同室的李志良老师傅陪同他急忙赶到青海省人民医院救治，他被诊断为高原反应。在李志良师傅的搀扶下，他拖着沉重的身体，走了一个多小时，凌晨才回到住处。卧床休息两天后，才到221基地胜利路西宁办事处报到。他来到二二一厂102车间一大组，从事铀–238等特殊材料的精加工。在"东风–X号"产品研制中，他又承担起049铍材料加工，049材料加工产生的粉尘多、毒性大。一天下午，科学家王淦昌只身一人来到裂变材料加工工艺组办公室，我和钱师傅陪同王老来到临时改造的工号（原是摆放铀-238 切屑桶的库房）。钱师傅打开机床旁局部通排风，王老拿着一张纸在不同距离测试风力后说，此排风系统风压、风量不够。王老来到临近工号的工艺组办公室，拨通了器材处处长电话，在说明情况后，叫处里送一台高压风量大的通风机到一分厂 102 车间来。这一问题很快得到解决。049 铍毛坯气孔多，加工出一件成品难度大，钱师傅在技术人员配合下余量巧分配，加工切除了带有气孔的产品余量，保证了产品质量，生产出合格产品。

有一次，在铀-235 部件装配中，发现铀-235 的装配止口根部清理不彻底，装配达不到技术要求。根据规定应返回生产厂进行修理。但试验日期在即，在场的陈能宽副院长当场拍板，决定在 102 车间返修。他马上叫来在车间外的小汽车司机到总厂生活区接来了钱镜清师傅。钱师傅来到车间，穿戴好防护工作服，陈能宽副院长问他："有没有把握？"他自信地说："请领导放心。"经他精心修复，圆满完成了装配任务。这时草原已是深夜，我们的科学家才和大家一同离开车间。

钱师傅有着技术娴熟、经验丰富、工作沉稳、一丝不苟、精益求精的工匠精神。他把质量、安全看得比自己的生命还重要，是大家信赖的好师傅。22 年来，在铀-238、049 铍产品的加工生产中，他负责的产品件件是优质品。

突破氢弹技术的日日夜夜，不论哪个科研环节遇到难题，都实行专家与群众相结合，干部、技术人员、工人三结合，把大家的智慧凝聚在一起，充分调动职工的创造性，闯过了一道又一道技术难关。"文革"前的几年，在221基地，可以说是大家干得最欢、最起劲、最舒畅、最值得回味的几年。102车间就是这样一个充满活力、朝气蓬勃、勇于创新、特别能战斗的团队。九院职工多达18000多人时，102车间有近360人，其中有3名留苏生和100多名大学生，其中一半以上是年轻的科研技术人员。以李满为书记的第一届党支部和其后的党组织以科研任务为中心，把思想政治工作落实到科研生产任务中，融化在科研创新的全过程，充分发挥党员的模范带头作用和团员的青年突击作用，为科研任务和其他任务完成提供了坚强保证。新涂层研制、脱模剂开发和应用、热核材料热处理的压力、温度远距离集中检测和自动控制系统使用以及后来的液压仿型系统的研制，与沈阳第一机床厂研制的大型数控机床S-221的应用、真空电子束焊接、中子源含氚量测量装置的应用等多项科学研究，在技术创新、完成试制任务方面都走在前列。

党支部结合年轻人特点，开展革命传统教育，请老革命讲革命史，将老工人刘雨林、老技术人员查幼良的家史绘成图画，挂在车间进行展览。节假日开展青年拾废钢铁的义务劳动，年轻人主动捐书，并在单身宿舍建立红色阅览室，技术人员林秉章主动承担每日新闻黑板快报，设立青年监督岗，对车间出现的不良现象提出警告。党支部把思想教育融合到青年喜闻乐见的文体活动中，排演支持非洲人民反对殖民主义斗争的街头活报剧，在基地演出。男子篮球和排球在 221 基地比赛中名列前茅。这些活动陶冶了年轻人的革命情操，培养了团队精神，保证了国家各次实验任务的完成。车间先后两次荣获总厂"工业学大庆先进集体"，团支部获省"五好团支部""青年开拓突击队"称号。由于在热核材料研制上的创新和特殊贡献，从车间调往中国工程物理研究院的科研人员中有两人荣获院士称号。

1965 年青海团省委表彰"五好团支部"先进个人二二一厂代表合影

三次试验

1966 年 5 月 9 日，我国第一次含有热核材料的加强原子弹试验成功，为氢弹理论设计获取了重要依据。在试验中首次使用了

"内活性指示剂"方法，测量出 XX 兆电子伏中子数，为热核材料聚变产生的当量提供了数据，加深了对热核聚变规律的认识。

同年 12 月 28 日，氢弹原理试验装置在百米高塔成功爆炸，实测威力 12 万吨 TNT 当量。试验取得的关键测试数据与理论部预估值相符。新的、先进的氢弹原理方案试验获得成功，表明突破氢弹的技术途径是正确的，设计方案是可行的，氢弹研制中的关键科学技术已经解决，证明我国已经掌握了氢弹原理。也就是说，从原子弹到氢弹原理成功我国实际上只用了 2 年 2 个月。

1967 年 2 月 12 日—17 日，在九院二二一厂召开的氢弹空爆试验科研生产会议上，确定要赶在法国前进行氢弹空爆试验。这时，"文化大革命"风暴席卷全国。2 月 23 日，西宁市发生大规模武斗，设在西宁市的二二一厂技工学校少数学生卷入了这场武斗，加剧了基地两派群众的对立。科研生产会议进行到第二天，中央军委副主席聂荣臻派专机到西宁，把参加会议的人员接到北京京西宾馆。会议改由以国防科委、国防工办的名义召开。3 月 4 日，周恩来总理、聂荣臻副总理在中南海接见了二二一厂两派群众组织的代表。会上，聂副总理说："二二一厂是我们国家极为重要的工厂，担负着国家十分重要的研究设计任务。最近的事态发展使正常的科研、生产秩序受到影响，工厂的安全受到威胁。国务院、中央军委对此十分关切。经周总理批准，我宣布，国务院、中央军委决定对二二一厂实行军事管制。贾乾瑞同志任二二一厂军事管制小组组长。"周总理在讲话中语重心长地指出，革命群众之间对某些问题有不同意见的争论，这是不可避免的，是正常的。这是人民内部矛盾，一定要采取"团结—批评—团结"的方式，做好团结工作，实现革命的大联合。他希望厂内广大群众、革命干部，在军管小组的领导下，坚决贯彻"抓革命、促生产"的方针，搞好本厂的"文化大革命"运动和当前十分重要的研究设计与试验任务以及其他各项工作。二二一厂实行军管后，两派群众的对立情绪有所缓和，广大科技人员、干部、工人在军管小组领导下，逐步恢复了正常的科研生产秩序，大多数职工积极投入到氢弹的研制试验工作中。九院理论部的广大科研人员昼夜加班，突击研究、设计与计算、分析，2月基本完成了氢弹的理论设计。设计部的技术人员由于时间紧迫，采取边设计、边加工、边实验的办法开展工作，缩短了工期，争取了时间。在设计中技术人员从工艺角度考虑，提出加大热核材料和裂变材料尺寸的重要改进意见。经理论部的科研人员计算论证，改进后的结构设计其爆炸威力有较大提高。

X号金属部件结构复杂，是高能炸药爆轰同步聚焦的关键部件，是非核部件中工艺技术难度最大的卡脖子部件。第一颗原子弹中的X号部件等是委托三机部四三〇厂完成的。其后任务转到221，由第一生产部301车间老工人潘寿洪、徐兆伦、于德发为代表，克服高原气候带来的不利影响，改进温度升温和冷却控制，先铸后压，经过反复实验，攻克疏松等缺陷，终于生产出X号铸件毛坯。第一生产部101车间将大型插床改造成大铣床，运用303车间高级工程师朱顺忠同志设计、车间生产的回转夹具，以老工人赵成发和赵世秀为班组长，组成以铣工为主体，天车、检验、技术员参加的攻关小组。8个人分上、中、下3个操作面、64个工步进行加工。为尽快完成研制，车间实行两班倒。夜以继日奋战，仅此部件铣床加工一道工序耗时数天完成，功夫不负有心人，终于1965年4月研制生产出合格产品。至此，所有金属件全部在221完成。

1967年4月，一生产部101车间研制成功第一套XX部件。为集中精力确保氢弹的加工质量、安全，保证试验成功，5月29日，毛主席批准二二一厂暂停"四大"（大鸣、大放、大辩论、大字报）。职工们发扬自力更生、艰苦奋斗的优良传统，经过日夜奋战，6月5日，二二一厂承担的氢弹设计、生产、环境试验以及核测、总装、联试工作全面完成。6月8日，运抵试验基地。聂荣臻副总理受周总理委托，亲赴试验场领导这次氢弹试验。6月17日8时，由徐克江机组驾驶的轰-6甲飞机，飞临靶区上空投弹时，由于驾驶员心情过度紧张，投弹时漏掉了一个操作动作，忘记按自动投掷器，氢弹未投下。聂副总理听到是否可以重飞的报告后当即答复："可以！"空军地面指挥员发出口令："重飞！要沉着，不要紧张！"飞机盘旋一周，20分钟后，飞机再次飞到靶心上空，准确打开弹舱抛出弹体，降落伞拽着弹体在碧蓝的天空滑翔，霎时间一道强烈的闪光、一个硕大的火球，伴着惊雷般的巨响生成一组蘑菇状烟云，吸着巨大的沙尘柱腾空升起。一颗330万吨梯恩梯当量的氢弹在靶心地面预定高度2960米的高度爆炸成功。这次试验比原计划提前了一年，赶在法国前面，使我国成为第四个掌握氢弹技术的国家。

新型氢弹成功后，又开始了小型化的研制。王淦昌、邓稼先、于敏、周光召、胡思得、朱建士及一所爆轰试验人员回到221，集中前往远离总厂的七厂区参加现场分析会议。通过大会报告，实验测中子方案爆轰模拟实验和理论设计方案。

1971年10月，于敏不顾身患大病毅然出院，身体未完全康复的他带着九所的张世平、王桂来到221，直到小型化扳机爆轰出中子的第四次实验取得成功。

1974年6月17日，氢弹小型化试验获得圆满成功。为我国第一艘核潜艇"巨浪一号"提供了可用弹头，使我国有了潜地战略核武器。

不解之谜

为什么中国只用了2年8个月的时间，就完成了从原子弹试验到氢弹爆炸成功？（美国用了7年3个月、苏联6年3个月、英国5年6个月、法国用了8年6个月）这在相当长的一段时间里，是世界上的一个不解之谜。

1985年，法国快堆之父万德里耶斯访问中国时，询问曾在法国留学的核物理学家钱三强："你们的氢弹为什么搞得这么快？"钱三强回答说："我们在研制原子弹的时候，提前进行了氢弹的理论研究和热核材料的生产。"

2018 年在深圳刘杰（中）、李宝光（刘杰夫人）（左）、作者（右）

1960 年 12 月，正当北京九所（核武器研究所）全力攻关原子弹技术时，富有远见卓识的刘杰部长，提出先行在原子能所开展氢弹的理论预研，在氢弹理论研究上先行一步。副部长兼原子能研究所所长钱三强完全同意。在钱三强所长的直接领导下，在原子能研究所成立了以黄祖洽为组长、于敏担任副组长的轻核反应装置理论探索组（简称轻核理论组）进行氢弹的理论预研。对氢弹的各种物理过程、氢弹作用原理和可能的结构进行探索，秘密地开始了热核材料性能和热核反应机理的研究。

原子能研究所轻核理论组在黄祖洽、于敏带领下先行探索。到 1964 年年底，经过 4 年富有成效的工作，对氢弹的许多基本现象、某些规律、基本条件有了更深的认识。提出了一套解决问题的物理学的分析方法，为氢弹的科学、技术攻关奠定了基础，在最终突破氢弹原理方面起了重要作用。于敏从研究量子场理论到氢弹的"转行"，不但是他自己一生中最重大的转折，而且也改写了中国的命运，世界局势更因此而发生巨大的变化。

二〇二厂不等不靠，提早安排了氘化锂生产线建设。二机部将原子能研究所的十室副主任、放射化学专家刘允斌和九室的氢同位素分离课题组科技人员调入二〇二厂。这里实行厂、所结合，在化工部、原子能研究所、北京大学、清华大学等支持下，1964年6月，重水电解质氘和氘化锂-6合成投产；9月，首批合格的氘化锂-6出炉，为氢弹研制生产及早日爆炸成功提供了宝贵的热核材料。

还有一个重要原因，就是在221基地基建时，二机部、九局在苏联中断援助后，将北京九所（原为接收苏联原子弹模型、资料、培训技术人员的场所）全面提升为核武器科学研究所，在221基地建成前进行原子弹、氢弹的理论研究和计算，借用工程兵试验场（17号工地）开展爆轰试验，取得研制高能炸药和爆轰波形重大成果，为原子弹、氢弹理论的完善、补充和论证培养了一支基础过硬的试验队伍。

在221基地基本建成时，九局、九所不失时机地动员大批科研人员聚集到青海金银滩草原，实施科研、生产、政府服务融合为一体的精简、高效体制和由科学家说了算的技术运行机制，大力营造学术、民主的氛围。开始了核武器工程科学、技术总决战，大大缩短了原子弹、氢弹科学技术突破的进程。既有领导的高瞻远瞩、超前筹划，也有科技工作人员鞠躬尽瘁、团结协作的付出。

我国原子弹的理论瞄准反应效率高的"内爆型"铀-235活性

材料。我国第一颗试验的氢弹体积小，比威力（单位重量的爆炸威力）、聚变比（聚变反应的能量在整个核反应中所占的份额）较高，维修成本低，不同于美国的"T-U 构型"，是中国特有的氢弹理论方案。这个方案为我国赶在法国之前成功爆炸氢弹，实现里程碑式的跨越作出了重大贡献。

被国际上认为一穷二白、百废待举的新中国，完全依靠自己的力量发奋图强，原子弹到氢弹的成功研制，只用了 2 年零 8 个月，不仅用时最短，而且氢弹研制走在法国之前，震惊了世界。1952 年，美国爆炸的第一颗氢弹装置，重 65 吨，有三层楼高；苏联 1953 年空爆的第一颗氢弹，爆炸威力只有 40 万吨梯恩梯当量。而我国在原子弹、氢弹方面的突破实现了里程碑式的重大跨越，取得了举世瞩目的辉煌成就，在共和国的发展史上写下光彩夺目的篇章。这是一部自力更生、艰苦奋斗、自主创新、科学发展的奋斗史，是一部让中华民族精神昂扬绽放的英雄史诗。从核工业建立伊始，党中央就高度重视，站在战略制高点上进行决策。全国大开绿灯，大力协同联合攻关，使核工业真正成为人民的事业、民族的事业。原子弹、氢弹爆炸成功，凝聚着党中央的决心和智慧，凝聚着我国各族人民的心血和希望，凝聚着成千上万人的聪明才智和辛勤劳动，也凝聚着核工业战线三十万职工的创造和奉献。辉煌的业绩属于党，属于人民，属于在这条战线上埋头苦干、诚实劳动的英雄们，他们的成绩将永远载入共和国的史册。

历史再次证明：外国人能办到的，在中国共产党领导下，中国人民有优越的社会主义制度，走中国特色的社会主义道路也一定能办到，而且能办得更好。我们为自强不息的中华民族精神而自豪！

初始武器化

核航弹

第一颗原子弹试验成功后，九院领导全面规划了核武器的下一步发展，提出：一方面加快原子弹的武器化，另一方面突破氢弹技术。中央专委原则上同意这个规划。我国第一颗原子弹研制工作从一开始，就力求建立在较高的水平。

核航弹

我国首次空投试验的核航弹技术水平上注意了武器化的问题，因此，武器化的进程比较快。氢弹爆炸成功后，221基地在进行核武器研制系列化的同时，根据实战化需要进行武器化并装备部队。理论部对氢弹的小型化、提高比威力和核武器生存能力、降低过早"点火"概率等进行了优化设计、定型。开始我国第一代核武器生产并装备部队。"文革"中期，开始了"东风–X号"的小批量生产。

核弹头拆分后外运

我国核武器化是从空投的核航弹研制开始的。核航弹是由飞机携带投掷的核武器，它由核装置、无线电控制系统和航弹壳体组成，与携载飞机构成完整的武器系统。早在1963年，在空军、酒泉卫星发射基地的配合下，进行了弹体结构、弹道、引爆控制系统、遥测系统、地面测试设备相结合的飞行试验，取得预期的效果。为适应航弹要求，核装置结构进行了改进，采取独特的支撑结构以满足物理和工程的要求。核装置引爆系统、遥测系统做了大量的改进、试制、试验考核工作。为争取时间，弹头的无线电控制系统组件电源、核弹头分解后装车外运保险、引信和起爆装置部分组件由九院设计部与四机部所属厂协作完成。

1965 年 5 月 14 日，在新疆核试验基地上空，一架轰–6 飞机投下一颗核航弹，试验获得成功。中国从第一颗原子弹装置爆炸成功到实现武器化，仅用了 8 个月时间，它标志着中国有了实战的核武器。

"两弹"结合

在自己的国土上进行导弹核武器的爆炸试验，这在世界史上也是罕见的。必须确保这次试验绝对安全可靠。我国第一代"两弹"结合的产品，是中近程"东风–2 甲"导弹核武器。1964 年 10 月，中国原子弹试验成功时，有些美国人讥笑中国是"有弹无枪"。实际上，1964 年 6 月 29 日，中国自行研制的中近程地对地导弹首次发射成功，其后便投入批量生产。如果研制出能与导弹结合的原子弹，便可以"两弹结合"，形成近程核打击力量。

两弹结合试验，比起核航弹的核装置和引爆控制系统，要承受加速度带来的力的作用，所处的环境条件更为复杂苛刻，产品的体积要小，重量要轻。其结构强度和元器件性能质量要能满足导弹飞行环境条件，这给结构设计、加工、装配、试验带来诸多的困难。九院在保证第一颗原子弹研究、设计、试制工作的前提下，组织力量积极开展小当量核弹头的研制工作。理论部在邓稼先等人的领导下，根据小当量核弹头的主要技术性能的指标要求，对不同尺寸结构模型进行计算分析，选定了一个比较好的理论方案。设计部的工程技术人员选取了独特的支撑结构等多项技术措施，满足了导弹飞行时对复杂环境的要求。引爆控制系统的研制工作在第一颗原子弹引爆控制系统的基础上，对多种引信、无线电遥测系统、天线、多级保险、自毁安全进行设计和研制。

1965 年 3 月，第一生产部 513 车间研制成功第一套 YY 支架。4 月，101 车间研制成功第一套 XX 部件和 YY 支架用于核装置上。至此，核装置上全部金属精密零部件在 221 研究设计分院试制成功，并全部装配在核装置上。在铀-238 材料产品上加工螺孔常常发生刀具折断，残存的刀具又无法取出，加工只得停下来的问题。大家十分着急，想了一些办法，效果仍然不佳。我查阅有关资料时产生了一种新的构想，决定采用新材料、新设计的丝锥进行二次铲背的思路，由常修贵同志设计（此时一工艺组裂变材料加工工艺分组，先后有王来运、常修贵、杨连堂、陈锡嘉、鞠庆融、江以业、惠荣璞、李志良）。103 车间生产出新型丝锥，采用镗工孙玉山师傅提出的用蓖麻油做润滑液，并成功地用于生产。产品质量和效率大大提高，刀具也不再发生折断。

残存在产品上的丝锥如何取出来？我决定采用特种工艺进行实验。在器材处库房找到一台残缺的特种工艺设备，经检修、调试、反复实验掌握了有关工艺参数和方法，在精心的操作下，把残存的工具取了出来。在场的同志脸上露出了笑容，小小的设备派上了大用场。

由于铀-238 材料密度高，体积变小，产品在吊装、翻转到平台上测量时很吃力。第一生产部检查科周培泉技术员来工号检查产品质量情况，看到吊装的沉重的铀产品正要翻转，连忙赶上去帮忙抱住产品翻到平台上，但在测量时发现产品表面有了一个小小的压痕，一时间我们都紧张起来。这个情况惊动了各级领导，王淦昌、郭永怀、陈能宽等科学家，生产部、车间领导、设计人员、保卫人员来到现场仔细察看，研究是否影响使用，我们静静地等待，原因找到了！原来是外穿白大褂的周技术员抱着产品翻转到平台时，其内穿的皮茄克拉链与产品相挤压造成的压痕。通过分析，压痕不影响爆轰性能，铀产品可以使用，我们忐忑的心这才平静下来。

核装置的眼睛——无线电引信机在宝鸡七八二厂的协作下完成了研制和生产。其后对核装置及引爆控制系统的一些部件、组件整体进行了高频和低频振动、过载、离心、跌落及调温等一系列环境条件下的地面模拟试验。爆轰出中子试验和引爆控制系统飞行试验后，决定进行安全自毁试验。确保在国家试验时，万一在飞行过程中出现异常现象，要及时地将原子弹和导弹自毁，使之不产生核爆炸。经自毁试验结果表明，导弹飞行正常，弹头能可靠地自毁。其后又进行了两发原子弹冷试飞行，试验取得成功，确保了核弹头的安全可靠。

1966 年 10 月 27 日上午 9 时，在我国国土上，用中国自行设计研制的"东风-2 甲"地对地带核弹头导弹从酒泉卫星发射基地发射至新疆罗布泊，飞行 894 千米，弹头在 570 米上空爆炸。首次进行的"两弹结合"全射程、全威力、正常弹道、低空爆炸的热试验，取得圆满成功。

就在这一年，1966 年 7 月 1 日，我国创建了战略导弹部队——第二炮兵（火箭军的前身）。这是新中国为应对核威胁、打破核垄断、维护国家安全，被迫做出的历史性选择。这也是我军建设史上又一个里程碑，标志着中国人民解放军拥有了一支具有战略威慑的核心打击力量。

腥风血雨

留下来

1965 年 10 月，国营二二一厂四清分团及分团党委成立，刘西尧副部长任分团团长兼书记，李毅、戈克平为副团长。在学习文件基础上，各级干部"下楼洗澡"，在职工代表中对照检查，听取职工意见，职工称之为"搓背"。受极"左"思潮的影响，越是接近群众的领导，工作做得越多的干部，在一次又一次的对照检查中越难以通过，职工形容这是基层领导"洗烫水澡"，上级领导"洗温水澡"。这为"二赵"迫害领导干部，埋下了种子。

1965 年 2 月，李觉调任二机部副部长，兼任九院院长。由九院党委副书记、第一副院长兼二二一厂党委书记吴际霖主持 221 基地全面工作。吴际霖抓总体规划核武器研制、生产、试验，朱光亚、陈能宽两位副院长负责技术方案的落实和协调，直至国家试验取得成功。

1966 年 6 月 11 日，在 221 基地新华书店的玻璃橱窗和周围的墙壁上出现了第一批大字报，有批判实验部技术人员宋 XX 的"反动言论"，有批判厂主要领导的，也有批判《三家村》的，等等。各分厂、处级单位纷纷召开《三家村》批判会。同时，对基地《红原报》上一篇题为《谈革命激情》的文章展开了大围攻，报社也被迫停刊，从此金银滩平静的生活被打乱。"革命无罪，造反有理"的呼声响彻神州大地，两派群众组织相继成立。

9 月 11 日，第九研究设计院北京理论部李 XX 等人要求进厂串联，在六号哨所静坐。四清工作分团副团长李毅和吴际霖赶到哨所做工作，叫他们返回北京闹革命。一派群众不满，给李毅"戴高帽"，引发两派群众公开对峙。厂组织了 10 多人的调查组，直接向刘杰部长汇报。

"两报一刊"（指《人民日报》《解放军报》与《红旗》杂志）发表《革命干部要支持革命群众》的社论后，九院的政治、干部、宣传部门个别领导站出来表态，加剧了队伍分裂，表态干部即成为另一派打倒的对象。吴际霖成为两派打倒的第一人。

为突破原子弹技术，吴际霖在干部会上响亮提出："以任务为纲""响了就是最大的政治"，要把思想政治工作落实到科研生产中去，进一步调动科研人员积极性、创造性。"文革"中这两句口号和吴际霖强调建章立规却被说是修正主义路线，受到多次的批斗，给他"戴高帽"。批斗完回到办公室，脑袋上的糨糊来不及清洗干净，他又到办公楼主持科研会议。后来他又被轰到一个单身宿舍，他说："你们要揪我就揪我，批完我，我照样在单身宿舍办公。"一派群众组织要求他分发所谓历次国家核试验成功奖金，向他打了报告，他就是不签字，即便是按下他的头，压下他的腰，就是动不了他的手签字。"文革"期间，全靠他和朱光亚、陈能宽等支撑维持221基地的局面。他忘我勤奋地工作，默默无闻地为我国原子弹、氢弹成功突破试验爆炸作出了卓越贡献。

1967年1月，全国性的夺权风暴刮到厂，一派群众组织接管了总厂、分厂"文革"领导权，财政、干部、科研生产、保卫保密的监督权，还有印鉴的掌握权。

1967年3月5日，221基地实行军管，8122部队司令员贾乾瑞兼任军管会组长。1967年3月以后，周总理多次指示，221基地和四川902地区的"文化大革命"只能在业余时间进行，"不准夺权、不准停产、不准串联、不准武斗"。

5月29日，国务院、中央军委给二二一厂军管组发来电报，指出："七三"任务已进入紧要阶段，为了切实保证产品的质量和安全，按时按质完成这项任务，厂的"四大"暂停，待"七三"任务完成后再继续进行。6月5日，九院二二一厂承担的氢弹设计、实验、生产、环境试验以及核测、总装、联试工作全面完成，产品运往新疆罗布泊核试验基地。1967年6月17日，我国赶在法国之前，将一颗330万吨梯恩梯当量的氢弹试验成功，使我国成为第四个掌握氢弹技术的国家。

中央军委给二二一厂军管组发来贺函，指出："二二一厂的任务十分艰巨，新的研究设计和试验任务十分繁重，整理和向三线调整搬迁工作很紧迫，全厂同志都应以党和国家的利益为重，积极完成上述任务。"

7月17日下午，在三分厂发生了以石头、砖块、棍棒为武器的大规模武斗。7月23日，中共中央、国务院、中央军委、中央文革小组对我厂发出特急指示："二二一厂是国家极为重要的企业，最近发生的武斗使科研、生产陷入停顿，广大职工生活受到影响，工厂安全受到威胁。中央将派调查团专门去处理二二一厂的问题。"27日，周总理、聂副总理指示厂："立即停止武斗，现在双方集结的队伍，应即撤回各自驻地，恢复生产，恢复交通运输……厂两大组织各推选代表20人来京进行具体商谈。"同时，给青海省军区司令员刘贤权发出电报指示："要刘劝说，要求进入二二一厂在海晏县生活区的八一八红卫兵迅速返回西宁。"8月4日晚，在总厂办公楼前发生了第二次大规模武斗，致死一人。之后，军管会换了一茬又一茬。1968年1月1日，国防科委接管九院。九院冠以"总字八一九部队"番号，二二一厂冠以"兰字八三九部队""中国人民解放军二二一厂""中国人民解放军九〇八厂"番号，内部机构改为司、政、后编制。9月17日，成立九院革委会，王荣任主任。11月14日，两派群众组织成立了"11·14"联合总部（纪念毛主席在北京接见厂两派群众组织的日子）。

一天下午，一阵敲门声把我叫醒。开门一看是一分厂办公室的小周，他急急忙忙地说："老王，郭子厚副主任有事找你，车就在楼下等！"面对这突如其来的通知，我是丈二和尚摸不着头脑。一边更衣一边琢磨着，分厂革委会郭副主任主管分厂科研生产，为人耿直，是一位实干家，在职工中有较好的口碑。莫不是我的科研工作没交代清楚？我怀着忐忑的心情来到郭子厚副主任的办公室，郭副主任热情地叫我坐下，对我说："老王，有件事找你来。""是不是科研生产中有什么没说清楚的？"我迫不及待地问。"不是，最近有一项新的科研生产任务，时间紧、任务重，组织叫你留下来。"郭子厚副主任连忙说。我一听留下，心里涌动着一种伤感的情绪，有一种被戏弄的感觉。我脱口而出说："行装都打好了，就不留了吧！"郭子厚副主任用军人的语气说："这是组织研究决定的，明天就上班参加技术交底会。"一听到是组织研究决定的，我一时郁闷的心情又顿时热了起来，那是一种带着酸涩的热。

第二天，我骑着自行车来到一厂区 107 小楼一大组休息室。见到工人们热情的目光和满面的笑容，我感受到同志情谊的温暖。生性耿直、身材魁梧的宋协军师傅急忙走过来说："老王，留下来吧！咱们一块儿干。""一块儿干"这四个字，一下子拉近了双方的距离。刹那间，我心情豁然开朗，急忙说："好！咱们一块儿干。"宋师傅那句很质朴的话让我感到特别珍贵和亲切，像宋师傅那样憨厚、纯朴、头脑清醒的工人、干部、技术人员确实还有不少。宋师傅是一位山东大汉，身材魁梧、圆脸宽腮、肌厚肉重，一双有神的眼睛不随风转，他心直口快、敢讲真话，有着独立的个性。他曾是海军潜艇部队的鱼雷手，转业到武汉造船厂当了一名工人，后调入二二一厂从事裂变材料加工。在生产中，大家喜欢他那股实干的劲头，没有半点弯弯肠子，敢于对不良现象提出批评。他曾对多项工艺装备提出改进意见，特别是在数控机床研制与运用中，做了许多有益的工作，他所领导的机组从未出过质量事故。

1968 年 12 月 27 日，我国用机载方式成功进行了第二颗新的氢弹试验。它是我国中程导弹弹头研制的第一种型号的氢弹。

1999 年，我出差路过烟台时，他们夫妻二人从莱阳赶来见过我一面。他虽已重病缠身，但仍乐观、豁达、充实。他在烟台安了家，常到莱阳老家农村参加劳动，收获劳动的乐趣。不曾想，那次见面竟是和他的诀别。

黑云压城

1969 年是"文化大革命"疯狂的一年，也是中苏关系最紧张的时期。3 月，在黑龙江珍宝岛爆发了两国的武装冲突，全国进入"要准备打仗"的临战态势。4 月，第一生产部 101 车间电解加工 XX 产品获得成功。10 月，林彪发布了"一号令"，全军进入紧张备战状态。国防科委指示："二二一厂过去是根据苏联专家意见建于青海草原，集中暴露，从战略观点考虑，在三线地区应有第二手准备。"院、厂也发出通知，抢在敌人发动战争之前，以最快速度向三线（四川九〇二地区）和河南驻马店"五七"农场转移。从 11 月上旬开始，第二批 1100 多名职工和 130 多台运输车辆向九〇二地区转移，并要求在 11 月 4 日至 19 日之间分三批完成迁移工作。1969 年 11 月 4 日凌时 3 点 10 分，在搬迁过程中发生了热电厂 1 号电缆线出口 8 米处短路爆炸，造成全厂停电 32 小时 50 分。1969 年 11 月 14 日，第二生产部 229 车间 1 工号炸药件加工爆炸，牺牲了 4 名同志，实验部所属七厂区核心资料"丢失"。遵照周总理指示："加强领导，充分发动群众，查清问题。""年内完成清队和破案工作。"国防科委要求："以青海二二一厂为重点，实行分割解决。"

1969 年 11 月 28 日，以赵启民为组长、赵登程为副组长（简称"二赵"）的工作组进厂，自他们进厂到 1971 年 9 月 13 日的 21 个月的时间里，金银滩草原上乌云翻滚。工作组调进了 221 名军队干部和 2700 多名退役战士，对他们灌输编造"严重敌情"，多次发动"反右倾"运动，大搬"绊脚石"，打击那些抵制他们错误的同志。实行一竿子插到底的垂直领导，总厂原来的机构变成了"四组一室"，就是军务组、科研生产组、后勤组、政工组和一个办公室。解散了党支部，停止了党员组织生活，从总厂、分厂、车间到班组全面接管。切断广大职工和干部与厂外的一切联系，一段时间内不准通信、不准职工回家探亲、也不准家属来基地探亲。并宣布军事戒严，授权夜间巡逻"喊三声不站住就开枪"，在全厂挨户进行大搜查，利用安全、质量事故，有预谋地制造了多起骇人听闻的"反革命"破坏。他们把搜查出来的日常生活用品作为"特务罪证"，烟灰缸是"特务联络工具"，号码相连的人民币是"特务经费。"就连大众电影画报、"文革"邮票、世界名著小说、金银首饰也作为"四旧"一律收走。他们极力制造白色恐怖,"二赵"提出:审查对象的问题"未弄清楚前,当敌我矛盾"对待。"现在敌人放风要重证据""互相揭发,既是人证也是物证""一人供听,二人供信,三人供定"。221 基地 80% 以上的车间、科室 90% 以上的干部和高、中级技术人员共有 4000 多名干部职工受到审查和迫害,310 多人致伤致残、40 多名职工含恨自尽,还有 5 人以莫须有的罪名惨遭枪杀。

在第二生产部 600 多名职工中,被捏造的反革命组织有 35 个之多、批斗 205 人、牵连 420 人。其中,一名名牌大学毕业的年轻技术员张邦鹏以莫须有的罪名被枪杀;第二生产部副主任火工专家钱晋副教授、工程师张云亭、老工人马久昌等被活活折磨致死,5 人被拘留、2 人被判刑。二分厂是 221 基地的重灾区。

在"二赵"时期,二分厂共发生炸药爆炸事故 4 起。造成 15 人伤亡的惨剧(其中死亡 12 人)。

草原笼罩在恐怖中,人们的心情像铅块一样沉重,金银滩犹如被魔影覆盖着,运动一开始就令人费解,而且变得越来越荒唐。恐怖的"人斗人"表演得淋漓尽致。昨日的依靠对象,今日成了批判对象。今天你参与批判别人,明天你就被揪了出来成为被批斗的对象,搞得人人自危。刑讯逼供、疯狂镇压群众已成为常态。留学人员成了"特务",一般的质量、安全事故成了"反革命破坏",工作生活在一起的朋友成了"反革命集团。"他们利用"坦白控诉"大会,公开点供、串供,甚至逼迫受害同志看着进入饭堂的同志队列指认"反革命。"采用非法严刑逼供手段，乱捕乱斗，草菅人命。被审查的人中，有关押在警卫团的"要犯"；有禁闭在分厂地下室的"骨干分子"；有锁定在车间交代问题的"重点人员"；还有不少坐在车间走廊的"被审查人员"，成天学习《南京政府向何处去》《敦促杜聿明投降书》，还要写"交代材料"和进行体力劳动。"二赵"极力制造白色恐怖，由于连轴转的逼供审讯、严刑拷打，令30多名职工难以忍受折磨，含恨自尽。骇人听闻的威逼、打骂、折磨和昼夜不断的连续审讯将310多人致伤、致残。10多名沦为关押在警卫团的"要犯"已被列为处决名单，在"林彪事件"后才还他们清白。"二赵"在黄永胜的支持下，在二二一厂摄制了一部反党纪录片，把"二赵"来之前的二二一厂描绘得乌云满天、垃圾遍地、废墟纵横、满目凄凉。把"二赵"进厂宣布"军委办事组首长抓我们的事情"说成是"春雷震大地、东风扫残云"，出现了"人换思想厂换貌、革命生产双飞跃"的局面。这部宣传片在国防科委各单位巡回放映。他们还炮制所谓经验和展览，连同影片拿到国防科委"八一五"计划会上大肆贩卖。

就在那"人妖颠倒"的时期，多数职工在思考，我国每次核试验的成功，党中央、国务院、中央军委都发了贺电祝贺。怎么可能说核武器研制的主战场——221基地，一下子变成了"资产阶级大染缸"？职工坚信，在党中央直接关怀的核基地广大职工是好的、是可信赖的。职工为核事业的献身精神和责任感唤醒人们的灵魂。有的同志冒着不准串门的禁令，看望、安慰受审人员；

有的关押人员传递纸条，相互鼓励；实验部把批判科学家王老的小会，巧妙地变成了学术交流会。科研生产没有停顿，有的科学家、科技人员白天受到批判、审查，晚上仍坚持科研和工作。科学家王淦昌、周光召等受到不公正对待，仍坚守在科研岗位上勤奋工作。受到迫害的科学家周光召在氢弹爆炸成功后，通过下边技术人员将核武器小型化的想法提交给组织。

1970年9月，吴际霖、王志刚等坐在火车闷罐车的厢板上，从西宁杨家庄学习班被押往902。他们在那里烧锅炉和放羊、参加运动学习班。直到1971年"七一三"事件后不久，在李觉副部长的关怀下，吴际霖回到北京治病。他还参加了周总理提议、毛主席批准的九院"批林整风""九院党委扩大会"这两次在北京召开的会议。他对前来看望他的同志深情地说："中国人搞原子弹、氢弹不容易啊！多少人为之奋斗和流血牺牲，献出了宝贵的生命，我有责任啊，没有照顾好这些人，想起来心酸啊……"在重病缠身，还未平反的情况下，吴际霖仍然关心的是事业，展现出他为事业献出了生命的高尚品格。虽然他不明不白地被批斗了六七年，但他对亲人常说的一句话是："相信群众，相信党，终有一天我会获得解放的。"

1973年吴际霖平反后，任九院党委副书记、副院长，直到1976年5月8日病逝，享年59岁。九院二二一厂的奠基人、卓越的组织领导者之一吴际霖同志英年早逝。他默默无闻，是一心干事业的"拓荒牛"。在221工程的原子弹和氢弹科研组织管理中作出了杰出贡献的吴际霖同志将被永记史册。

1993年4月，已是部顾问的李觉将军在29联谊座谈会上说："建厂初期，我和吴际霖、郭英会三人搞基地建设。际霖是个好同志，勤勤恳恳。'文革'时期批斗际霖，叫他交权，他就是不交，是个硬骨头。去年我把际霖同志写的一封信，作为老同志的遗物交给他女儿。信写得很好，是一位老党员党性的体现。"

人们沉默着、思考着，认为绝不能耽误国家的试验任务。正是221人对事业的执着和忠诚以及强烈的使命感，职工在"二赵"制造的恐怖环境中顽强地工作。1971年6月23日，第二生产部204车间研制生产了10千克XX炸药，建成生产线，提供了低感度、高爆速、高效能的优质炸药，为后续新型号产品提供了安全、高能的炸药。

1970年10月14日，成功进行了一次新型号氢弹的国家第11次试验。

1971年11月18日，成功进行了第12次国家核试验。

接受"审查"

在一名老工人受批判的会上，由于一大组内铀-238在精加工中出现的质量事故和切屑燃烧，我作为102车间第一工艺组裂变材料加工技术负责人而受到牵连，沦为"审查"对象。从此，我只得默默地忍着内心的压抑和痛苦，接受"审查"。军工A来到我面前，他板着一副面孔，凶狠地说："跟我走！"我被带到107小楼第二道门口。他弯着腰，手指在地上画了一个圈说："就坐在这里交代问题。"从此，一张方凳和方寸之地与我为伴。凛冽的寒风随着人员的进出吹来，冰凉刺骨。我坐在冷冰冰的水磨石地面上，伏在方凳上默默地学习《南京政府向何处去》《敦促杜聿明投降书》。眼望着那雪白的墙壁交代什么呢？只能把在生产、生活上和老师傅相处的事，一五一十写出来上交。军工A拿着材料凶狠地说："你不老实！我们已经掌握你们在加工过程中，有意制造切屑燃烧的证据。"说起来真是可笑，在铀-238的加工过程中，因冷却不好产生一点燃烧是很正常的事。我坦然地说："这不可能，不信你们去调查。"话说出去了，却没有什么动静。待到春暖花开时，我和一大组中几名被审查人员在一分厂南墙外开垦了两亩多菜地，到平房的露天厕所掏大粪，用切屑桶收集小便充当肥料。有了充足的肥料和精心管理之下，白菜、菠菜、萝卜长得出奇的好，被车间军代表视为样板，还拍照宣扬了一番。我后来又当上了车间的"牛队长"①，去扩建车间保健食堂，带领车间二十多名"审查"人员劳动。心灵手巧的周玉成老师傅进行土建的构思，我分配年龄大的原车间主任何文钊、王铸等领导就地筛选沙石，而年轻人则到一分厂围墙北边废弃的工地上挖地基砖，运送砖石、水泥和沙土。经过两个多月的劳动，食堂面积扩大了一倍。从此，我们几名一大组"受审"人员成为保健食堂搬运粮食的主力。从火车上卸运粮食的劳

---

① "牛队长"，指自己接受审查还带领其他受审人员一起劳动的人。

动沉重而劳累。背着装有 100 斤或 150 斤大米或绿豆的麻袋，走在粮库带斜坡的跳板上，一颤一颤地往上走，真是压得喘不过气来。每次要背完 10 袋左右粮食才能完成任务。劳动下来累得两眼冒金星，整个身体像散了架似的，真想好好休息。此时，军工 A 又想出新点子，当我们拖着疲惫的身体排着队回到宿舍时，他又叫我们坐在集体宿舍走廊，学习、交代问题，直到夜深 11 点后才让我们去休息。科研任务来了，又叫我进车间，跟班负责技术工艺，解决科研生产中的问题。开始，心里有些憋气，但经过仔细掂量，型号的科研试制任务寄托着国家和人民希望，必须全力以赴地投入到研制中去。

科研任务完成后，我又和几名"受审"人员一起，负责搬运铀-238 切屑任务，将堆放在车间外临时库房的铀-238 切屑，转运到六厂区 618 地堡库存放。待到冬天时，采用冷冻的办法，运往二〇二厂处理场。搬运铀-238 切屑，是一项放射剂量强、高强度的劳动，而我们只能穿着简单的劳保用品，还不能享受营养保健。当装完切屑桶后，坐在堆满铀-238 切屑桶的翻斗汽车上，经过一个多小时的颠簸，来到 618 地堡库。我们两个人一组，手提着 60—70 斤重的铀-238 切屑桶，在伸手不见五指的地堡库内打着手电筒，把装满铀-238 切屑的桶堆码成两三层存放。早期按苏联办法用四氯化碳贮存铀-238 切屑，发出刺鼻而令人窒息的气味，让人感到胸闷、恶心、头痛。大家工作一阵，就不得不走出地堡，呼吸点新鲜空气。搬运铀-238 切屑的劳动是没有人去监督的，我们可以宽松、自由、无拘束地进行交谈。谁听到、看到什么新鲜事，都会拿出来交流。有的同志分享如何躲避看管人员，深夜秘密地在 105 大楼的厕所与亲人相见的故事。有的说，每次国家核试验成功，党中央贺电称是毛泽东思想伟大胜利，而到了"二赵"口里，221 却成了资产阶级大染缸？"二赵"说的那一套根本不可信……这些轶闻趣事，点缀了我们苍白的时间，为漫长、枯燥、失去自由的"审查"生活增添了小小的乐趣。在那不正常的岁月，退役到厂的军工作为骨干，绝大多数能独立思考，通情达理，他们同情工人、干部的处境，只是不了解厂的历史形势所迫执行了错误的东西。而个别人受"左"思想毒害比较深，表现在行为上总是摆出真理在手、唯我独"革"的架势。在"林彪事件"后，他们转变过来，同样为社会主义事业的发展勤奋努力地工作着。

拨乱反正

中央联络组

　　1971 年，林彪阴谋暴露，折戟沉沙。赵启民也被隔离审查免除一切职务，做了降级处理。林彪死党赵登程，因捏造了各部委 72 名副部长以上干部的"黑材料"，最终被告上法庭。二二一厂的历史长河，在拐了一个弯后又回到正道上来。

　　221 基地广大职工通过各种渠道向中央反映"二赵"的问题，周总理对"二赵"把基地破坏成这个样子感到心急如焚。经周总理提议、毛主席批准，中央于 1972 年 9 月 12 日至 1973 年 3 月 10 日，在北京京西宾馆召开了九院"批林整风会议"，清算林彪和"二赵"的罪行。京西会议后，以李觉为组长，周秩、赵敬璞、胡若嘏等同志组成的学习组分赴四川、青海，传达"京西会议"精神，帮助工厂恢复秩序，筹建领导班子，做了大量调查研究工作。

　　1974 年 1 月 1 日，221 基地一分为二，九院迁往四川，二二一厂留在基地，重新划归二机部，由四川省、青海省双重领导。二机部下达了院、厂分工的决定。

1973年11月14日至1974年2月14日，又在北京友谊宾馆召开了"九院党委扩大会"（第二次北京会议）。中央领导李先念、华国锋、纪登奎、余秋里等三次接见了与会代表。中央领导严肃指出："221是全国人民利益所在，是核武器研制、生产的'独生子'，必须把被林彪、'二赵'分裂的队伍团结起来，把耽误的时间抢回来，奋发图强地把221基地工作搞上去。"会议确立了"讲原则，讲大局、讲团结"的指导思想，形成了《北京会议纪要》。

1990年在济南李觉（中）、梁步庭（右）、刘书林（左）

中央派出以梁步庭为组长，赵振清、刘书林为副组长的中央联络组，他们于1974年2月20日进厂，受到职工的热烈欢迎。联络组进厂后不久，出现一份指向联络组"两步一停"的大字报，梁步庭同志在党员干部会上幽默地说："有的同志拿我的名字开了一个玩笑，说是联络组求稳怕乱'两步一停'。我们就是要稳，不准乱。走两步，停一停，看一看，再前进。要走小步，不走弯路、不走回头路，有什么不好呢？对写大字报的同志，不准点名批评、不抓辫子、不扣帽子、不装袋子。但要正确运用这种形式。"厂子要治乱，联络组首先顶住"四人帮"的压力，切断了厂内与外界"文化大革命"的联系。厂派人到省里听"文革"精神、开办学习班，回厂后一律不向下传达，也不在厂里开办学习班。以北京会议精神为指导，结合厂的实际，扎扎实实做好稳定工作。厂里安排职工参加热电厂的卸煤劳动，组织职工到附近下马台乡帮助老乡平整土地。广大职工踊跃参加，预示着两派职工将会很快团结起来，共同投入到科研生产中去。联络组走家串户，"拆墙、填沟、解疙瘩"，宣传北京会议精神，搞好职工团结。厂里还组织不同形式的大小会议，让有影响的群众组织头头上台讲认识、谈体会，进行自我批评，起到了促进团结的催化作用，为队伍团结奠定了基础。随着两次北京会议精神的贯彻落实，基地报社得以重建，报纸更名为《草原工人报》。重建后的报社，面向科研生产及各项中心工作，整版报道了总装车间重整旗鼓、克服困难、加班加点、圆满完成任务的消息，并在头条报道了大庆报告团前来传经送宝的新闻。联络组领导看到报纸后，立即赶往编辑部和印刷厂慰问采编人员和印刷工人。

联络组对"二赵"所制造的冤假错案一一复查，落实政策，平反昭雪，不留尾巴。在如此大规模的落实政策的工作中，联络组的同志们以大无畏的胆识，敢于拍板，求真务实。工作起来放得开，讲起话来理直气壮，得乎民心，顺乎民意。

联络组的领导常在夜深人静时在一起研究、落实政策。在落实政策中，被戴了帽子、又没证据的一律摘帽。为"二赵"期间遭冤枪杀的五名同志彻底平反昭雪。落实政策的工作进展很快，也很顺利。两个多月就为许多人摘掉了"帽子"。

对所谓的"三大案件"，联络组在认真调查研究的基础上，做出实事求是的结论。1974 年 11 月 21 日，公安部马副部长在厂党委常委会上宣布电厂"11·4"案子的调查结果：不是阶级敌人破坏，而是一起设备责任事故。

1975 年 11 月 8 日，在俱乐部举行的国防科委、公安部驻厂联络组，省有关部门领导参加的群众大会上，宣布了"二赵"所谓"三大案件"的复查结果：电厂电缆头爆炸，是年久失修造成的；229 工号炸药爆炸，是一起责任事故；实验部在七厂区的核心机密文件丢失，查无实据。所谓"三大案件"，是对广大革命群众的栽赃陷害，罪名纯属捏造，是毫无根据的。至此，落实政策工作告一段落，下一步工作就是腾出岗位，让领导和工人师傅站出来工作。调来的军代表和退役战士，同样是"二赵"的受害者，其中绝大多数是优秀的干部和战士。少数退役战士有思想顾虑，在联络组住处招待所走廊静坐，联络的领导耐心说明情况，解除了他们的思想顾虑。后来，除少数留厂工作外，军代表回原单位。退役战士工作调动，首先要解决劳动指标。联络组的领导亲自跑到劳动部解决了指标，建立 17 个工作组对外联系落实，使退役战士得到妥善安置。以上工作仅用了半年时间就完成了，厂的"文化大革命"从此结束。

历史性转变

二二一厂的生产生活秩序很快趋于正常，开始恢复工厂的建制，各个部门的工作很快正常运转起来。董天祯原是火车编组站站长，董站长是个多面手，没有人开火车时就自己上，带动了整个火车站工作的开展。火车通了，汽车跑起来了，职工上下班、生产生活物资、电厂用煤都有了保障，为科研生产的恢复创造了条件。白东齐原是器材处处长，"二赵"期间受到残酷的迫害，被打断了多根肋骨，在得到一定治疗后，又重新走上领导岗位，带领器材处协作科的同志走访科研院所、厂，恢复了已割断的外协关系，疏通了电子产品和器材供应的渠道。器材处老曹勇敢地站出来，亲自带队到海晏县，把 1200 吨散落在沿途的物资运回厂入库建账，追回了在铁路沿线丢失的 300 车皮煤。由于他们卓有成效的工作，胡深阀、白东齐先后担任了总厂厂长。董天祯走上总厂领导岗位后，还被选为两届全国人大常委会委员。苏耀光总工程师回厂工作，和周蕴章、谢平海副总工程师一道，贯彻国防科委"73·24"会议确立的具体问题，按照具体分析、区别对待的交付原则，解决了"东风–X 号"批量生产中某些问题，顺利交付部队。其后在召开的"74·3"会议上，决定对"东风-X号"产品某些部件进行工艺试验，整理出完整的图纸、工艺资料，恢复健全企业管理职能机构及各项规章制度，改造建立工艺流程和生产线，组织进行综合考核定型试验。1970年6月的试验未能达到预期目的，1971年9月26日又进行第二次试验，达到预期理论数值，验证了以前进行的地面环境及出中子试验结论是可靠的，试验取得圆满成功。解决了"二赵"对抗周总理"边试验、边定型，定型合格后再小批生产""保证质量，以利战备"的指示，一味追求扩大生产，盲目进行扩建，把安全防护、文明生产视为活命哲学造成的影响。通过了产品定型，同意批量生产。1974年6月试投了部分产品，进一步考核了工艺、技术和管理。

联络组工作有板有眼，富有成效，叫人心服口服。一大批站出来工作的干部、技术人员、工人为科研生产的恢复做了大量艰苦、细致、卓有成效的工作，我们挺起胸膛、昂首阔步踏上新的征程。

1975年3月，厂、矿召开了职工代表大会，选举产生了以刘书林为主任的革委会。中央任命了梁步庭为临时党委书记，赵振清为中央联络组组长。

1975年，"东风-X号"产品再次投入批量生产，我和技术人员小王设计了液压仿型系统，成功用于核材料产品加工，产品质量进一步提高，工人劳动条件得到改善。1975年核武器批量生产任务圆满完成，这是二二一厂历史上丰收的一年。这一年厂里完成了由"文革"动乱到安定团结，工厂由科研体制向批量生产体制的历史性转变，在核产品武器化方面迈出了重要的步伐，作出了历史性贡献，中央特意发来贺电。

1976 年，这是极不平凡的一年，更是天翻地覆的一年。有悲、有喜、有惊、有乐。先是周总理、朱德委员长、毛主席先后与世长辞，亿万中国人民悲痛万分。期间还有唐山大地震，更有出乎人们意料的是"四人帮"的覆灭。联络组在俱乐部前广场，举行了隆重的悼念毛主席的大会。被"二赵"分裂的职工情感，在悲痛中弥合，职工的凝聚力转化为加快科研生产的动力。

阳光明媚、初雪融化的草原上，二二一厂又走上了阳关大道。光线明亮的理发馆、永远微笑的照相馆、服务周到的洗衣店、味美卫生的红星饭店、守时尽职的百货副食商店重新焕发了生机。总厂区 20 多栋职工家属筒子楼里，又恢复了往日的欢声笑语。下班后走廊里人影晃动，灯火通明，炊烟四起，热闹非凡。各地的方言、炒菜油爆声和油烟味汇集在一起，整栋楼似乎像飘在空中。遭遇过劫难的人们特别珍视同事情谊，常常是一家有事众家相助。今天老李家娶媳妇，朋友、乡亲带上土特产前去祝贺；明日老张家老人住院，邻居、同事前往医院探望；老王家孩子手术需用血，广播一响人们纷纷前往医院献血……"文革"的后遗症在慢慢消除，人们又开始和睦相处，和谐团结的氛围逐渐形成。

1975 年 11 月 8 日，中央联络组结束了在二二一厂的工作，在近万人的欢送中胜利返回北京。

跟班劳动

军代表撤走后，我从第一工艺组组长走上 102 车间副主任领导岗位（车间主任为王铸、党支部书记为洪声钰）。主管裂变材料（又称重材料）、热核材料（又称轻材料）加工、中子源生产和产品装配。在那政治冲击一切的"文革"年代，尊重科学做好剂量防护被视为"活命哲学"，重视文明生产、安全防护工作的何文钊主任就曾被拉到机床旁进行批判。由于"二赵"追求高产，任务翻番，提出一年生产 X 个型号 X 个团的生产任务。在七厂区，扩建裂变材料生产规模的工艺设计，动工修建从热电厂到四厂区、七厂区的热力管线，至今沿线还留下不少水泥桥墩基座。由于不重视文明生产，裂变材料加工 24 号大厅，存有大量积水，工人不得不改穿高筒水靴操作。针对职工惧怕承担科研任务的困难局面，车间党、政领导提出"领导跟班劳动，出了问题领导负责，尽快恢复科研生产"的工作思路。我们一手抓党员模范带头作用，一手抓文明生产和规章制度的恢复。为改变这种状况，我第一天进车间跟班劳动就是组织人员清除 24 号大厅的积水。开展以整理工号、实验室，健全岗位责任制为主要内容的文明生产活动。各组因地制宜进行整理，技术人员和工人师傅自己动手，重新设计制作了 24 号大厅机床防护装置，还用油漆刷新了墙壁，使 24 号大厅面貌焕然一新。在密封装配工号，技术人员和产品装配小组的工人一同设计施工，将水磨石地面改造成白橡胶板焊接地面，墙面刷上白色油漆，工号明亮、整洁而安全。产品装配小组组长宋宪林在中午休息时，突发脑溢血去世。由于家属在山东，车间主管领导和组内党员带头帮助料理后事。

由于"二赵"破坏，超期贮存的钚-239产品需要进行开罐检查。车间主管领导、装配小组组长邹洪尤、党政小组组长袁寅两位师傅，冒着可能有剧毒泄漏的危险，在安全防护人员严密剂量监测下，一丝不苟、谨慎操作完成了产品复检任务。

在完成科研生产任务中，车间领导分别在热核材料成型、加工，裂变材料加工和装配、涂层等环节跟班劳动。有时一天我要参加铀-238的精加工和核产品装配两个班的劳动。主动要求不享受每月31元或20元的保健品。由于车间领导和党团员的模范带头作用，车间科研生产秩序逐渐恢复，保证了科研生产任务的完成。

一天上午，副院长朱光亚来到车间，查看热核材料成型产品的质量，我向副院长朱光亚汇报了刚刚改进使用的液压仿形加工情况，他听后，高兴地说："好，你们还可以引进数控加工技术，劳动防护条件会进一步改善。"车间很快提出引进一台CSK6163小数控加工设备，成立了车间领导、技术人员、工人师傅组成的攻关小组。实现了技术突破，成功用于生产。又与沈阳第一机床厂合作，研制出大型数控机床S-221。应用于批量生产，产品加工精度进一步提高，工人的劳动保护条件进一步改善。

20世纪70年代后期，厂对"东风-X号"产品开展了阵地贮存试验，公路和铁路运输试验，已交付核产品的定期复检。对贮存试验前、后热核材料、中子源进行了分析检测。在热核材料的取样时，对原有加工设备进行必要改装，进行加工取样分析，获取了大量有价值的数据，为"东风–X号"延寿提供了可靠依据。

1976年11月，我和第一工艺组装配技术人员王有春与二炮陈参谋应邀前往酒泉原子能联合企业，学习380新材料产品加工和装配。九院邓稼先院长在现场指导和验收产品，并来到住处看望我们。由于酒泉原子能联合企业的同志们拼搏攻关，精益求精的操作，圆满完成了产品的加工装配。我们随同邓稼先院长，由保卫人员护送产品，在酒泉登上专机前往新疆核试验场。当时机上仅有十几人，途经天山时气流波动大，飞机颠簸得厉害，检验人员老周发生呕吐，保卫人员紧紧守护在产品箱前，以防发生意外。中午专机到达马兰机场，受到李觉副部长的迎接。李副部长在帐篷里看望我们与二炮的同志，他特别关心二二一厂，询问了厂的有关情况后，指出："这次试验任务，有很多前期工作曾在二二一厂进行，为这个产品研制开发做了大量的工作。你们在成绩面前要谦虚谨慎，要学会夹着尾巴做人，不要让尾巴翘到天上去了。"

1976年11月17日，我国第21次核试验取得圆满成功，这也是我国至今爆炸当量最大的一次核试验。

其后，我担任102车间主任（李成名担任车间党支部书记），狠抓技术改造，引进新技术、新材料、新设备。如新涂层材料的研究和运用，热核材料烧结温度与压力的运程控制，真空电子束焊机运用，与沈阳第一机床厂合作生产大型数控机床的运用，与二六一厂合作研制的中子原含氚量测量装置等，为核武器批量生产的质量、安全提供技术保证。车间两年荣获总厂"工业学大庆"先进集体称号。本人两次荣获总厂"先进工作者"称号。

初到分厂

1980年，我来到一分厂协助厂长徐占元分管分厂科研生产。徐厂长是一位和蔼可亲、能放手让人大胆工作的好领导。他经常深入车间了解情况，现场办公解决问题，还不时来到副职办公室，沟通情况指导工作。一分厂承担总厂工业总产值的70%，除102车间外，还有核装置中金属部件加工和表面处理（101车间）与无线电控制系统和地测部件设计（系统室）、加工（103车间）、装配、雷管（104车间）、调试（系统室）、环境实验（检查科）等单位。

我开始接触无线电控制系统产品，遇到一个棘手的问题是：无线电控制系统组件在抽检中常出现抽检不合格而返修或重新抽检。如何提高控制系统各部件的产品质量，成为技术人员工作的难点。我与系统室和104车间领导对生产全过程的薄弱环节，用全面质量管理的观点进行分析，采取了一系列技术和管理措施。如派技术人员进驻重点元器件厂、所验收元器件进厂后，再次严格进行筛选，对焊接工艺工装进行改进，采取加强虚焊点的检查等措施，使整机质量明显提高，交付工作也顺利完成。

在确保军品的基础上，大力开发民用产品。我们研制生产的

6L 双环发射天线远销西宁、西安、济南、大连等省市的电视台，714 兆地面卫星接收机的研制成功，为无线电民用产品的开发生产开了一个好头。

1981 年，中央组织部来厂考察厂后备干部。

1982 年年底，我被任命为总厂副厂长，在白东齐厂长领导下，主持厂的科研、生产和企业整顿工作，圆满完成了多批次核产品的生产交付。

产品延寿与退役

核武器的服役寿命是武器化中重要的综合性能技术指标，第一代核武器弹头设计的有效寿命期有限，部队提出了延长武器寿命的要求。而贮存延寿试验研究，涉及核物理、爆炸物理、力学、材料学、电子技术、环境科学、核防护技术、核辐照效应等多学科技术问题。特别是核装置中各种材料零件寿命的不一致，核材料产生的放射性辐射剂量对其他零部件的影响需要通过单项和综合实（试）验，以决定核武器延长的寿命期限。二二一厂从 20 世纪 70 年代就对无线电元器件、炸药部件、核材料进行过贮存实验研究。特别是 1978 年安排的 756 "东风 –C" 核装置半年、整体阵地贮存研究。756 试验荣获全国科技大会奖。在此基础上，1980 年 12 月，召开了 "东风 –C" 号核弹头延寿技术论证会和动员会，在总工程师苏耀光组织领导下，从 1980 年 12 月—1983 年 3 月厂完成了"东风-C"号弹头 18 项延寿贮存实验研究（炸药部件振动、内球组合件振动、冲击、力学性能、钚-239 部件加速延寿贮存实验三次，在南方二炮阵地进行 784、784-1、784-2 核装置整体延寿试验任务，最长贮存试验达两年之久）。质量检测前后对比，产品仍然合格。784 荣获核工业部科技进步一等奖，784-2 荣获国防科工委科技进步二等奖。1982 年 7 月 28 日，出中子试验，获得足够的中子产额。9 月 15 日，引爆控制系统的 -12 飞行试验，无线引信机工作正常。综合以科研成果结论是：在允许更换有限寿命部件后，核装置贮存使用寿命从原定的 X 年，提高到 XX 年。

1984 年，国防科工委和总参先后批准核航弹、"东风-B号"核弹头做退役处理。通过对贮存一定年限后的产品部组件分解、检测、试验，分析找出性能变化规律，为今后核产品贮存提供可靠依据。总厂成立了以总工程师陈家圣为组长、我为副组长的退役领导小组，设立了退役办公室。我和计划部门拟订了科研实验项目，编制了网络计划。此时，遇到一个问题——贮存多年的核弹头在哪里分解？各单位纷纷提出新建、改建生产工号计划。而我们想到了闲置的七厂区，那里有大量闲置的高品质厂房和实验室可以利用。组织大家一看，都比较满意。于是自己动手对少量厂房进行改造，部分设备搬运、安装调试，进行了核装置金属部件和引信控制系统部组件的分解和实验，圆满完成了分解任务。结合常规武器战斗部的研制，对分解出的炸药部件进行起爆方式的试验，取得成功。在 1964 年 6 月 6 日，时隔 21 年后，全尺寸爆轰模拟出中子试验。1985 年 6 月 5 日，在六厂区 610 工号，进行了贮存多年后的"东风–X 号"核弹头综合爆轰试验，除铀–235 用代用件外全部为真品。青海省省长黄静波等领导和厂、矿中层以上干部观看了这次试验，试验取得圆满成功。通过近三年贮存核产品的退役科学实验研究，核装置和无线电控制系统经长期贮存，产品性能仍保持较高水平，并取得二十多项科研成果。

1985 年 6 月，在六厂区 610 爆轰试验场

从左往右依次为：孙铁柱、叶定松、郑哲、叶钧道、任春泽、王菁珩、王家声

二次创业

从零开始

1983 年夏，党委书记郑祖英带队，我作为厂企业整顿负责人，随他一同前往兰州铀浓缩厂学习企业整顿、建立经济责任制的经验。回厂后，结合厂的实际，建立和健全了经济责任制考核体系。

1984 年 10 月 16 日，是我国第一颗原子弹爆炸成功 20 周年的喜庆日子，厂第一次举办了建厂 26 周年庆典活动，召开了隆重的庆祝大会。部、省、二炮特管部的领导和九院等兄弟单位领导前来祝贺。由厂宣传部部长陈为华经办，在上海精心制作了以铜制镀金、镀银纪念章（经请示核工业部常务副部长刘书林同意，背面刻有"核工业部"字样）和以后的纪念册、纪念碑，成为 221 人一生难忘的珍贵的记忆。庆祝活动进一步增强了职工队伍的凝聚力，推动了企业整顿的深入开展，完成了各项企业整顿的验收准备。厂、矿职工通过两年多共同努力，1984 年 10 月 24 日，通过了部、省两级企业整顿验收，被评为一级优秀企业，为企业的发展打下了良好的基础。同时厂研制、生产的"东风-X号"核弹头产品荣获国家质量银质奖，"原子弹突破和武器化""氢弹突破及武器化"荣获国家科学技术进步奖特等奖。这是我国第一颗原子弹爆炸成功后国家首次颁发的奖项，并发给九院和二二一厂奖金各1万元。对拥有在职职工7500人的二二一厂来说荣誉是对厂和全体职工至高无上的嘉奖。厂拿出10多万元奖励基金,按20元、10元、5元三个档次，与经济责任制考评一同分发下去。

九院院长邓稼先生前，曾有许多人问过他搞两弹得了多少奖金？邓院长总是笑而不答。1986年6月邓稼先病危，美籍物理学家、诺贝尔奖获得者杨振宁赶到医院看望他，也提到这件事。邓稼先夫人许鹿希回答说："奖金是人民币10元。"邓稼先补充说："是原子弹10元、氢弹10元。"杨振宁以为是开玩笑，许鹿希说："这是真的。"当时生活条件艰苦，没有白天和晚上，没有周日休息，加班搞科研生产没有任何奖金、加班费之类的报酬。"文革"期间，有的同志白天受批判，晚上照常工作，这种不计报酬、一心报国的无私奉献精神，恐怕是在别的国家难以做到的。

在1984年10月24日的企业整顿验收大会上,军工局局长刘杲,代表核工业部宣布，任命我为二二一厂厂长，并实行厂长负责制。本着改革要有新举措、发展要有新思路的精神，我在大会上做了《从零开始，进行第二次创业》的表态发言，诠释"发展才是硬道理"、怎样才能发展、用什么方法才能使厂发展等五项措施。

一是大胆起用年轻人。使用和提拔有文化，有现代经济、技术知识，勇于创新、能开拓新局面的人才。

二是破除平均主义。建立以承包为主要内容的经济责任制考评体系，推行浮动工资、职务工资和岗位工资制。

三是破除闭关自守观念。在开放的沿海城市，建立经济技术合作窗口安置职工，解决职工后顾之忧。

四是推行分级负责制。不搞多头领导，不越级指挥，各司其职，各负其责，逐步做到责、权、利分明。

五是抓好队伍建设。各级领导要秉公办事，不谋私利，不搞特权，用自己的实际行动，从严治厂，开创厂、矿工作新局面。

这次发言回应了职工的热切期望，在群众中产生了良好反响，也表现了职工对厂长工作的信任和支持。我没有陶醉于掌声中，回到办公室，我冷静地进行了深思。我是通过处级干部测评和组织考核，从基层一步一个脚印走过来的，经过各层次的锻炼和学习，才从老厂长手中接过接力棒。而自己当时仅 46 岁，主持这样重要单位的工作，从党委领导下的厂长负责制，过渡到发挥党委的核心、保证、监督作用与实行职工民主管理的厂长负责制，可以说是一次体制、观念、责任的重大变化，这也让不少老同志捏了一把汗。我有勇于承担压力的个性，是一个愿意接受挑战的人。

正如毛主席所说："人是要有点精神的，无产阶级的革命精神就是由这里头出来的。"领导就是一面旗帜，一点一滴的言行，要给人一种朝气、希望。从而点燃职工心中的热火，带领职工开创工作的新天地。既然承诺了，就一定要干好。看准了的事，要全神贯注地去做，做出成效来。工作追求高标准，这个高标准是不断创新的，是实实在在的。一句话，就是用心去做事，一切追求高标准。一位老同志在马路上遇见我，热情地问我："厂长，你搞好厂的担子可不轻,你治厂的思路是什么？"我毫不犹豫地回答说："用心做事，一切追求高标准。"这位老同志恳切地说："好，就这么办。"短短的一句话代表了老同志对我的信任与希望，也增强了我搞好工作的信心。

用心办事

以党委书记刁有珠为代表的上届党委，根据上级要求，用改革的精神在征求新任厂长的意见后,通过组织考核，组建了总厂老、中、青三结合的领导班子。班子成员平均年龄不到45岁，有两名三十几岁年轻技术人员进入总厂班子也引来一些非议。但我们认为，从企业的发展和稳定出发，看准了的年轻干部就要大胆启用，做好帮、带，放手让他们去工作，他们就一定会成熟起来。实践也证明，他们走上总厂领导岗位后，朝气蓬勃，充满活力，工作有新意，很快进入角色挑起了工作的重担。

新班子上任后，反映问题的职工和家属络绎不绝，接待工作每天持续到晚上10点后。大家强烈要求尽快解决"一老一小"及厂、矿的多种工资并行问题。当时职工中有核工业企业工资、政府工资，还有教育、卫生、商业、铁路等多种系列工资，而当时核工业企业工资最高。职工还尖锐地向领导提出，"领导办事要透明、公平、公正""不能让老实人吃亏""不能只会捏软柿子，谁能闹，谁的问题就解决，谁有关系，谁就得到照顾"。这些尖锐的意见深深触动我们，在众多的困难和问题面前，绝不退缩，要敢于迎接挑战，面对众多的困难和问题，领导们要冷静地权衡群众的建议是否合乎实际，是否真有道理，是否符合多数职工利益，符合的就要真心真意地去解决。而问题的解决靠的正是领导班子的团结，党、政、工、团的齐心协力。

在企业落实厂长负责过程中，厂长更要主动与党、工、团沟通和协调。在行政班子内要大胆放权，充分调动副职的积极性和创造性。厂长要多做些调查研究，抓好企业发展大计；多出主意做好班子内的协调；多协助副职抓好热点、难点问题。下边出了问题时，要敢于承担责任。我也暗下决心：工作中不许愿，不拖拉，公平、公正、公开地处理问题。我常想，领导与职工，只是分工不同，在工作上是领导关系，而在生活中却是同事、朋友关系，以这样的心态对待工作，工作中大家都会紧紧围绕着你，齐心协力地去工作。

我经常一个人骑着自行车到科研生产关键岗位，到矛盾集中的部门听听看看职工心中在想什么，有什么要求。一个人骑自行车，走一走、看一看。大大拉近了与职工的距离，这种零距离接近职工开诚布公、将心比心地交谈才能听到真情实话，才能知道职工在想什么？我们能为群众做些什么？这样一走，听到真情，心里就踏实，说话才能说到点子上，才能把问题说透，群众才爱听，工作才会有的放矢。既保持了与职工的血肉联系，也从中吸取了精神营养。

通过一段时间的调查分析，我清醒地看到了我厂所面临的严峻形势：军品任务在锐减，民品开发两头在外，缺乏竞争力；"一老一小"问题突出；技术人员后继乏人。1600多名离退休人员滞留在厂和西宁亟待安置。1974年时，中央同意解决九院和二二一厂职工两地分居问题，同意农转非（农村户口转到矿区成为城市户口），到1984年累计转了1300多户，待业青年数量剧增，厂登记在册待业青年有1400多名，每年还以300人的速度增加，甚至个别家庭有3名待业青年，最大的已27岁。在沉重的压力面前，领导班子决心跳出封闭的小天地，迈开步伐走出去，在市场的竞争中，大力开发具有人才技术优势、有市场（必然也是竞争激烈）、技术含量高的民用产品和常规武器战斗部，在沿海开放城市兴办企业，在外寻求招工单位。把职工关心的事一件一件地办好，解决好职工的后顾之忧。

1985年，结合核工业企业工资的套改办法（即一上靠、二高套、三升级），理顺了企业内部工资关系，建立起新的核工业企业职工工资标准，职工的情绪发生了可喜变化。

解决待业青年就业问题难度大。部、省终止了在厂招工指标，厂技校也停止了招生。但是，我们把待业青年的就业当作一项民心工程来抓。劳动人事处、文教局、劳动服务公司派人走访青海、安徽、山东、河北、四川等省市，与有关工厂、学校协商，给予贷款支持企业技术改造，企业在招工中给一些指标，贷款资金由受益企业偿还。对一部分高考落榜的学生，与合肥市高等院校联合办学，毕业后在当地分配工作。这些措施所需资金，单位出大头、职工拿一点的办法，先后解决了1000多名青年就业和上大学，大大缓解了厂待业青年的就业压力。这其中也遇到一些麻烦，如1989年某建工建材学校，在厂招收38名学生中，矿区招生办比照二级招生办的办法，降低分数线多招收8名学生。一时惊动了省有关业务部门，并要退回8名学生。矿区文教局主管招生工作的吴彦忠副局长，在一个星期日上午来到我家里，向我汇报有关情况，并说，省主管文教卫生的副省长班马正在海晏县，叫我到海晏县找省长说明情况。我们马上驱车来到海晏县城，找到了班马副省长汇报了有关情况，特别是因撤厂带来的特殊情况。班马省长表示理解，问题得到妥善解决。

燃眉之急

1984年冬，热电厂用煤吃紧，煤场的煤仅够十天左右。宁夏石嘴山、甘肃窑街的煤由于车皮紧张，难以保障自备热电厂的用煤，主管副厂长任春泽和器材处处长文春初找到西宁铁路分局领导，但仅解决少量车皮。器材处领导提出，希望我跑一趟兰州铁路局，解决热电厂燃眉之急。我和业务处同志赶到兰州铁路局，来到王局长办公室。当时，办公室外边挤满申请车皮的人，在我们通报情况后，优先让我们进去。当我们说明来意后，王局长表示："你们是重点保证单位，我们马上安排两列车皮给两个煤矿，煤可以很快运到厂。"燃眉之急才算解决。

副总工程师江振发、热电厂厂长柳建民和技术人员大胆提出用外省与本省煤按一定比例混烧的方案，以缓解火车运输的矛盾。通过反复实验，取得锅炉运行最佳用煤配比方案。而本省煤只能靠汽车运输，于是运煤的任务落到交通运输处。年轻的车队副队长任铁安主动请战，带领 20 多台车和维修工，来到位于祁连山、大通山之间海拔 3500 米的默勒和八宝煤矿。那里，冬季气温在零下 15—20 摄氏度，天寒地冻，生活条件十分艰苦。在十几平方米大的小屋里，长通铺上铺着褥子，地上生着火炉，还要外出破冰取水，自己做饭。他们每天只能睡上 4 个多小时，清晨顶着星星去，晚上披着星星回，睡时滚成了一个个露着白牙的"煤黑子"。小任的爱人生病，任务紧急，他不能返厂，一直坚持到最后出色地完成了任务。同志们都说小任是一个响当当的副队长。"两弹一星"精神，在二二一厂年轻一代身上闪闪发光，最后，小任被大家推荐并最后被评为青海省劳动模范。

初显端倪

1984 年 12 月，新班子刚刚组建两个月，民品处通过考察和可行性分析，在民品生产汇报会上，提出在沿海某开放城市联营兴建空调净化工业公司的建议。班子认为，虽然时间紧迫，但这个有发展前途的好项目一定要抓住，投石问路去开拓民品，开创"养鸡下蛋"的新天地。在会上我与总工程师陈家圣、总会计师叶定松、生产副厂长任春泽商量当即拍板，同意签订投资 400 万元、安置 100 名职工的协议。通过双方共同努力，联营厂三年得到很大发展，到 1987 年，年销售收入达到 3000 多万元，取得较好的经济和安置效益。在外联营办企业的成功，让我们尝到了甜头，给人带来希望。事实证明，厂向沿海开放城市东移的发展战略是正确的，它有利于职工在改革和市场经济的浪潮中转变观念、捕捉信息、吸引人才，解决西部军工企业发展的后顾之忧。

在保军转民中，我们又开发了调频广播 6L 双环天线、全频道电缆电视系统（共用接收天线）、变频机（当时国内容量最大、调频范围较广的机型）、静止变频电源（还签订了 75 台生产合同）、单面镀锌板、子午轮胎模具、高原汽车涡轮增压器（应省科委要求，与青海汽车厂配套出口到高原气候国家的汽车，与机械工业部车用发动机研究所合作研制成功）、人造金刚石、火灾报警器、太阳能热水器等产品。为省里出口欧洲生产的 1 万套十字棘轮扳手选用优质合金钢，经锻造、冲压、焊接、表面处理，获国家外贸部荣誉证书，是厂批量生产民用产品管理上的一次有益尝试。镀锌铁板项目加紧与国外合作谈判中，盐化工项目的可行性论证紧张进行，常规武器战斗部的开发取得了可喜的进展。每年还有近 200

项技术革新成果获得厂的奖励，工厂的生产能力和水平得到进一步提升。热电厂利用循环水余热，在700平方米温流水里养殖罗非鱼获得成功。房建处开发了5亩悬索塑料大棚，种植西红柿、辣椒、黄瓜等蔬菜；二分厂种植蘑菇，丰富了职工的菜篮子。厂的民品销售收入，从1984年仅几十万元，到1987年达到1000多万元。

在623爆轰试验场

孙铁柱（左）、王菁珩（中）、叶钧道（右）

本着有所为、有所不为的精神，厂确立了就地转产和东移相结合的保军转民融合发展方针。新的领导班子在"军转民"的探索中始终认为，就地转民，没有军品技术，队伍就不会稳定。民品两头在外（原材料、市场）企业缺乏竞争力。而大型常规武器弹头研制却能发挥厂在火工、精密加工、无线电设计，研制、试验、加工、装配的综合技术优势，因而将大型、先进常规武器战斗部作为转民优先发展方向。成立了以厂长为组长的常规武器战斗部开发领导小组。组织工程技术人员进行了多种型号导弹战斗部的调研。结合核弹头的退役，进行常规武器战斗部起爆方式等的探索试验。在局召开的常规武器开发座谈会上，局领导充分肯定了研发先进的常规武器战斗部，是厂转民的重点发展方向。

1986年6月，在六厂区623工号，进行了常规武器战斗部1∶1静爆炸威力试验，它是常规武器战斗部设计、装药、起爆方式、测试方法和爆炸效应的综合检验。总参、国防科工委、二炮、航天部、中船总公司及上级有关部门30多人参观了试验，试验取得圆满成功。这标志着厂在核武器技术向常规武器技术转移中迈出了可喜的一步，企业也萌发出新的生机。参观的同志深有感触地说："这样规模大、质量高、装药多的静爆试验，显示了二二一厂雄厚的技术实力，具有研制、试验、生产常规武器战斗部的潜力。"有的说："我参加过上百次试验，从没见过组织得这样严密的试验。连几点钟干什么都规定得很严格，每道工序都有人员签字把关。试验人员一丝不苟的精神，健全的质量保证体系，给我们留下了深刻印象。"其后，又在厂区试验场进行了100多发多种材质穿甲弹打靶试验，取得了满意的效果。厂参与的半穿甲战斗部研制方案和可行性报告，在激烈的招标竞争中一举中标。在常规武器战斗部近炸引信的研制中，引进国外先进技术，大胆起用年轻技术人员挑重担，取得了重大技术突破，进一步增强了厂研发常规武器的信心。厂在贯彻"军转民"战略方针中实现了由核武器生产为主逐步向研发常规武器转移；军品生产逐步向军民融合发展转移；生产科研型企业逐步向生产经营型企业转移。初步完成了转轨变型的重大调整，服务方向、经营方式、管理体制、内部关系都发生了深刻变化。

1986 年 8 月 19 日，阳光高照，高原古城西宁市省体育馆内到处洋溢着喜庆的气氛。正在青海视察的中共中央总书记胡耀邦，在青海省委书记尹克升、省长宋瑞祥等领导陪同下，于下午 5 时许参观了青海省交易会展览。胡耀邦同志神采奕奕，迈着稳健的步伐来到二二一厂民品展位。宋省长走上前介绍说："这位是核工业部二二一厂王厂长，那位是省人民政府矿区办事处副主任曹登石。"我们走上前去与总书记胡耀邦同志握手时说："您 1983 年 7 月 22 日曾视察过我们厂。"胡耀邦同志亲切地问："是不是金银滩上的那个厂？"我连忙回答："是，您还为厂题词'钻研新课题，更上一层楼'。"胡总书记点点头说："是。"他一边认真听取厂民品生产的介绍，一边饶有兴趣地观看展出的 13 项民品实物和图片。看完后他语重心长地对我们说："你们军工企业的新课题，就是转民。"我们请他坐下，观看正在研制的地对地导弹战斗部，静爆炸试验录像片《迎接新的挑战》。当画面出现二二一厂爆轰试验场那片一望无际辽阔的草原时，胡耀邦同志心系草原少数民族的温暖，问坐在身边的省委尹克升书记说："迁往新疆的哈萨克牧民有多少要求回青海？"尹书记回答说："五百户。"胡耀邦同志语气沉重地说："我们的一些工作，搞不好就是官僚主义太严重。这件事就不应该一刀切。老年哈萨克牧民愿意走的，就安排他们走。

而年轻人愿意留下的，就应该留下。"省领导一一点头表示赞同。他在看到爆炸后的效能时，问到所配导弹射程有多远？杀伤力有多大？我一一做了回答。看完录像片，胡耀邦总书记站了起来连声说："好！不错！"随后和我们一一握手告别。他的一席话，是对二二一厂正在进行的加速改革、勇于开拓常规武器的充分肯定，是对全体职工和工程技术人员的巨大鼓励和鞭策。

核产品创优

221基地，在完成"东风-X号"核产品部分冷试验后，院、厂1974年1月1日分家。厂完成了"东方-B"等型号核武器退役、"东风-C"核武器的公路运输和贮存延寿实验。根据院、厂工作分工原则，厂派出了以总工程师陈家圣、副厂长任春泽为首的技术人员前往四川绵阳地区九院，全面接收"东风-X号"核产品的图纸和工艺文件资料。

1986年年初，厂提出全面贯彻落实《军工产品质量管理条例》、"主产品创优"的年度质量工作目标，对核产品的生产全过程实行规范化、系统化的质量控制。成立了以厂长、总工程师为首的创优领导小组和办公室（设在质量管理处），制订了创优目标、实施细则和措施计划。推行质量目标的精细化管理。创优办公室与设计、技术等部门，拟定了关键零部组件的内控技术质量指标，层层向下分解。在厂内普及全面质量管理教育，强化企业基础管理，在生产全过程建立了 34 个质量管理点、43 个关键技术攻关"QC 小组"。特别是近几年引进先进设备、新材料、新工艺研究成果的应用。五坐标数控加工中心、热核材料新涂层材料研制和运用、热核材料温度和压力集中控制、真空电子束焊机、大型微波暗室等。尤其是 1985 年 7 月，等静压成型通过国防科工委的技术鉴定，填补了我国高能炸药成型工艺的空白，成型产品的整体密度、密度均匀性、力学性能和环境适应性、生产工艺重复性均有明显提高，为产品创优提供了强有力的技术支撑。

厂成立了工艺鉴定领导小组，组织技术人员和工人进行技术培训、对关键产品工序进行工艺实验，保证了产品工艺文件的适应性和可靠性。

总厂工会紧紧围绕质量目标实现，组织好厂、矿社会主义劳动竞赛。劳动竞赛的深度和广度，远远超过了以往任何一年。三分厂 301 车间，以老工人于德发师傅为首的 9 人技术攻关小组团结一致、废寝忘食、顽强拼搏，克服高原气候带来的种种困难，经过 10 多次反复改进实验，终于攻克某关键部件铸造技术难关，生产出合格的毛坯产品。二分厂开展关键设备上的技术比武竞赛个个达标，保证了炸药部件生产的优质安全。热电厂对 2 号、5 号汽轮机组大修中，实现了检修质量的创优。交运处通过"安全优质""最佳服务"等竞赛活动，促进全年交通运输任务顺利完成。房建处水电队开展水、汽服务质量对口赛，水网管线的泄漏问题明显减少。商业局职工在全国猪肉吃紧时，紧急从四川组织货源，保证了厂区肉、蛋等食品的供应。正当创优工程在厂深入开展时，从西宁市刮来一股退休风。说青政〔1984〕第32号和108号文件要停止执行，职工退休某些待遇将要取消。一些职工为坐上退休的最后一班车，从内地转来函件，要求矿区公安局更改其出生年月。厂及时与省业务部门联系，把真实情况通报给大家，但仍难以抵挡退休风潮的冲击。此次有600多名职工退休，加之1984年退休的职工，总共有1100多名职工离、退休，给产品创优带来不小冲击。厂当即决定：重点核产品加工车间停产一个月，重新调整劳动组织，学习图纸工艺文件。经厂、矿、全体职工共同努力，核装置、无线电控制系统部、组件，优质品率分别达到99.7%、98.3%，无线电控制系统联试一次通过，核装置总装和无线电控制系统联试，一次安全顺利完成。全面实现主产品创优目标，受到二炮好评。

这是20多年来，全厂上下坚决贯彻部领导提出的"安全第一、质量第一"方针，自始至终把质量安全工作当成头等大事来抓。思想上高度重视，工作上严格细致，技术上精益求精，管理上建立健全质量安全保障系统以及建立起经济、技术、业务责任制，使核武器生产安全、稳定、可靠。主产品的创优活动，使员工质量意识进一步增强，专业管理的程序化、规范化、制度化迈上了一个新台阶，企业的质量管理实现了一次新的飞跃。主产品创优活动的实践，完全演绎了管理既是科学又是艺术，也是战斗力的道理。

这也使我们深深地认识到，核武器批量生产同样是一项创造性劳动，它凝聚着技术人员和员工们的智慧和创造。它要求企业劳动组织的完善和稳定，员工素质不断提高，全面质量管理进一步强化，工艺、装备上不断创新。确保产品在生产周期内，生产过程中的每个环节运转有效，质量稳定、安全可靠、技术管理上的一致性。确保优质、安全、低耗、高效地生产出核产品。真正把核武器开发的科研成果，转化为生产力，从而提高部队的战斗力，使部队具有核威慑的打击力量。省委、省政府发来了贺电，部领导来电慰问。

864 工程

1985 年 7 月的一天下午，已临近下班时间，办公室的电话铃声响起，军工局刘杲局长在厂的保密专线电话里急促地对我说："老王，科工委来电话，国外急需一种装载常规战斗部的导弹系统，要能形成一种威慑力量。能否在半年内交付？下班前给我一个答复。"听到这突如其来的好消息，我掩饰不住内心的喜悦连忙说："好！马上研究，下班前答复。"这个消息使大家兴奋起来。真是机遇总是留给有准备的人。

从 1982 年以来，厂坚持不懈地坚持常规战斗部的研究，让科研成果转化为生产力，国外急需常规战斗部的信息，给正在为保军转民拼搏的二二一厂注入一股强劲动力。20 分钟后，有关负责人员来到我的办公室，根据"能形成一种威慑力量"的要求，提出了初步的战术指标和技术方案。我们研究后认为充分利用核技术的成果，产品可以在 10 个月内交付。我们也清醒地认识到：总体设计与近炸引信，能否在近期取得技术上的突破，高能炸药的安全生产是产品能否按期交付的关键，为此厂必须承担交付的风险。有风险，就有动力，就要拼搏，我们必须敢于担当。我们也坚信，经过核武器研制锻炼的科研技术人员与工人有信心、有能力、有智慧实现突破。意见很快传上去，厂的决心增强了上级的信心，军方很快组建了办公室开始前期工作。这项任务上级命名为国家"864工程"。总参首长指出："二二一厂研制的大装药量常规战斗部与近炸引控系统在该任务中具有特殊地位，是这次任务成败的关键。"

部领导也指出："此项任务，是一项指令性强、时间性强、保密性强的国家核心机密。二二一厂又处于特殊的地位，要特事特办。厂长作为任务的第一责任人，厂要作为一项最重要的政治任务来抓。做到保质量、保保密、保进度交付。"

1986年，核产品实现创优，厂、矿财政收入实现了盈利目标。1987年1月，双方草签了研制合同。厂被这一缕强烈的阳光照亮。憋在职工心头的劲头迸发出来了。

1987年的春节与往年的春节不一样。二二一厂处处洋溢着喜庆、欢乐的气氛。

矿区商业局准备了凭票供应的黄花鱼、木耳、粉丝、好烟、好酒等，还从广东、山东、四川用火车皮发来了新鲜的蔬菜、水果、鸡蛋。

集贸市场上，个体经济也为节日增添了喜庆，提供了活禽和鲜蛋。矿区国营牧场，为职工提供了低于市场价、定量供应的牛羊肉。

热电厂利用热循环水养殖的罗非鱼，二分厂温室大棚生产的蘑菇，房屋修建处的大温室生产的黄瓜、西红柿、豆角、青辣椒等新鲜蔬菜向职工供应，点缀了节日里的市场。

年前举办了热情洋溢的"军民座谈会"，走访驻厂部队。总厂工会组织了各分厂、处的文艺汇演。

第三排从左起依次为黄克骥、刘鸣、周宝林
第二排饶冬金（女，中间）与部分男女演员合影

各食堂为单身职工举办了节日会餐。除夕夜的单身宿舍楼，走廊里各家房门口的电炉和照明灯，把整个走廊照得通亮。各式各样的年夜饭飘出浓浓的清香，左邻右舍的聊天搭话的说笑声，汇成节日厨房的喜庆、欢乐的交响乐章。

"朝阳沟"是自建在总厂通往三分厂马路东侧的半地下住房，冬暖夏凉。这里住着几十户人家，有部分河南籍职工。著名艺术家常香玉主演的豫剧《朝阳沟》影片一经在俱乐部放映播出，就有人把这里叫成了"朝阳沟"。劳资处调配科是与职工经常打交道的单位，又因调配科科长陆文堂同志是一位热心为职工办事的河南人，"朝阳沟"一时成为调配科科长的代名词。"朝阳沟"越传越响，成为没有在民政部门备案的街道地名了。

家住海晏县城犹如手枪造型的家属楼群的总厂职工，每天乘通勤火车上下班。冬天，天亮得晚，黑得早，他们上下班都是跟着月亮走，是最辛苦的上班族。

西宁市城东区杨家庄家属院，始建于 20 世纪 60 年代初，是来厂早的老同志家属的居住地。这里住着厂西宁办事处职工、矿区文教局所属西宁市 17 中学教职员工、家属工厂员工。部分在厂上班的单职工享受每周两天往返厂区的休假，他们是在一个城市上班、另一个城市居住的休假族。

按照中华民族传统，每年春节大年三十的团聚，重新激活了那沉睡的记忆。大家回忆起艰苦创业的煎熬，"两弹"突破成功的喜悦，这些记忆承载着核事业浓浓的情结，有着说不完的故事。

老工人一家在大年三十吃团圆饭

贴上对联、包着饺子，全家团聚、三代同堂的欢乐喜庆，如同土法制作爆米花时飘出的阵阵浓香。有的请来老乡、朋友叙旧话新，融入浓浓的乡情和友情。有的则是每天一家一家地轮流享受着和谐温馨，品尝东西南北地区舌尖上的美食。

在我们的生活中，还有什么能比人与人之间心灵的融合更珍贵呢？尽管人们在职业、地域、生活习惯上存在着差异，可心灵却往往是相通的——这是深深镌刻在 221 人心底的核事业情结。

夜幕降临，此起彼伏的"噼里啪啦"的鞭炮声仿佛在提醒人们，真的是过年了，亲切而又遥远的记忆让每个在厂过年的单身职工，此时此刻加倍地思念亲人。

临近午夜十二点，礼花舞动着金银滩的夜空。一时间，草原上鞭炮齐鸣，此起彼伏连成一片，烟花冲向夜空，把天空装扮得五彩缤纷，美丽的烟花寄托着 221 人对未来美好生活的期盼。

二二一厂俱乐部与邻近的文化宫

海晏盆地，西边的同宝山和北边的夏格尔山形成南北的山口。西北方向的冷气流驱散了燃放鞭炮后的烟雾，沁人心脾的冷空气飘荡在金银滩上空。在北京、上海等大城市是难以享受到这样清新芳香的高原空气的，这也许是上苍对221人的一种恩赐。

221人对生活充满热爱，日子虽然过得简朴，但很充实、快乐，让他们念念不忘的是充满乡土气息、温馨和谐的金银滩草原。

俱乐部西边新建的文化宫，大红灯笼高高挂，彩色的拉花布满大厅。在这里举行了厂、矿首届团拜会。中层以上干部和职工代表200多人参加了团拜会。每个人的脸上洋溢着喜悦，充满着对新一年的期盼和祝福。厂长致辞："过去的一年是喜事连连，是厂保军转民亮点纷呈的一年。是推行厂长负责制以来领导班子集体智慧、谋略，党委的核心、保障、监督，工会民主管理有效融合的一年。

在核产品创优中，推行质量目标的精细化管理，实施技术创新战略。一批新设备、新技术、新材料的应用，为核产品创优提供了强有力的技术支撑。

生产经营、管理有新的突破。火工分厂全年实现'工伤零事故'目标。厂的节能工作荣获核工业部先进单位称号。厂、矿社会主义劳动竞赛，其深度、广度超过了以往任何一年。沿海两个开放城市联营企业，销售收入稳步增长，为厂的向东转移、离退休人员安置探索出一条新路。"

"'118'研制稳步推进！"

厂长充满信心地说："厂正处于保军转民的十字路口，面临调整的最大考验。今年，常规武器的研发，吹响了厂变革的号角。可以说是华山一条路，只能成功，别无其他选择。221人正以未雨绸缪的心态，迎接挑战。最后祝在新的一年里，在保军转民上取得新胜利。"

俱乐部举办大型游园活动，上映免费电影，厂电视台播放录像片。金银滩上的"王府井"，川流不息的人群，职工们喜气洋洋相互拜年问候，221人的脸上流露出灿烂的笑容，展现了221人对事业的执着，对生活的热爱和乐观的心态。充满田园气息、温馨和谐的草原生活，让221人难以忘怀。

草签常规军品出口合同，厂的产品代号为"118"。

厂确立了"安全第一、质量第一、特事特办""一切为'118'让路"的工作方针。随后，召开了双方技术协调会，签订了研制、试验、技术鉴定、产品交付合同。

厂虽处于前途未卜的前夜，合同的签订使职工情绪高涨，似乎憋了几年的劲要一下子释放出来。各级领导和职工纷纷表示：即便是明天要关厂，今天我们仍要拼命干，创造性地把"118"任务和厂的调整做好，让国家放心。

为了"118"和调整任务的圆满完成，党、政、工、团拧成一股劲，齐心协力，努力拼搏，以新的面貌和新的姿态投入新产品的研制。为此，厂建立了"118"设计师系统，在关键技术岗位上大胆起用年轻技术人员。

厂总工程师、"118"总设计师陈家圣，聘用技术研究部设计室主任、研究员高工刘克钦担任结构设计主任设计师；系统室主任、研究员高级工程师李国强担任无线电控制系统主任设计师。李主任聘请年轻技术人员张经伟担任近爆引信关键部件——发射机的负责人。221"核二代"的张经伟，从小耳濡目染，受到老一代221人品质的熏陶，铸就了"核二代"人特有的品质。他有激情、有上进心、刻苦钻研、正派，对未来充满抱负。有过硬微波专业技术的李亚非谢绝了内地研究院的聘请，毅然和其他两位年轻人参加到发射机团队。具有独特逆向思维的年轻人，新技术的诱惑对他们有一种无形的磁力，将他们吸引到新技术研发上。

使命因艰巨而光荣，人生因拼搏而精彩。

发射机团队为争分夺秒地与时间赛跑，无调试仪器，就自己动手设计。他们每天工作到晚上10时才下班。沉浸在技术创新中从不服输的年轻团队，有时在实验室连续工作两天两夜，他们吃的是方便面，困了乏了就伏在工作台上睡一会儿。一年的时间里，几乎没有看过电视和电影。一次临近半夜两点左右，马鸿翀突然萌发出解决问题的新思路，他纵身起床，穿上衣服，骑着自行车，披星戴月，从总厂赶到实验室进行调试试验，以验证解决问题的新想法。连续加班不免有些劳累，为保持清醒的头脑，不苟言笑、性格内向的李亚非，大胆提出一个奇异的想法，他说："干脆剃个光头爽快"。话音刚落，曹小明和其他几个年轻人齐声说："好！"

虽然严冬即将到来的，但为了更加方便地工作，发射团队的几个小伙子都剃了光头，觉得头脑爽快清醒了许多。功夫不负有心人，他们终于取得技术上的突破，联机取得成功。为做到万无一失以确保爆高控制精度，他们在大型微波暗室调试的基础上，又进行了近爆引信的吊高试验验证，最终取得满意的结果。

发射团队的年轻人用自己的智慧和汗水，诠释了人生的价值。

大年初二，近炸引信的研制人员主动来到实验室进行调试。厂副总工程师吴景云、一分厂厂长沈绍严，系统室主任、主任设计师李国强，系统室党支部书记高级工程师杨增宽也从海晏县城家属区乘火车班车，亲临现场看望同志们。

3月，近炸引信在工程技术人员夜以继日，协同攻关，实现了技术突破，取得联机成功。

质量管理处制定了关键部组件质量考核指标和"118"产品验收原则，组织关键部件与关键工序"QC"小组进行攻关。企业改革办公室加大包、保、核和经济责任制考核奖惩力度，推行机关职能处考核分厂包、保、核指标，分厂考核总厂机关职能处经济责任制完成情况奖惩的双向考核。

器材供应处同志把急需器材送到车间。总工程师陈家圣和副厂长任春泽、副总工程师吴景云经常带领设计、生产、质量、器材业务处的人员到现场服务，及时解决科研生产中出现的问题。党群系统的同志深入基层，把思想政治工作融入科研生产中，做好职工思想工作，充分发挥党员的模范带头和团员的突击队作用。

厂工会带着慰问品，深入科研生产一线，看望深夜加班的职工,食堂为夜班职工准备了可口的饭菜送到车间。同志们感慨地说：

"1964年草原会战的劲头又回来了。"

为迎接"118"技术鉴定会的召开，厂召开了动员会。各研制、生产单位领导立下军令状，实干、巧干一个月，实现近炸引信的技术突破，完成各项环境实验、总体结构设计和技术文件准备，确保鉴定会如期召开。

"118"产品环境实验，是制约进度的又一因素。厂副总工程师吴文明、邢鹏翎，技术研究部副主任叶钧道等，充分应用核武器研制、试验成果。组织技术研究部的设计、试验、测试技术人员，通过大量的计算、分析、论证，减少了3项环境试验，大大缩短了"118"产品环境实验周期，得到"864办公室"的认同。

天空格外高远而深邃，云朵像新棉花一般洁白。小溪的流水清澈如镜，映照出同宝山的山色秋光。

二炮副司令员杨国梁与厂、矿领导合影
任春泽（左1）、陈家圣（左2）、张秀恒（左3）、杨国梁（左4）、
王菁珩（右4）、葛文眉（右3）、曹登石（右2）、吴景云（右1）

1987年6月，二炮副司令员杨国梁、总工程师葛文眉等一行

12 人，从 XX 基地驻地驱车来厂。在厂二楼小会议室，厂长汇报了近炸引信研制、产品定型、厂外两次大型试验和首次产品交付的安排意见。

随后，厂长、张书记、陈总工程师等领导陪同二炮首长参观。

首先来到环境实验的四厂区，参观了正在进行的"118"产品高温实验，查看了高温和太阳辐射传导实验过程和模拟计算结果，葛总工程师满意地点头说："实验和数据的处理搞得不错！"

汽车离开了四厂区，来到二分厂高大明亮的总装车间的厂房里，技术人员和工人们正聚精会神、紧张有序地进行"118"产品装配。二炮首长对同志们精益求精、一丝不苟的工作精神给予了赞赏。

汽车来到一分厂系统室的微波暗室、大型微波暗室、质量管理科的系统环境实验室、104 车间雷管实验工号，察看了正在进行的无线电系统部件的调试过程和调试数据。近炸引信的离心等环境实验、研制中的 bb 装置实验。

二炮首长耳闻目睹了撤销中的二二一厂，一切是那么平静、那么有序，大家工作是那么认真。敢于担当、善打硬仗的 221 人，以国家利益为重，取得了骄人的成绩，让人刮目相看。二二一厂用较短的时间突破近炸引信等关键技术，真不容易。

葛文眉总工程师当即表示："厂在较短时间突破关键技术，同意定型会议如期在厂召开。"

胜利曙光

金银滩草原这片沃土，草原的风、草原的情、草原的气息、草原令人感到苦涩的情绪汇聚在一起，形成一股甘甜的涌泉，在221人心中涌动。

当时的221人，心里只有一个念头——"118"任务，中考面前见忠诚，大考关头讲服从。这就是221人发出的铿锵声音。他们将以光照人间的骄人业绩，走完二二一厂的最后一千米，完成厂的历史使命！

1987年7月28日，"118"技术鉴定会在二二一厂举行。会议充分肯定了二二一厂在应用核武器技术、设备、定型的考核工程系统、先进装药工艺、多项大项环境试验、新研制的近炸引信，均取得满意效果。"118"产品各项技术指标，均达到规定的要求，同意通过部级鉴定，可正式投入批量生产。技术鉴定会的成功召开，标志着厂已全面掌握了常规武器战斗部，从弹头设计到高能炸药的静爆炸试验技术，从起爆方式到爆轰测试技术，从无线电控制系统的设计、生产到近炸引信爆高的精确控制。正是由于这些关键技术的超前预研，技术决策的民主化、科学化，保证了"118"总体目标的实现，实现了常规武器战斗部的武器化。地对地导弹常规战斗部的开发，无疑已看到了胜利的曙光。这是221人在极其困难的环境中，在中央和部、局的关怀支持下，在较短时间里用智慧和力量，用忠诚和奉献奏响奔向新征程的一曲凯歌。1987

年 8 月初，在北京召开了部级的近炸引信鉴定会。

原计划 10 月底交付的产品，要求提前到 10 月 28 日零时交付。原本已是非常紧张的交付计划，再提前三天更是相当困难。但国家的需要就是命令，我们马上召开了紧急生产会议，针对交付任务的薄弱环节，调整劳动组织，按小时进度倒排作业计划，实行总装、联试产品连轴转的作业办法，以饱满的政治热情，强化上道工序为下道工序做好服务的意识，保安全、保质量地完成任务。

当一个人把自己与国家赋予的使命紧紧联系在一起时，就必然敢于承担风险，又十分珍惜生命。科学、严谨地把安全生产的每一道工序中的每一过程，做细、做实、做到位。真正做到万无一失、疏而不漏。二分厂广大职工在"118"任务中就是这样一批较真、求实的人。

二分厂 201 车间主任兼党支部书记、高级工程师刘兆民，是一位为人低调、埋头苦干的实干家。1960 年从北京理工大学毕业，一直工作在九所、二二一厂的爆轰试验和火工战线上。他和车间同志们在高能炸药块装法、浇铸成型、切割炸药、引进等静液压设备的安装、调试、应用上付出了心血。

在厂撤销前的动荡的环境里，要生产出比核产品高能炸药装量更多的炸药部件，关键是安全、安全，还是安全。保证生产的绝对安全成为分厂各级领导关注的焦点。"文革""二赵"期间发生的 4 次爆炸事故，死亡 12 人的惨痛教训，再次唤醒人们的警觉，绝不能让历史悲剧重演。

其中发生在 1969 年 11 月 14 日，第二生产部（二分厂）229车间 1 工号炸药爆炸牺牲的同志有：技术科技术人员王明恩（31 岁、中共党员），他主动要求到最艰苦、最危险的 229 工号工作，不幸在加工炸药件时发生爆炸。当工作人员把骨灰和遗物送到他父亲手上时，这位身经百战的老革命军人，忍着心中的悲痛和泪水说：“我的儿子大学毕业分配到二二一厂，从那一刻起就不属于我了，他属于 221、属于国家！如今，他为了报效祖国，献出了宝贵的生命，我为他感到骄傲！他生是国家的人，死是民族的魂，我不能留下他，让他与钟爱的金银滩核事业永远在一起，也让人们不要忘记这血的教训。”其他三位牺牲的战友分别是：技术人员程元福（共青团员）、车工俞春宝（共青团员）、车工刘斌（共青团员）。

他们为铸强国梦，把青春、热血挥洒在金银滩草原，献出了年轻的生命，静静地长眠在这里，头枕青山，俯瞰草原，与这片神奇的土地共存共荣，历史将会永远铭记他们的功绩。四名同志被青海省授予烈士称号。他们为今天的和平所付出的代价祖国不会忘记，祖国终将记住那些将生命奉献于祖国的人，祖国终将选择那些忠诚于祖国的人！

201 车间职工坚持班前会，每个岗位、工序有固定人员，建立上道工序要为下道工序打招呼的制度。领导深入每个岗位，检查工序的落实情况。遵照周总理“严肃认真、周到细致、稳妥可靠、万无一失”的要求，车间精准施策，严谨地把安全生产的每一道工序中的每一过程做细、做实、做到位，布下安全生产责任制的大网，真正做到疏而不漏，万无一失。

火工分厂在"118"产品多批次生产中，实现了零事故，改写了火工分厂生产的历史。

10月27日中午12时，质量管理处处长陈栋标送来装订精美的"118"产品中英文质量文件，厂长在国营二二一厂（军、厂、双方商定的名称）下边利落地签上了自己的名字。

在冬日阳光照耀下，承载着核事业的情结，首批"118"产品装上由武警战士和保卫人员押运的产品车，在公安局陶瑞滨局长开导车的引导下，车队缓慢地驶离二分厂。车队途经交通运输处，来到铁路火车编组站，"118"产品装上二炮的火车专列。

1987年12月28日中午，首批产品圆满交付。

厂长、任副厂长和吴景云副总工程师到火车专列上与二炮部门领导送别。

随着汽笛的一声长鸣，牵引着产品专列的火车头，喷出了一缕缕白雾，满载221人维护祖国人民的崇高信誉，于29日零时驶出了厂……

二二一厂实现了核产品向常规军品零的突破！实现了战略地地导弹可携带常规弹头零的突破！实现了核工业在常规武器出口上零的突破！

在年度部的工作会议上，二二一厂受到表彰。

有惊无险

"118"实弹发射试验任务迫在眉睫。近炸引信必须尽快调试出来，以便进行批量抽检。一分厂系统研究室决定，抽调几名技术骨干：陈飞、张定远、蔡永林等，开辟第二调试现场。外协厂研制的某元器件，一时数量上满足不了生产需要。厂当机立断，改变供货单位。派出分厂质管科科长苏启桂和技术人员，与研制厂合作攻关，试制出合格的元器件，完成了技术定型，保证了近炸引信生产需要，为产品交付后的维修创造了条件。调试技术人员日夜奋战，调试出多台近炸引信，一次通过抽检，为实弹发射试验完成了最后准备。

1987年11月，满载"118"科研成果和职工的希望，试验产品火车专列从金银滩出发，驶向发射基地。车厢里欢快的谈笑声和沉甸甸的责任感交融在一起。无线电控制系统的主任设计师李国强主任陷入了沉思，从大年初二开始的10个月里，他们日夜奋战，度过了多少个不眠之夜，近炸引信通过了部级技术鉴定。而元器件的可靠性将面临实弹飞行试验的严峻考验，他感到犹如一块石头，压在心头。餐车张管理员一声"开饭啦！"李国强主任才从沉思中惊醒。火车运行两天，来到山西雁北的一个规模很小的火车站，由于缺乏起重设备，20多名年轻的作业队员把越野汽车从火车平板车上抬了下来，大轿车、卡车陆续从平板车上开了下来。产品、装备和生活用品，分别运往营地和技术阵地。

第二天，这里下了入冬以来的第一场大雪，足足有一尺厚。雁北地区寒风刺骨，队里购置棉大衣和棉鞋御寒。

根据气象资料，发射窗口选定在 19 日下午 4 时。

那天清晨，湛蓝的天空，飘浮着朵朵薄纱似的青云。队员们精神饱满地来到发射阵地，进行发射前的各项准备。满载弹体和弹头的密封汽车，缓缓驶入发射阵地。身着绿色工作服的战士准确卸下弹头。在旅长指挥下，弹头与弹体进行水平对接。导弹在托架支撑下，缓缓地垂直竖起，平移到发射架上。一辆辆满载燃料推进剂的汽车驶入阵地，身穿防化制服、面戴着防毒面具的战士接通导管，将推进剂注入弹体。耸立在发射架上的导弹，如同即将出征的勇士，昂首直刺苍穹蓄势待发。我和副总工程师吴景云来到离发射架 195 米的 2 号指挥所（头部遥测指挥所），9 号指挥长由一分厂副厂长吕经邦担任。1 号总指挥长发出口令："9 号进入零前 30 分。"9 号指挥长回答："明白。"并发出指令："零时前 30 分，XXX 装置打开。"年轻的技术员周明光，按 9 号指挥长的口令，冷静、准确地操作旋扭，指示灯打开。随着启动爆炸后几分钟过去了，异常情况出现了，口令到起爆前 3 分钟时，bb 装置第一次操作，指示灯不亮，操作不成功。头部遥测指挥所气氛顿时紧张起来，9 号指挥长发出第二次、第三次口令，操作均未成功。9 号指挥长向我们报告："是否延后 10 分钟？"我和副总工程师吴景云当即表示："同意。"9 号指挥长立即向 1 号指挥长报告："bb 装置出现故障，请求延后 10 分钟发射。"1 号指挥长说："同意。"

小周随即搬出第二台仪器，操作了三遍，仍未成功。此时，我极力想从过去试验的记忆中搜索一点线索，以便提出一点解决问题的办法，脑子里却是一片空白。我和副总工程师吴景云的眼神凝聚在一起，当即向9号指挥长说："向1号报告，停止发射。"9号指挥长向1号报告说："停止发射。"1号指挥长表示同意。头部遥测指挥所内一片寂静，人们的脸色低沉，神经骤然绷得很紧。半小时后召开试验领导小组扩大会议，葛文眉总指挥宣布会议开始后说："二二一厂操作能不能证明bb装置没打开呢？"吴景云副总工程师回答"没打开。"葛总指挥果断地说："现在只能卸出导弹燃料，分解弹头。二二一厂尽快采取措施，排除故障。什么原因造成的故障，望认真研究。"

"同意。"大家异口同声地说。

"王厂长，你有什么意见？"坐在对面的杨国梁副司令员问。

"同意停止发射，我们将尽全力尽快排除故障。"我马上回答。

杨国梁副司令员接着说："看来，大家都同意这个意见，我也同意。说明今天同志们的操作和处理是正确的。在试验中暴露出问题，应该说是件好事。下一步在卸出燃料和弹头分解中一定要注意安全。"走出会场，望着夜晚阴暗的天空，黑云密布，一颗星星也看不见。我和吴景云副总工程师回到头部遥测指挥所，传达了会议决定。除留少数同志处理现场外，其他人员回营地。

在营地里，队员们三三两两聚在一起分析查找原因。

在作业队领导小组会上，二炮司令部计划部部长张锐和军工局副局长陈常宜、总工程师宋家树参加了会议。会议决定成立以副厂长任春泽为首的弹头安全分解小组，确保弹头安全分解，做到万无一失。成立以副总工程师吴景云为首的故障分析小组，尽快找出故障原因，采取措施，确保下次发射试验成功。叫上 bb 装置设计人员尽快赶到基地，会议进行到深夜 12 点。二炮副司令员杨国梁、试验基地司令员沈椿年分别来到营地看望作业队队员，通报了第二天工作安排。我们表示："为增加战士对弹头卸出燃料时的安全感，厂领导亲临现场，协助战士进行操作。"第二天一早，在专列的餐车上通报了情况，布置了下一步工作，着重指出：当前最重要的是稳定情绪，查找原因，以最快速度排除故障，保证下次发射成功。

在发射基地
吕经邦（左）、王菁珩（中）、吴景云（右）

　　第二天早晨，传来试验部队训练任务已经完成的消息，基地领导担心"118"产品再次试验的安全考虑，风云二号气象卫星发射在即，提出取消原定的实弹飞行试验。面对这突如其来的消息，我们以坚定的语气说："我方坚持试验，保证近几天内排除故障，采取可靠措施，确保发射成功。"二炮副司令员杨国梁得知此情况后表示："此项任务是一项非常任务，必须继续试验。"中午时分，太阳高照，晴空万里。我和厂办公室副主任宋仁学来到发射阵地，与已到场的发射旅参谋长握手，由于战士们沉着、稳健、有序地操作，卸出燃料的工作已准备就绪。56基地技装部张部长走过来亲切地说："王厂长，你们回去吧！请你们放心。""现在也没事，我们在这里看看，战士们可以放心工作。"我们直到下午一点半才离开。弹头安全运入技术阵地，在队员精心操作下，安全成功分解。故障分析小组和从厂赶来的设计人员对bb装置进行一系列试验，通过多次模拟实验和反复分析研究，终于在第三天找到了故障原因。在这不平常的几天里，每次发射试验领导小组开会，我作为此次发射任务的副总指挥，一直保持与故障分析小组的热线电话联系，及时在会上通报故障排除进展的新情况，以增强领导小组成员的信心。第三天下午，在试验领导小组会议上，经过充分的讨论，最终取得共识。会议认为，通过多次模拟实验，原因已经找到，所采取的措施切实可行，可以100%保证试验成功。会议倾向第二天发射。22日晚传来消息，上级研究同意23日再次发射并指示："做好，做细，确保安全。"我们连夜召开作业队扩大会议，宣布再次发射的消息。挂在大家心头上的石头终于落地，大家决心举一反三，查缺补漏，精心操作，确保发射成功。为迎接第二天发射，队员们早早地休息。

在发射基地头部遥控室
吴景云（后右1）、王菁珩（后右2）、吕经邦（前右2）

23日清晨，太阳早早地露出了笑脸。发射准备有条不紊地进行，军绿色的导弹威武地耸立在发射架上。在冬日绚烂阳光的照射下，导弹像巨人，显得更加亮丽、多彩、壮观。我们在2号（弹头遥控）指挥所，对bb装置进行演练操作，获得成功。杨国梁副司令员和葛文眉总指挥看到两个指示灯都亮了，露出了笑容，握着我的手说："祝你们成功"。"谢谢你们的理解和支持！"我回答。队员们静静等待"零时"的到来。夜幕降临，原本晴朗的天空乌云密布，顿时下起瓢泼大雨，人们的心情又蒙上一层阴影，只好耐心等待。半小时后雨过天晴，倒计时开始，头部遥控指挥所一片寂静，只有仪器上的闪光点在不停地闪烁，我们静静等待3分钟的到来。9

号指挥长一分厂副厂长吕经邦发出起爆前 3 分钟口令，操作员周明光将 bb 装置成功打开，大家面部紧绷的神经顿时舒展开来。1 号指挥长发出"5、4、3、2、1，点火"口令后，导弹在深夜零时点火成功，随着隆隆的震天巨响，火光划破夜空，尘土滚滚飞扬，绿色火箭喷出一束白炽、红亮的火焰，托着"118"弹头缓缓升起。XX 秒钟，火箭向北飞去，消失在茫茫苍穹之中，天空留下一道绚丽的白色烟迹。XX 秒后火箭与弹头分离，XX 分钟后，弹头落点的末区传来的消息说已观察到目标，弹头在预定目标成功爆炸。人们从各指挥所、从山坡，蜂拥般涌向发射阵地。发射阵地沸腾了，人们含着热泪拥抱、跳跃、欢呼，有的围在发射架前，抚摸熏黑的发射架，到处洋溢着胜利的喜悦。胜利的喜悦，拂去我心中的忧虑。此时，杨国梁副司令员和我来到发射底座留影，记下这难忘时刻。现场召开了隆重的庆功大会，二炮副司令员杨国梁宣读了部队首脑机关发来的贺电："这次发射成功标志着我国导弹武器研制水平又有新的发展……标志着二二一厂在转移尖端技术，开发常规军品方面取得的成功，为增强国防又作出了新贡献。"双方领导发表了热情洋溢的讲话并互赠锦旗。在当天部队举行的招待会上，计划部部长张锐握着我的手说："我们可以说是患难之交，现在让我们共享胜利的喜悦，实现了历史上最好的发射精度，近炸引信达到理想的战标。"核工业部发来贺电："'118'弹头从研制到飞行试验成功仅用了 10 个月，这个速度是空前的，是二二一厂广大职工贯彻边生产、边调整方针，顾全大局、团结奋战、艰苦努力、克服种种困难取得的丰硕成果，再一次证明，你们是一支保持和发扬优良传统、能攻关、素质好的队伍。"近炸引信在预定高度引爆，实弹发射试验的成功，实现了从核武器技术向常规武器技术的跨越式发展，在型号上的突破填补了我国战略导弹武器装备常规武器战斗部的空白。这是二二一厂科研技术人员和全体职工，在厂撤销的特殊情况下，贯彻"118"任务的特殊性、政治性、保密性的丰硕成果，也是二二一厂年轻一代科技人员亲自参与研制成功的成果，它将深深地刻印在年轻人的记忆中，留下永不消失的彩虹。

继续冲刺

随着厂撤销职工安置工作即将全面展开，厂内对"118"后续任务厂是否能全部承担产生了分歧。在厂的生产例会上，部分单位领导表示：由于"两个安置办法"和政策细则逐渐明朗，职工、家属思想异常活跃，担心生产中难以保证安全和质量，不宜多承担任务。这种担心是可以理解的，何况高能炸药部件生产的危险性，在这样的特殊环境下，没有严格的管理、强有力的思想政治工作、职工良好的素质和精神状态，谁又能保证工作中不出现疏忽和闪失？我们没有简单地做出决定，而是在会后分别召开了厂、矿办公会、职代会主席团会、主要分厂领导座谈会，最后召开有总工程师陈家圣、科研生产副厂长任春泽、分管无线电系统的副

杨国梁和作者参加会议后

总工程师吴景云参加的小型会议，认真分析了厂撤销工作的形势。大家充分认识到"两个安置办法"涉及 12 个部委，需要一个理解、磨合、协商的过程，办法出台还有一段时间，安置工作年内不可能有大的动作。同时，我们对承担后续任务的利与弊进行全面的分析。"118"任务的研制、生产实践，使我们深深感受到：队伍要有凝聚力，厂区要稳定，就必须有科研生产任务支撑，厂矿这部机器就会围绕任务的完成而有序运转；有任务就能锻炼队伍，提高员工素质；有任务就能为企业积累更多资金，改善职工福利；有任务就能实现有计划、有领导、有步骤、有秩序的撤销目的。何况多年常规武器战斗部研制付出的心血，已取得技术上的突破和产品品种上的跨越，为了保证交付的"118"产品技术上的一致性，我们有责任承担全部后续任务。对于承担的风险，在经济转轨建立社会主义市场经济的条件下，要有勇于承担风险的意识。风险越大，我们的责任越大，但突破风险后的收益也越大。

事在人为，只要我们扎扎实实、仔细地做好工作，就一定能保质量、保安全地完成好后续任务。经过反复地议论，大家越议，信心越足。最后陈总工程师、主管生产的任副厂长和主管无线电系统的吴副总工程师共同表示："从形势和利弊分析，任务我们应全部接。早签合同早准备。厂长，你拍板吧！你说怎么干，咱们就怎么干。"已是水到渠成的时候，我兴奋地说："好！任务全部接下来，咱们一块儿干。"在第二次召开的厂、矿办公会议上，大家一致同意全部接受"118"后续任务。

厂内思想统一了，上级主管部门从今后产品维修上考虑，决定近炸引信由部内另一家单位承担研制和生产。这决定，无疑给二二一厂带来了巨大的压力。在面临激烈竞争面前，只能将自己的近炸引信研制做的可靠性更高。一定要铆足劲，把工作做细、做准，赢得竞标的成功。这是唯一的出路。

118-12飞行试验任务，弹头内同时搭载厂和另一单位研制的两种不同体制的近炸引信。为避免相互干扰，国家"864工程"办公室的同志来到厂与两个单位的技术人员进行了技术协调。

为防止两种不同体制的近炸引信在调试中出现相互干扰。张经伟近炸引信发射团队经过反复研究，思维敏捷、理论基础扎实的李亚非提出增加天线罩的办法。通过反复试验，大大减少了双套近炸引信的相互干扰。但"118"后续任务中的近炸引信能花落谁家，就看118-12飞行试验的结果了。

系统室主任、主任设计师李国强带领全室技术人员投入了试验前的准备。交通运输处，对改装的多台遥测车、电缆车设备进行了全面检修。系统室许高工等人完成了遥测车的检查与调试，分别运往试验的首区、靶区。

总装车间在老师傅的精心操作下，完成了118-12飞行试验配重弹的装配。系统室完成了无线电系统和近炸引信的调试，与另一单位提供的近炸引信进行了双套联试。

1989年5月3日，102人（包含另一个单位20人）的试验工作队，乘火车专列，再次前往发射基地。

在发射基地的技术阵地，完成了产品总装联试，系统单套、双套联试和遥测地面电源联试，bb装置工作正常解保。经全区合练，查漏补缺无误后，弹头、弹体对接与电气系统的连接均正常，试验产品处于待命状态。现场指挥领导小组决定：发射窗口选定于21日晚10时。

春日，西沉的残阳余晖，在西头的山尖上留了不多的一点。天不作美，下午5:30下起瓢泼大雨。人们的脸上又堆满了愁容。

现场指挥领导小组召开临时紧急会议，再次听取气象站的气象报告。报告指出，阵雨之后还有雷雨和冰雹，过后天空将放晴。领导小组决定发射窗口不变。

晚8:30许，导弹遭遇雷雨冰雹袭击，造成保险丝击穿。首区、靶区无线电中断，发射延后10分钟。发射部队迅速组织抢修，很快圆满完成。

天有不测风云。在注入燃料与助氧剂时，发生泄漏引发火灾，消防队及时赶到将火扑灭。一场虚惊之后，发射试验再一次延迟，大家的心情平静下来，迎接新零时的到来。

22日零时，"长白山"发出60分钟准备口令。一分厂吕副厂长仍然担任弹头遥测指挥室指挥，年轻的技术员周明光担任操作员。30分钟准备，过载监视正常。首区，6号山上的遥测车准备正常。靶区有人遥测车、无人遥测车，均正常。

15分……10分……5分……3分……

1时5分2秒，点火成功。带着雷鸣般的轰隆声，红白色相间的熊熊火焰，托着火箭缓缓升起，按预定的程序飞向末区。

其后，接到四个有人遥测站（发射区二个）、三个无人遥测站汇报工作正常、接收信号良好的报告。靶区弹头落点在预定的坐标内。

测试结果表明：两家近炸引信数据分析比较，厂研制的近炸引信，实现了超低空引爆，动作程序正常，技术稳定可靠，达到各项指标要求。试验获得圆满成功。军方领导机关发来贺电。上级决定"118"后续任务全部由二二一厂承担。双方很快签订了合同。上级领导所担心的厂的形势失控，随着联建的廊坊仪器仪表厂建设快速推进，今后维修的顾虑随之烟消云散。

在118-12任务试验成功的鼓舞下，在后续任务完成中，干部、技术人员、工人，继续发扬不怕疲劳、连续作战的精神，精益求精、一丝不苟、周到细致的作风。情绪饱满、严肃认真、万无一失地忘我工作。产品到哪里，哪个工种的工人接着干。硬是按合同要求保质、保安全、保保密，圆满完成了后续任务的交付。

1990 年 6 月 25 日，圆满完成了最后一批"118"生产任务的交付。望着从厂火车编组站开出的满载着产品的列车，职工心中油然升起成功的喜悦。"118"产品创造了当时中国历史上常规武器出口额之最。

从 1987 年 40 号文件下达到 1990 年的 4 年里，我厂全面胜利完成了国家特殊"864 工程"的任务，获得巨大的社会效益和经济效益。厂累计实现军品销售收入 X 亿多元，国家减少了拨给厂维持费一个多亿元，军品销售利润近 X 千万元。这四年也为厂的撤销创造了稳定的社会环境，为职工安置"两个安置办法"的调研和协调，赢得了宝贵的时间。

"864"产品荣获国家科学技术进步奖二等奖。

战略调整

正确决策

对于一个中国人民利益所在的功勋厂，为什么要撤？

首先是中央正确分析了国际形势，15年内世界大战打不起来，应该充分利用这个机遇，调整战略武器发展方针。我国核武器研制、生产任务布局也要进行调整；我国第二个核武器研制基地已经全面建成。完全能满足国家战略需要，多研制、少生产，适当适量，必须缩短战线；二二一厂是在特定历史条件下，由苏联选址、设计的我国第一个核武器研制、试验、生产基地，从战略上考虑不可能发展。承担的第一代核武器生产任务将会大大缩减，企业将面临严重亏损；转民，厂区不属于青海省未来发展规划地区，原材料、市场在内地，缺乏竞争力。无军品技术队伍不稳，军转民的路子走不通；厂积累的"一老"（离退休人员需异地安置）、"一小"（特别是"两弹"突破中的一大批"文革"前毕业的大学生），很快将面临退休。而中央考虑高原等因素每年有 200 名内调指标，调出的多为科技人员、教师、医生，而每年补充的大学生能报到的不足 50 名，科技人才后继乏人，危及企业的生存，待业青年就业也难，问题长期得不到解决，成了严重的社会问题。

核武器作为一种威慑力量，我国核武器发展走的是中国特色的发展道路，不同于西方大国拥有庞大的核武器库，而发展新型核武器，尤其是小型化、低当量、战术级实战核武器和其他高科技武器具有强烈需要。作为第一代核武器研制、生产厂已经完成了它的历史使命，中央为彻底解决 221 问题，决定将其撤销。

二二一厂的撤销，是中央长期准备的结果。

1974 年 1 月，九院、二二一厂一分为二，院迁往四川，二二一厂留在 221 基地，改为企业体制。

1977 年 10 月，青海省、二机部联合上报了《关于二二一厂不适合高寒地区工作的职工安置和队伍更新的报告》，国务院副总理王震、余秋里作了批示。但因"文革"后百废待举，三千职工的调出、江西农垦场安置离退休人员，在当时形势下相当困难，因而搁浅。

1983 年 1 月，二二一厂党委上报《关于二二一厂几个问题的请示》提出："调出多余人员，更新队伍，实行轮换制。更新设备，增加任务。妥善安置离退休职工，建立安置点，厂对分散安置的职工给予资助。解决待业青年就业问题，恢复我厂事业单位性质。"

1984 年 5 月，核工业部下发了《关于二二一厂几个问题的通知》

指出："遵照张爱萍同志'二二一厂是发展核武器首先立功的地方，问题要解决好'的指示，根据现在可以预测到的任务，二二一厂第一代核武器的生产，大体上只能维持到 XXXX 年左右。""从现在起，对该厂就应采取逐步收缩的方针。""该厂地处高寒，职工离退休后，必须异地安置，宜采取分散和集中相结合的办法进行安置。分散安置离退休人员异地安家，凡自建住房的实行自建公助，产权归己的办法。""集中安置，主要建设杨家庄^①安置基地。"要求厂提出具体实施方案上报。

1984 年 9 月，新领导班子上任后，长期积累的"一老一小"问题突显出来。老职工急需回内地安置，待业青年就业十分困难，年轻大学生难以补充，年轻职工感到工厂前途不明。二二一厂向何处去？职工热切盼望二二一厂的问题能在新的形势下，如同像重视解决陕北、苏北老根据地人民的温饱那样予以关心，作为特殊的企业、特别的地理环境、特定历史条件下形成的问题，必须采取特殊政策加以解决。

1985 年部工作会议期间，国防科工委、部党组领导、国家计委国防司多次听取厂的汇报。根据部工作会议精神及领导的指示，经厂、矿办公会议研究，厂企改办藏弘和劳动人事处的朱顺忠起草上报了《二二一厂保军转民，精干收缩几个问题的报告》，报告提出："确保军品，加速转民，精干收缩，积极开拓，就地转产与东移并举，逐步形成军民结合、内外结合开拓性企业"的发展新

---

① 杨家庄，指西宁市二二一厂生活区。

思路。上报方案中，提出了继续开发国防需要的大型常规弹头武器和大型盐化工产业，并在沿海开放城市与地方联营发展民用产业新举措。但上级迟迟不予批准。

厂领导再次向部主要领导汇报时，部主要领导指出："厂的军品任务是靠不住的，早晚要挨这一刀。要彻底转民，下决心转民。"并要求厂提出几个方案上报。厂领导认为厂要彻底转民，两头在外（原材料、市场），企业缺乏竞争力，难以走出困境。而国防企业在高原无军品、技术人员队伍不稳。对此，我们感到困惑不解。在离京前，我们再次向主管部领导请示如何上报方案，部领导在谈话中说："1985 年 4 月 30 日，国防科工委领导表示：二二一厂一部分转到九〇三厂，然后撤点。"初听到这样的说法，还不以为然，认为这只是部门的意见，还不知道中央会怎么定。回厂后，首先召开党委常委会进行了讨论，受常委会委托，我组织了党办（江长城、王建春）、厂办（丁毅、宋任学）、矿办（张世杰、王有为）三个办公室主任一同研究，提出了五个可供选择的方案供常委会讨论。在常委会研究过程中，军工局局长刘杲对我们说："不报两个方案，我们不收报告。"常委会经过多次认真研究，最后形成"坚持改革，勇于开拓，确保军品，加速转民，精干收缩，到1990年职工压缩到 4000 人"的第一方案。常委会倾向第一方案。同时用简短的文字，提到在完成"东风–X号"核产品生产任务后，撤点销号、撤销二二一厂建制的第二方案。8 月，厂党委以绝密文件上报了《关于二二一厂今后方向的请示》。当时上级已下文，二二一厂实行厂长负责制，党委是企业的核心，厂长成为企业的中心，究竟"两个心"如何融合为一条心？厂长负责制如何实施？当时也是众说纷纭。在涉及厂、矿前途方向的大事上，当时未能提交厂、矿办公会议讨论，从程序上讲是件非常遗憾的事。10月，全国人大常委会委员段苏权、吴仲华、胡荣贵来厂视察，厂党委再次将《关于二二一厂今后方向的请示》交由他们带给中央，报告很快转到中央高层。1985年11月8日，中共中央总书记胡耀邦在报告上作了批示。11月21日，时任国务委员、国防部部长的张爱萍同志作了长达927字的批示，他指出："二二一厂在我国核武器研制和生产工作中，在科学家们共同努力下，作出了特大贡献，在发展我国核武器方面建立了历史功勋。""我个人的意见，同意采取第二方案^①所提的原则，这也是1983年我们研究新址时一并提出的原则。当时的国防科工委、核工业部及X院领导同志都是同意的，并请核工业部与该厂和青海省委研究，提出具体实施方案。"1987年，国务院办公厅、中央军委办公厅下达了撤销核工业部二二一厂的40号文件。已经离退休和将要离退休的职工预计有4878人，一般要安置到原调出单位所在地区或原籍、父母或子女、配偶所在地城镇，文件为职工安置提供了多种渠道。

　　1987年春节刚过，我们风尘仆仆前往北京参加年度工作会议。会后，我们带着职工的亲切问候，看望老领导。73岁高龄的李觉顾问，在仔细听取汇报后，饱含深情地说："221的处理，我曾给

---

① 　第二方案即撤销方案。

XXX反应过，一定要慎重，要有个说法。后来就有了张爱萍的批示，当时张爱萍是国务委员兼国防部长。我又提出怎么去撤，又下了一个文，就是后来的40号文件。今天我跟陈常宜副局长说了，不能把这件事记在前任书记和老王身上。你们的报告不是提了两个方案吗？最后，是中央决定的。"

忧虑与担心

1987年1月，青海省省长宋瑞祥约我和张书记到他办公室传达了张爱萍的批示，他希望我们："做好职工思想稳定工作。一定要快办，把职工安置好，把基地利用好。"在回厂的路上，我思绪万千，感受到从未有过的迷茫。原想"118"任务的到来，可能带来厂的转机，现在看来已不可能了。但基地如何撤，如何安置职工还存在一线希望。老的机体消亡了，还可以产生新的机体。青海一家国防兵工企业就是采取向内地整体搬迁的办法解决撤点问题的。从40号文件一开始传达，我就是以这样一种心情去面对的。221人将面临一场利益大调整的严峻考验，这是我一生中遇到的最痛苦、最艰辛、最不愿意看到而又确实发生了的事情。种种的担心、忐忑不安的忧虑、重大的责任一下子压得我喘不过气来。那一夜，我没有睡好，仔细地回想着省长向我介绍的一切。但中央决心已下，无论前面道路如何艰难曲折，我们一定要按中央的要求把事情办好。在第二天召开的厂、矿办公会议上通报了情况，会场一下子像开了锅似的，大家纷纷议论："过去创业时，精神上有支柱，工作上有奔头。现在是拆庙搬神，各自找水喝的时候了，思想散了，生产上难免不出事故。"种种忧虑与担心一同提了出来：担心厂的形势局部失控，"118"任务出现重大事故，沦为历史罪人；担心职工难以安置好，下不了山，长期挂在这里；担心"118"任务与撤销任务关系处理不好，影响安置进度；担心基地利用不好，成为一片废墟。忧虑和伤感一时吐露出来，应该说是一件好事，真是不吐不快，吐出来心情舒畅些。参加过厂党常委讨论上报文件的同志听到这样结果，思想上或多或少有了一些准备，但结果真正出来了，感情上一时也难以接受。第一次听到撤销的同志，情绪上更激动，说话言语上更刺耳些。更何况这是自己钟爱的事业，曾为之奋斗几十年并作出重要贡献的厂，现在要撤了，在议论中说几句不中听的话，也是情理之中。但作为厂长，心中有多大的委屈和不理解，也不能有丝毫表露。我借上卫生间的机会，打开水龙头，让冰冷刺骨的水，冲刷掉心里的伤痛，流淌出那瞬间的惋惜。议论中面对厂的撤销，如何贯彻好中央精神，提出了不少好建议。有的说："厂撤销工作的中心，是要把职工安置好。""职工要相对集中安置，一定要成立留守处，管理已离退休人员。"有的说："要办好这件大事，关键在厂、矿各级领导，特别是厂、矿领导。要有一个好的实施细则、好政策和资金保证。"还有的说："厂的权威性不够，难以办好，希望上级派工作组来。"综合大家的建议和设想，撤销工作的轮廓显现出来。最后，我提出会议只是先议论,内容暂不外传,当前各级领导要全力抓好"118"的研制任务,待文件正式下来后再进行部署和向下传达。

只能这样办

1987年3月的一天,二炮副参谋长栗前明受张爱萍委托,只身来到二二一厂考察。先期得到的信息是来考察国家"864工程"任务进展情况。下午6时许,栗副参谋长乘坐一辆军用越野车来到厂招待所,我和总工程师陈家圣、副厂长任春泽走上前去一一与其握手,送他到二楼东头的房间休息。随来的孟助理介绍,这次栗副参谋长是受张爱萍委托,来厂了解调查情况的,并叫我们准备一套厂、矿领导和技术干部花名册。看来原来的信息有误,我马上打电话给办公室,叫张书记来招待所一同陪同,同时调整了栗副参谋长在厂的活动安排。

栗前明(中)在环境实验厂参观,
王菁珩(左)、蔡金生(右)

第二天，栗副参谋长与厂、矿领导见面，听取了厂民品开发进展和厂、矿调整的想法和建议。希望上级把二二一厂当成财富，而不是包袱，调整利用好。调整宜采取在经济发达地区联合建厂兴办企业，以大集中、小分散的模式安置职工，职工下山到河北省廊坊市、山东省或江苏省安置 2500 人，成立留守处负责离退休人员管理。

根据当时市场的预测，40 号文件中提到的财政部安排 2.5 亿元资金实现上述规划肯定不够，希望根据联营建厂和职工及离退休人员安置的实际，增加拨款和贷款。厂将进一步加大开发常规武器战斗部开发力度，拓宽常规武器市场，利用这次"118"任务，形成跟踪一批、研制一批、生产一批常规武器战斗部的能力；利用青海盐和电力资源优势,开发纯碱工程可行性研究。听完汇报后，栗副参谋长首先转达了张爱萍副秘书长对厂全体职工的问候："张爱萍非常关心厂的调整。厂的调整工作是一件很复杂的事，这次叫我来了解厂的情况。二炮对在河北建厂很有兴趣。炸药部件产品可否在远一点的地方建厂，而两个生活区建在一块？你们可以研究。"我和张书记陪同栗副参谋长，参观了一、二、三、四分厂和三、四、六、七厂区，深入察看了厂的生产能力。在参观过程中详尽地介绍了厂先进的生产工艺和装备。在四厂区环境试验工号，"118"产品环境试验正在紧张进行，一位技术干部对栗副参谋长诉说了安置中的苦恼："怕下了山，技术人员难以发挥技术专长，到底去哪里心中没有底。"栗副参谋长说："厂里已有详细安排，你们会有用武之地，也会得到妥善安置的。"

在栗副参谋长离厂时，厂请他带给中央军委主席邓小平同志一封长信和资料。没过多久，栗副参谋长转告二炮驻厂军代表室，并转告我，邓小平同志认真看了你们带去的资料和信，沉思了一会儿说："可惜是可惜。15年打不起仗来，就是要压缩，也只能这样办。"听到中央军委主席邓小平同志也发了话，我们对保留二二一厂不再有什么幻想了。一心一意按中央的部署和要求搞好厂的撤销工作，实现厂的调整，安全、平稳地软着陆。

二炮副司令员杨桓来厂与厂领导和军代表室共同合影
第一排左起：吴景云、王家声、高桐准、杨桓、王菁珩、曹温和、丁毅

1987年5月21日，二炮副司令员杨桓、技装部部长安振山、技装部特管部部长杨凤龙等一行10人，考察了"118"高温试验件、静力强度试验件、近炸引信、地测微机研制情况。看到"118"

任务的进度、技术都有突破，心里有了底。杨桓说："这项任务是一项政治任务。'118'的质量、进度、运输、外观，特别是质量，都要考虑到政治影响。"并对有关技术问题进行了询问。晚上，在二炮驻厂军代室就在廊坊市联合建厂与安振山部长交换了意见。安振山部长说："1986 年年底，军用局刘杲局长找到我，为保存厂的技术力量拟在廊坊市建立维修厂，安排 700—800 人，投资 2000 万—3000 万元。当时，我同意了局的意见。"我们并就有关具体问题如双方如何投入资金、进入人员条件、图纸资料、进入人员的工资等交换了意见。

草原震荡

六月的草原，到处散发出芬芳的气息，天空蓝得像大海，使人恨不得钻进去沐浴一番。

一天，我走在上班的路上，离休干部原宣传部部长于占元急急走到我面前，带着疑惑的口气说："厂长，听说中央下达了撤销二二一厂的文件？"我急忙说："你从哪里听到的？"他说："离休干部 XX 在省委工作的儿子说的，他还看到了这个文件。""厂没收到文件。"听到我这么一说，老于的话匣子顿时打开："听说是厂打的报告，离退休人员要交地方管理。"他长长地叹了一口气说："干了几十年的核武器工厂就这样散了，太让人寒心。"带着难以理解的伤感，老于向我提出一连串的"为什么"，我不便细说，也无法解释他提出的问题，只能对他说："文件会很快下来，看看文件到底是怎么说的。"说完后，我加快步伐来到办公室，拨通了军工局刘杲局长的电话，通报了以上情况。刘杲局长说："40号文件已经下来了，我们跟省委办公厅打了招呼，暂不要给你们矿区发文件。你们听听有什么反映，待部领导来厂向你们传达。"我放下电话，抬头向窗外望去，马路对面的科技馆大楼似乎在晃动。失望、伤感、惋惜的情感又一次涌了上来。厂办公室秘书的敲门声把我从沉思中唤醒，我签完文件又到车间去转转。

厂撤销的消息很快传开，金银滩草原像炸开了锅，各种传言沸沸扬扬像疾风暴雨般袭来。失望、伤感、惋惜、埋怨的情绪笼罩着金银滩阜原上空。厂情的急剧变化，职工心里一时失去了平衡，跌入失落感的深谷。人们以惶惑的心情，打探着未卜的前程。

30多年来，中国人民勒紧裤腰带创建中国人民利益所在的二二一厂，现在正是大家干得挺欢的时候，却要撤厂，员工思想一下子要转180度的大弯，难！

离退休人员的安置要移交地方政府管理，割断了员工几十年的核事业情结，离退休人员难以接受！

厂情的急剧变化，让长期身处平静、和谐环境工作和生活中的221人，面临着一场重大的利益调整考验。

6月22日上午，在厂招待所二楼会议室，军工局刘杲局长召开了厂、矿领导会议，我宣读了国办发〔1987〕40号文件，刘局长宣布："厂、矿贯彻40号文件的工作，从今天起正式开始了。"

他在讲话中，要求领导把思想统一到文件精神上来，要有计划、有步骤、有领导、有秩序地贯彻落实，实现厂撤销的软着陆。文件目前暂不向外传，待文件到厂后，有步骤地向下传达。厂要做好厂撤销期间文件、资料的收集工作。会后刘局长语重心长地对我说："你一定要未雨绸缪，首先把厂的撤销工作规划好，有了规划就有了轨道，有了轨道才能行动。要紧紧攥住这根缰绳，千万不能使局面失控，更不能因一些人急于下山，急于求成，捅出什么大娄子。总之一个'稳'字，要稳中求快。"

7月24日，40号文件到厂，开始逐级向下传达。

蒋心雄率中央有关部委同志与厂、矿领导合影

第一排:高桐淮（右1）、杨荣森（右2）、王菁珩（右3）、郑祖英（右4）、孙振环（右5）
刘书林（右6）、蒋心雄（右7）、李定凡（左6）、秦速（左5）、刘杲（左4）、
白东齐（左3）、张秀恒（左2）、邱贤芬（右1）
第二排：黄明晓（左1）、宋仁学（左2）、丁毅（左3）、叶定松（左4）、陈家圣（左5）
郑哲（左6）、李鹰翔（左7）、曹登石（右7）、吕义晋（右6）、蔡金生（右5）、候廷镏（右4）

历史责任

　　8月22日，蒋心雄部长、李定凡副部长、刘书林顾问、国家计委、国家经委、国防科工委业务部门领导率部、司（局）领导，来厂、矿宣讲40号文件。蒋部长在西宁市会见了青海省主要领导，就禁区安全和基地利用交换意见。省主要领导表示："拥护中央决定，省委将认真贯彻40号文件。""撤厂期间，保卫好基地安全，厂禁区不得贸然侵犯。""厂的生活供应一如既往。"谈到基地如何利用时，省委领导说："省委主张二二一厂留下的方针，把现有的570平方千米厂区，规划为高新技术特区，二二一厂转民后，职工一切待遇不变。"将部长会见了省武警总队领导，就禁区武警四支队承担的警卫任务交换了意见。部领导进厂后，听取了厂、矿领导的汇报，召开处职以上干部会宣讲40号文件。

　　蒋部长在处以上干部会上说："由于世界和平和战争观点重大转变，我国国防建设指导方针，从临战时期的国防建设转变为和平时期的国防建设。""随着国防建设战略方针的转移，我国核武器研制、生产任务布局也要进行调整。撤销二二一厂是中央经过调查研究，长期酝酿，反复论证，慎重做出的正确选择。""任何事物都有一个发生、发展、消亡的过程，这是不可抗拒的客观规律。历史使命、历史任务完成后，就要重新开创崭新的局面。"蒋部长要求领导干部要"站得高一点，考虑全面一点，从全局去看。服从国家的整体利益，忍痛做出一些牺牲，付出一些代价。在这个问题上，特别是领导干部要提高认识，转好感情的弯子，理顺情绪，从感性认识上升到理性认识，理解 40 号文件的积极意义。"蒋部长着重指出："撤销二二一厂是一种特殊的调整，是动态的调整，是生产发展性的调整，是一个渐进的过程。我们个人的前途、利益和厂的调整工作、厂的利益紧紧联系在一起。应该把职工的情绪、职工的目标与职工的行动统一到团结一致、增收节支、为厂积累更多的资金上来，为把职工安置好，创造更好的条件。""要正确对待功劳，从整体上讲，我们的确作出了贡献，党中央是肯定的，人民是不会忘记的。具体到每个人，应该正确估计自己的作用，把自己摆到一个恰当的位置上。""要珍惜二二一厂的集体荣誉和历史功勋。坚持边生产，边调整，逐步收缩转移的方针，为调整好作贡献。"第二天，厂、矿分别召开了离退休人员、技术人员、工人座谈会。

蒋心雄等察看三厂区后在金银滩草原
蒋心雄（中）、李定凡（右）、王菁珩（左）

在会上，有的同志情绪激动地说："过去是突破原子弹、氢弹，现在是滚蛋、完蛋。""三年自然灾害没饿死,林彪'二赵'期间没整死,撤销工作可能折腾死。"有的说:"国家在极其困难的情况下,老一辈革命家建立起来了基地,现在国家富裕了还保不住这样一个厂吗?""为之奋斗几十年的事业,中国人民利益所在的单位,就这样撤了吗?"部领导在会上结合40号文件精神,耐心地做好职工思想疏导工作。部领导深入车间(室)、班组,看望坚守在生产一线岗位的工程技术人员、工人和干部,查看了三厂区高能炸药存放库房,走访了驻厂部队。

职工如何安置好,成为广大干部职工思考、议论的中心。厂向中央打的报告成为人们猜测、质疑的焦点。部领导的讲话,在干部和职工中产生了积极影响。厂、矿领导开始冷静下来,从感性思维转向理性思维去思考,积极理解文件的意义。这份文件使我们真正感受到厂面临的严峻形势,特别是"118"任务完成后,企业将面临巨额亏损,厂、矿的维持会越来越困难。这些问题不彻底解决,将越拖越困难,越拖越被动。而40号文件为老有所归者给予了特殊照顾,是一次难得的机遇。国家同意在经济发达地区联营办厂,提供专项低息贷款,职工下山有了政策和资金的支持。40号文件传达后,"一江春水向东流"已成为职工思想的主流。

9月5日,再次召开处级以上干部会,我以个人早期在草原创业的经历,畅谈了学习40号文件的体会,充分认识厂、矿、调整的艰巨性、复杂性和长期性,把认识统一到40号文件精神上来,贯彻到厂撤销的全过程。虽然二二一厂要撤销了，但绝不能抛弃自己的灵魂所在，要以高位的思考、核的意识、特殊的措施，克服消极等待、悲观失望、急于求成的情绪，稳中求快，渐进式推进厂撤销各项工作的完成。做到边开发、边生产、边调整，做好职工思想的疏导工作。到群众中去，感受群众的需要。依靠群众，创造性地把厂、矿调整好，这就是我们全部感情所在，这也是历史赋予我们的责任。厂在撤销工作时期各种诱惑可能要多一些，各级党员领导在各种诱惑面前，保持清醒头脑，加强自律，干干净净做事，清清白白做人，愉愉快快地离开草原。我在会上澄清了一些不实的传言，根据部领导的要求进行了工作部署。我也明白厂情的急剧变化，使职工一时失去了共识，从而产生一些误会和冲突，引发了相互疏远和矛盾。厂长可能成为风口浪尖的焦点，我一定要保持清醒头脑，忍辱负重、任劳任怨地去工作，随着工作的推进，误解总是会化解的。

科学规划

二二一厂的撤销工作，既不是一般军工企业的转民，也不是濒临倒闭企业的破产，而是一个建立过历史功勋的企业正在进行着第二次创业，取得重要进展时刻的一种特殊模式的战略转移。这是一种特事特办的国家行为，是一次职工利益的大调整，也是涉及面广、政策性强的一项社会化的系统工程。我们必须本着科学规划、依法实施、安全转移的要求，以职工和离退休人员安置、核设施退役处理、基地移交利用三大任务为目标，实现二二一厂撤销工作的软着陆。

人员安置包括近万名职工和离退休人员及随迁家属共 3 万多人。有进安置点的，也有在全国 27 个省市 532 个县市分散安置的；既有内调职工的工作安排，又有离退休人员老有所养的安置；不仅要照顾离退休人员"以老带小"（即工作子女跟父母走），还要考虑到年轻职工"以小带老"（即工作子女带父母走）；不仅有全民职工，而且有大集体职工、伤残人员、抚恤户、家庭户、社会无业人员的安置。职工既是被安置的对象，又是厂撤销三大任务的参与者。处处、事事都牵动着职工的切身利益，各种矛盾交织在一起，稍有不慎，职工就会产生心理上的不平衡，引发种种埋怨和不满。我们以如履薄冰的心态开始厂的撤销工作。

厂的撤销工作经历了思想上和组织上准备、方案与政策的制定、方案实施三个阶段。中核总公司成立了以李定凡副总经理为组长，刘书林为顾问，有关司、局领导参加的调整协调小组和办公室（设在军用局）。厂、矿成立了科研生产和撤销工作两条线的领导班子，设立调整工作办公室，负责厂、矿内外协调和政策的调研，下设职工安置、核设施退役处理、基地移交三个领导小组与办公室。职工安置是撤厂中的重中之重，又分成集中和分散安置两大块。建立合肥、淄博、廊坊、西宁四个集中安置办事处，负责集中点的安置工作。分散安置，是按地区设立安置小组，形成以块为主，条块结合的矩阵式全国分散安置网络。为保证厂在撤销工作期间禁区安全，组建了包括驻厂武警四支队、民兵、公安人员的军民治安联防指挥部。保密图纸、资料、文件的整理上交，设备器材物资的处理，有毒有害物资的清理移交，历史遗留问题的政策落实等工作，按原有组织系统进行。

我们先后制定了《调整时期思想政治工作大纲》《调整时期加强人、财、物管理规定》《撤厂期间机关经济责任制考评和分厂、处目标管理与任务完成奖金挂钩办法》。调整方案和政策的调研紧紧围绕着安置模式、项目、地点和安置政策一同进行。安置方案历经了"从哪里来到哪里去"的大分散安置；扛着旗帜下山建点的"大集中，小分散"安置；成建制的整体移交；最后形成带嫁妆"相对集中，合理分散"的安置模式。我们以好项目带安置地点、较好的安置地点带项目的原则，先后考察了10个省市20多个经济较发达城市的拟建和扩建项目。最后确定在河北廊坊、山东淄博、安徽合肥、青海西宁的经济效益较好的企业，新建、扩建项目及在市政府部门安置职工和离退休人员。结合部队和进藏援助西藏人员安置的有关政策和规定，本着高、核、特的特点起草了"两个安置办法"（草稿），测算了分散安置离退休人员，自行解决落户和自建住房补助费的标准。

民族运动会

9月的一个星期日，金银滩草原晴空万里，阳光明媚。在水厂开阔平坦的草原上，彩旗飘扬，帐篷林立。商业局、服务公司丰富多彩的日用百货、食品、小吃的流动小车增添了节日喜庆。身着节日民族服饰的藏、蒙古、回、土、哈萨克族等九个民族的同胞，喜气洋洋地聚集在一年一度的赛马运动会上。

赛马运动是广大牧民十分喜爱、具有浓厚民族气息的运动。它已成为草原牧民的传统民族盛会。运动会不仅可以展示骑手们的胆量和骑术的竞技，也是增进民族团结、培养勇敢与顽强意志、增强体质的运动，更是全家团聚、朋友相逢的喜庆日子。

改革开放以来，矿办所属国营牧场推行联产承包责任制，放宽自养牲畜政策，改良品种，围栏建立草库仓，保护草场，牧工生活有了很大改善。有的牧民购置了风力发电机、电视机，摩托车已成为青年牧民的主要交通工具。牧民实现了从游牧帐篷生活向定点建房的重大转变。

运动会上近百名各民族骑手，牵着赛马一字排开，昂首等待，显得十分庄重、稳健。牧场场长金秉南向我们介绍说：为了参赛，骑手们提前一周就开始减少给马喂料，比赛前两天不再喂饲料，喝水的次数也减少，让马在赛前消耗掉一些脂肪，到时跑起来才能身轻如燕。只听到一声长长的口哨声划破沉静的草原上空，比赛开始了，2千米男子跑马项目最为激烈。随着指令枪响，马蹄翻滚，阵阵加油声此起彼伏，热闹异常。而走马比赛，则是另一番情景。矫健、轻快的马步以强烈的节奏感，给人一种美的感受。搞笑的事出现了，一匹剽悍的棕色马，走到半路停了下来，任凭主人怎样催促，它就是不动甚至离开走道。主人只得下马，将它牵回到正道上继续走下去。女子跑马比赛，引人注目。身着艳丽服装的女骑手，纵马奔驰在开阔的草原上，犹如朵朵彩云，随风飘荡。观众的欢呼声和马的嘶叫声交织在一起，汇成一片欢乐的海洋。驻厂武警战士的参与更增加了竞争的激烈性，展现出军民情同手足的深情和共同维护好禁区安全的决心。竞赛的前三名优胜者，给赛马佩戴大红绸彩球，奖给绸缎、茶砖。马的主人回家后，全家聚集在一起饮酒、吃手抓羊肉，热热闹闹地庆祝一番。我们应邀到副场长昂巴（藏族）定居的新砖房做客，主人邀请我们盘腿坐在炕头上，为我们端上香喷喷的奶茶，刚宰杀的羊做成鲜美的手抓羊肉、肉肠、血肠，并备有馍和白酒热情款待客人。昂巴不时叫他的孙女端上酒盘——敬酒，不能喝酒的，也要按藏族礼仪用中指点一下酒，向上挥弹，敬天敬地，表示谢意。大家谈笑风生，一派其乐融融的景象。

班禅视察

十月的草原渐渐转黄，潺潺的小溪，成群的牛羊在蓝天、白云的衬托下祥和、宁静，如诗如画。生活工作在这里的人们纯朴、诚实、自信、自豪。

　　1987 年 10 月 16 日，是我国第一颗原子弹爆炸成功 23 周年的日子，全国人大常委会副委员长班禅额尔德尼·确吉坚赞视察了二二一厂牧场。班禅童年曾在厂区的麻匹寺生活过，这次是故地重游。9 月 24 日和 10 月 1 日，拉萨一伙民族分裂分子煽动制造骚乱。正在青海视察的十世班禅在青海省人民欢迎会上，义正词严地谴责少数分裂分子破坏安定团结的行径，他的发言受到藏族同胞的拥护。

在班禅帐篷里

班禅父亲（右）、王菁珩（中）、张秀恒（左）

　　十世班禅 1938 年出生，俗名贡布慈丹。3 岁时，在藏传佛教独特的灵童转世制度中，他被班禅堪布会议厅选定为十世班禅转世灵童，迎往青海塔尔寺学习，从此开始了他传奇的一生。1951年 13 岁时，班禅率领堪布厅官员到北京，拥护中央对西藏的"和平解放"。中央委任他为第二届全国政协副主席、第二届全国人大常委会副委员长。1979 年中央重新任命他为第五届全国政协副主席，次年又被增补为全国人大常委会副委员长。

10 月 16 日下午 3 时 30 分，阳光明媚，天高气爽。我和张书记来到海晏县招待所二楼会议室。身材魁梧、红光满面的班禅从沙发上起身，省人大常委会副主任、省佛教协会主席夏茸尕布活佛走上前来说："这是二二一厂厂长和书记来接你啦！"满脸笑容的班禅和我们一一握手。我们按藏族礼仪，为他献上雪白的哈达。班禅满怀深情地说："你们奋战在草原，辛苦了！这次是顺便到你们牧场看看。请代我向全体职工、离退休人员、驻厂部队转达我对他们的问候。"XXX 部队徐部长、906 团康政委向班禅敬礼致意。班禅看了看手表说："时间不早了，现在走吧！"当我们下楼来到门口，这时楼下已挤满了热情欢迎的藏族牧民。我们绕道出了大门，坐上 20 多台汽车，急速行驶。经过六号哨所时，我们打了个手势，叫在哨所迎接的厂、矿领导坐车跟上。车队进入六号哨所后，矿区公安局摩托车开道，我们的汽车紧随，其后是武警和省公安厅车队，引导着 84 人的队伍。车队途经三分厂、交运处、机动处、电大分校、技工学校、党校、公安消防队、二分厂，最后来到麻匹寺附近的塔塔滩牧民生活区。九顶蒙古包围成半圆形，中间最大的一顶蒙古包前铺着长长的金黄色的布。40 多位牧民身着节日盛装骑着骏马，排在道路两旁，他们手举彩旗，在大风劲吹下，奏起了欢迎的乐章。身着民族服饰的藏、蒙、土族等少数民族群众载歌载舞，迎接班禅的到来。车队来到大蒙古包前铺着黄色布的地面前停下，黄布一直延至大蒙古包内的茶几前，身着金黄色缎子藏袍的班禅与父亲古保才旦、母亲索南卓玛走下汽车，走在道路铺着黄色布的道路上，低头进入蒙古包。夏茸尕布叫我和张书记一同步入蒙古包，坐在班禅父亲身旁，左边坐着夏茸尕布、班禅母亲和省民委主任才旦。班禅坐在正中间那个铺着金黄绸缎的长沙发上。长长的茶几上，摆满手抓羊肉、油炸果子、香蕉、烟和酒。夏茸尕布起身，拿着香蕉剥开皮，走到我们身边给我们吃。顿时，大蒙古包的气氛变得轻松起来。此时，青海省人民政府矿区办事处办公室副主任索南木（藏族）、牧场副场长昂巴（藏族），进入帐篷双手托着雪白的哈达弯着腰，虔诚地献给班禅，班禅接过哈达，以藏族礼仪回敬。班禅望着精美的蒙古包问："这蒙古包是你们生产的？"

"小的是厂生产的，大的是外购的。牧场现有牧工1000多人，去年牧场盈利20多万元，牧工月收入100多元。"我一同汇报了牧场情况。

"牧场有多少少数民族？"班禅很关心少数民族问题。

"九个少数民族共400多人，还有一所寄宿制的民族小学，学生近200人，少数民族学生70多人。"我回答说。

"他们这里民族政策落实得好。"夏茸尕布插话说。

"那就好，好。"班禅脸上露出了笑容，点点头。

班禅关切地问："你们要撤厂？"

"根据国务院、中央军委文件，准备撤厂转移。"我回答道。

他又问："到哪里去？"

我说："就地转产与东移相结合。利用青海的盐、水电资源，转产盐化工产品年产20万吨纯碱。一部分人员转到内地。目前实施方案和政策细则正在调研中。"

他接着问："你们是青海最大的厂吧？"

"不是，在职职工7500人，内有干部2100多人，其中大中专以上工程技术人员1340多人。加上离退休人员近万人。厂区占地570平方千米，设有省人民政府矿区办事处，公、检、法、司、民政、商业、粮食、文教、卫生等13个部门。"我向他详细汇报。

班禅加大了声音说："不小啦！相当于一个小国家。"大家不约而同地笑了起来。

"你们厂生产什么产品？"

"批量生产核武器，去年还交付了优质核产品。现在生产开发的民品有电视台用的6L双环发射天线、地面卫星接收机、变频机、轮胎模具、高原汽车增压机、地对地导弹常规弹头（包括弹头装置和无线电控制系统）等。"

"你们厂还搞无线电？"班禅好奇地问道。

"厂有锻造、铸造、精密机械制造、炸药成型、加工、无线电产品研制、设计、加工和装配、环境试验和爆轰试验。"我说。

"你们环境污染是如何解决的？"他又问。

"厂设有安全防护处，负责厂、矿安全监察，剂量防护和环境监测。定期对空气、水质、土壤、牛羊内脏取样检测，均控制在国家规定标准内。厂区设有放射性废物存放的地下库房，高放射性废液曝晒池，水蒸发后放射性废物收集运往国家后处理场。生活污水流经污水处理厂，处理达标后排放，至今未出现超标事故。"我回答道。

班禅又问："你们来高原是否适应？"

我说："我来这里已经 27 年了，现在还可以。"后来，对班禅关心的厂在撤销工作期间职工情绪怎么样等问题我一一做了回答。这场谈话进行了十多分钟。后班禅起身走出蒙古包。我向省人大常委会副主任夏茸尕布提出，牧民要求进行佛事摸顶活动，夏茸尕布说："班禅已经同意了。"班禅与厂、矿领导一一握手，合影留念。班禅拿出两盒钢笔和一叠彩色印制的班禅半身相片对我说："感谢你们的热情接待，送给你们一点小礼品，钢笔上刻有我的名字，以作纪念。"我接过礼品，握着班禅的手说："谢谢。"

不远处的麻匹寺，在冬日夕照的辉映下，显得格外高大。

天气转冷，风力加大，数百名少数民族牧民进行了圣洁的、吉祥如意的佛事活动。牧民个个神情激动，充满喜悦，沉浸在无比的幸福之中，这场面成为他们永生难忘的记忆。

下午 6 时许，班禅的车队向金银滩草原方向驶去，汽车迅速从视野里消失。

1989 年 1 月 28 日，班禅在扎布伦寺为重修五世和九世班禅的灵塔开光仪式上心脏病发作，在西藏日喀则圆寂，年仅 51 岁，未能实现他第二年重游麻匹寺的愿望。如今，在当年班禅停留的蒙古包处修建了一座精美的白塔，以缅怀这位藏传佛教爱国人士。

划归尝试

1988 年 6 月的一天，我接到上级电话，叫我速去北京开会。来到北京部招待所门口，遇上二分厂和职工医院工会主席黄克骥、李建民，他们轻声细语地对我说："厂长，二二一厂要划归首钢总公司。你一定要为职工说话，千万不要因划归，把合肥点给冲了。也不能因划归，上级不管我们了。"我直言不讳地说："40 号文件下达后，多数职工不是希望相对集中安置吗？划归也许是一种可探索的方案，但二二一厂划归首钢总公司，只能是在原安置方案上的锦上添花。"

一天上午刚上班，我早早来到常务副部长陈肇博的办公室，副部长李定凡、部顾问刘书林和军用局局长尤德良相继来到。陈副部长说："1988 年年初，核工业的 24 建筑工程公司，承包首钢总公司的一项大工程，感到我们这家建筑公司职工素质不错，施工质量也很好，想把该公司收归过去。当首钢总公司了解到二二一厂情况后表示：二二一厂不经考察，就可以全部划归首钢总公司。他们有项目、有资金、有管理，正在规划跨省市发展，这对二二一厂撤厂可能是一次机遇。有项目和资金，在城市安置职工有啥不好呢？他们催得很急，部里很重视二二一厂的事，这次叫你去与首钢总公司先接触。"陈副部长介绍情况。

"你这次去，思想要放开些，真心实意地去谈。"主管二二一厂撤销工作的李定凡副部长补充道。

"可以去谈。安置点工作不要停，跟对方说清楚。"刘顾问紧接着说。

"同意去。希望整体划归，应是原安置方案的锦上添花。"我当即表示。

最后陈常务副部长表示："从感情上也不愿走这一步，但不能感情用事给人家顶回去。部里的出发点，就是对职工负责到底，如何发挥二二一厂优势，把职工安置好，继续为四化作贡献。部里的态度，是将此作为一条途径认真考虑，不卑不亢，也不傲慢，实事求是去谈。"

晚上蒋部长等为我饯行。

我刚一来到部大楼门口，在汽车前，蒋心雄部长亲切地问："陈、李两位副部长跟你谈了吗？"

"谈过了。"我说完便进入蒋部长的小车。

"你这次去，实事求是地谈，热情地谈。"蒋部长说。

我们驱车来到西苑饭店顶层的旋转餐厅，围着一张餐桌，蒋心雄、李定凡、刘书林顾问、军用局陈常宜副局长和我一一坐下，席间谈话轻松自由。话题从廊坊市建厂、合肥市安置，再到基地的维持、利用，还谈到当前上涨的物价。蒋部长说："首钢总公司对你们这次去山海关，有很大的热情，划归首钢总公司何尝不是一条路子。划归从感情上难以割舍，也不是我们不管，厂要撤销了，但感情要服从于把职工安置好。"

李副部长深表感慨地说："三位部长宴请一位厂长，在部里还是头一次。"

最后，蒋部长满怀深情地说："祝你这次去山海关会晤取得进展。"

高看一眼

带着职工的希望、领导的重托，我前往山海关。

第二天一大早上班时，我和厂调整办公室的黄明晓同志来到部大楼门口。乘坐部里派的小车，行程 6 个多小时，于下午 4 点多钟，来到山海关老龙头首钢总公司的疗养院。晚上首钢董事长周冠五同志携夫人来看望我们，我们共进晚餐。

第二天上午在小会议室，我与周冠五董事长单独会晤，我们谈话开门见山，气氛融洽。周冠五董事长表示："首钢总公司是中央抓的点。过去你们是一个了不起的单位，过来后，也应该办成个了不起的单位。你们可以单独成立一个公司，搞程控电话交换机……在几个地方，办几个项目安置 XXX 名职工，你们规划一下，争取三年内建成。""我们的方针是：给项目，给资金，搞承包，自己管理自己，养鸡下蛋。"结束会晤，第三天回到北京，我向部、局主要领导进行了汇报。领导认为：双方的会谈融洽、真诚，应抓紧北京的会谈。

第四天，在首钢总公司与首钢总公司副董事长、总经理赵玉吉等进行了友好、坦诚的会谈，达成广泛共识。他们表示："非常欢迎二二一厂加入公司。现在正是开放、开发高技术的好时机，欢迎你们的干部到公司来看看。"当我谈到厂职工安置的思路和方案时，赵副董事长表示："赞成你们的意见。依据项目选地点，要充分考虑地点对职工的吸引力。合肥市是一个应该考虑的地方。廊坊项目要上，军品是你们的优势，也是最大利润所在。资金看项目，首钢总公司定的项目，由首钢总公司投资，你们建厂上项目，可以解决2亿到3亿元资金。"此期间，首钢的小报对二二一厂表现出极大的热情，介绍了二二一厂对国家所作的历史贡献，一时成为首钢职工谈论的热点。在一次共进午餐中，赵玉吉总经理问起厂有没有其他名字时，我说："在镀锌板项目与外商谈判时，曾使用过'西北昆仑工业公司'的名字。"首钢机械总公司副总经理黄绮君说："有气魄，你们就叫首钢昆仑工业公司。"其他领导表示赞同说："好！就叫这个名字。"我回到部，及时向部、局领导汇报，部领导表示："对方公司有诚意欢迎你们去。如果同志们认真权衡后，划归有利于发挥员工智慧，能把同志们安置好，职工又愿意去的话，可以划归。权衡不过去好，那就一块儿干。既不能把条件搞高了而丢了机会，也不能糊里糊涂划归过去，一些问题没研究清楚就过去，职工也埋怨。总之，要本着对职工负责到底的精神去办。"

回厂后，召开了党委常委会，厂、矿办公会和工厂管理委员会会议。在北京召开了有原厂领导胡深阀、刁有珠、白东齐、苏耀光参加的座谈会，对划归的利弊听取意见，进行认真、反复地分析和权衡。有利方面:有资金保证，有好项目，特别是汽车项目，有利于厂综合技术的发挥，合肥、廊坊安置点不变。首钢总公司有较好的管理经验，工资福利比较好。不利方面：厂和职工割断了与核工业几十年的历史，首钢总公司不具备政府职能，职工分散安置、落户有困难。汽车项目虽好，立项有风险，是否同意我们搞汽车总成项目，技术干部有多少能去，心中没有底。职工思想观念、作风一时难适应等。分析来分析去，大家的结论是：利大于弊，同意有条件划归。其条件是：廊坊、合肥点不能变，一定要上汽车总成项目。待进一步接触后，请上级决定。由于上级划归工作快速推进，担心"118"后续任务吹了，贯彻40号文件以首钢总公司为主等，引发了职工情绪上的波动。厂、矿抓紧组成了党、政、工、领导参加的谈判队伍，与对方提出的"二二一厂附加协议"进行逐条讨论，特别是项目和工资福利讨论得非常深入具体。对方明确表示：221工资中的地区类别工资、浮动工资、事业费等，3个月后全部纳入首钢总公司标准。可以说他们对二二一厂真是高看一眼，是真诚欢迎我们的。

取经学习

1988年9月8日晚7点，我接到厂调整办公室黄明晓从北京打来的电话，首钢总公司邀请我和正在北京出差的张书记一同列席首钢总公司党委扩大会。

当时，西宁到北京的飞机一周一次，火车又是隔日运行。厂企业改革办公室的藏弘陪同我连夜驱车300千米赶到兰州铀浓缩厂。兰州铀浓缩厂厂办主任说44次北线进京火车的卧铺早已售完，只能购一张硬座站票，乘第二天清早44次进京。藏弘陪我进站挤上火车，藏弘走到最后一节车厢才找到一个座位。让我坐下后，藏弘才下了火车。

列车运行20多小时，凌晨来到山西距大同市40多千米的丰镇县，由于前方货车翻车，火车受阻。列车只得停在小县城的车站，等候前方的消息。

宁静的小车站，顿时热闹起来。不时响起带着山西口音老乡的吆喝声，有提着暖瓶卖水的，有卖馒头、鸡蛋的，还有用面盆盛着卖洗脸水的。车厢里的喇叭不断报出火车开出的消息，但一次又一次落空。真是越着急，越不灵。一直到晚上，始终听不到火车开出的确切消息，只好在车上熬了一夜。

次日一早，我毅然随其他旅客下了车，提着行李赶到县城。在马路边等了一会，乘上一辆破旧的面包车，沿着颠簸的公路，摇摇晃晃地来到河北宣化火车站。由于前方受阻，这里也滞留了不少去北京的旅客。火车一进入站台，人群涌向车厢，我也不知从哪儿来的一股劲，把行李从窗口递进去，跃身从窗户爬进了车厢，乘上开往北京南站的火车。我挤站在车厢走廊里，汗臭味和各种异味充满车厢，夜深才赶到北京南站，黄明晓同志来接站。

第二天，我们列席了首钢总公司党委扩大会，会议确立了当年的生产、经营目标和措施，提请公司工厂管委会讨论。在会议中，较系统地学习了该公司的包、保、核经验，并对公司在北京顺义拟建的汽车项目进行了实地考察。经过部领导与首钢总公司多次会晤，厂与该公司进行了八次友好、坦诚的会谈，终因国家压缩基本建设的大气候，新上汽车项目受阻；该公司实行上缴利润递增包干，所得税难以向合肥市让利，原定的合肥集中安置点难以实现；加之在贯彻 40 号文件离退休职工落户安置上谁负责的分歧。1988 年 10 月，中核工业总公司与首钢总公司签订了核工业多个企业与二二一厂一同划归首钢总公司的协议书。二二一厂需签附加协议后才能生效。

双方在关于二二一厂的附加协议的讨论中，厂、矿领导提出贯彻 40 号文件按以下分工负责的原则进行：中核总公司负责职工、离退休人员的安置，首钢总公司负责经营地点、项目及所需资金。但这却与总协议中对 40 号文件的贯彻以首钢总公司为主、中核总公司辅助的意见相左，只能采取直接与首钢总公司商谈的办法。

我拨通了首钢总公司总经理赵玉吉的电话，表达了厂的意见和希望。中核总公司主要领导知道后，在电话里狠狠地批评了我：你没有直接与首钢公司赵总经理联系的权力，你们的意见违背了总协议的精神，在职工、离退休人员安置上，是政府职能。首钢是总公司，我们也是总公司，才有权与首钢总公司联系（此时我心里盘算着，我们是总公司还挂有"国家原子能机构"名片，在国际原子能机构会议上，代表国家发言，应具有一定的政府职能，职工安置会顺当些），等等。

此时，我虽然受到了批评，脸上闪过一丝尴尬，没有在电话里争论下去，但自己的心里，仍然是坦荡的。

历经 5 个月的划归工作终因条件不具备而终止。这在一定程度上延后了厂撤点工作的进度，但首钢总公司的包、保、核的经济承包、经济责任制考评经验，在厂的调整中发挥了积极的促进作用。

好中求快

1988 年 7 月 15 日，厂隆重召开建厂 30 年庆祝大会。

厂庆日定为 221 基地接到中央选址批文的 7 月 15 日。部、省、二炮及中央有关部委和合肥等市领导参加大会。俱乐部门前，锣鼓喧天，鞭炮齐鸣，少先队员载歌载舞，汇成一片欢乐的海洋。部、省、二炮与九院、五〇四厂发来贺信，厂、矿老领导也发来贺词，件件贺信、句句贺词充满着为核事业共同奋斗的深厚情谊和美好祝愿，给正在为撤厂而努力工作的职工以极大鼓舞。

在建厂 30 周年大会上，二二一厂提出：站在二二一厂的历史与未来的交接点上，展现出新担当、新作为。我们要发扬在原子弹、氢弹工程科学、技术突破中凝练出的精神：

自力更生、艰苦奋斗的创业精神；

不计名利、默默奉献的牺牲精神；

不畏艰险、勇于开拓的进取精神；

严细求实、科学民主的科学精神；

团结协作、集智攻关的团队精神。

——这是 221 人的灵魂；是 221 人的基本行为准则；是"两弹一星"精神和核工业新时代精神重要组成部分和原型之一；是一部鲜活的展现社会主义核心价值观的好教材。"两弹"精神是在"原子弹、氢弹"科技突破中播种，在 16 次国家核试验中用汗水浇灌，在"文革""二赵"冲击下，用谅解去维护，在厂的战略调整和国家"864"任务中升华的。"两弹"精神是所有参加这项工作的工人、科技工作者、干部、解放军官兵用革命热情和无私奉献行为铸成的。221 这块净土，核工业的原子弹、氢弹工程科技，形成了"两弹"精神。

首先，核事业选择了我们。党的信任、国家的需要，犹如打上了红色的印记，是 221 人爱国主义家国情怀的根基。决定国家前途命运的使命和责任，深深扎根在 221 人心中。正是这种对国家和民族的爱的家国情怀，支撑着 221 人战胜了恶劣自然环境、生活物资极度匮乏、工作生活的艰苦，克服了"文革""二赵"的干扰破坏。用汗水、热血和青春年华，甚至献出宝贵的生命，谱写了我国尖端工程科技领域的光辉篇章。真是心有所向，行能致远。

其次，核工业"两弹一艇"的战略性高科技事业，铸就了 221 人的精神品格。二二一厂，作为核工业"两弹一艇"战略性高科技产业的一部分。特殊的环境、特殊的性质、特殊的使命、特殊的要求、特殊的经历，在从事火工危险、核材料、雷管、中子源等工作岗位上，他们视"产品"为生命，急国家之所急，研制国家之所需，把对祖国的热爱和对核事业的执着追求，化为精益求精、一丝不苟的严谨工作作风和追求事业成功的持续动力。已是90岁高龄的原二分厂202车间主任高级工程师刘振东，在接受采访时，深情地写下了"那段特殊的经历，锻铸了我们对人生和生命的特别感情"的朴实字句。

最后，是领导和科学家的言传身教，引领221人"两弹"精神的形成。

作为二二一厂"两弹"工程，科学、技术突破的亲历者，我在221工作了33年，每当回忆起那难忘的年代，无不使我的心灵受到强烈的震撼。一个人的命运，往往离不开时代的选择。但为什么在那样一个艰苦的时代，会出现那么多自主创新的原创性成果（自1978年评奖以来至2008年九院和二二一厂至1995年）共荣获全国科技大会奖88项，其中国家科学技术进步奖特等奖8项、国家发明奖72项、国防重大科技成果奖等691项。涌现出25名中国科学院院士、13名中国工程院院士。我想非常重要的一点，就是大家能很好地把国家情怀的爱国精神力量与科学精神完美融合，从而在攀登科学技术的高峰中结出丰硕成果和涌现出众多的拔尖人才。

建厂三十周年大会主席台

　　我们要在厂撤销转移的征途上留下光辉的足迹，在自己的岗位上，努力拼搏，为安全、圆满地完成好"864"任务作出贡献。中央有关部委的同志亲身感受到了厂职工在恶劣的自然条件下，为国家所作出的历史贡献。职工在厂撤点条件下的良好精神面貌，也给他们留下了深刻印象。劳动部的一位司长参加大会后，十分感慨地说："你们在这里工作了30年真不容易呀！又作了这么大的贡献，应该把同志们安置好，这也是我们的责任。"正是他们的充分理解，加快了"两个安置办法"协调进程，做好职工的接收工作。

　　厂组织干部参观坐落在青海湖边的一家军工试验厂。过去热火朝天的试验场，搬迁后顷刻就像散了戏一般，留下一片狼藉。

这次参观深深教育了干部，大家说这种情景绝不能在221出现，我们一定要给金银滩留下一片碧水蓝天，留下干干净净的草原。

总厂工会和神剑学会分会开展多种多样的文体活动：文艺汇演、老年迪斯科比赛、纪念"七一"歌咏比赛、知识竞赛、矿办国营牧场的民族运动会、文教局所属中学运动会、职工球类比赛，书画、摄影、集邮展等。春节前，厂下拨经费，在基层开展多种多样的迎新春活动，振奋精神，凝聚共识，提高对40号文件的执行力。

当年老年迪斯科比赛

合肥市委、市政府盛情邀请厂、矿职工代表去合肥市考察。

总厂工会主席侯廷骝、团委书记梁宁桥带队，各单位代表带着广大职工的期望，来到合肥市。代表们受到合肥市委、市政府、企业和市民的热烈欢迎。职工代表考察了效益较好的大、中型企业，亲身感受了合肥市的地理、人文、科技、生活环境。普遍认为合肥地处南北交界地带，南北方职工生活均能适应，是一座文化与科技发达、离退休人员宜居的城市。加上不少职工的子女在合肥带资上学、毕业后可分在合肥市工作等原因，多数代表接受了这个安置点。

40号文件下达已经一年多，随着厂撤销工作的不断深入，职工思想异常活跃。当时，国民经济处于从计划经济向社会主义市场经济转型的初期，粮、油等食品价格的倒挂，副食品凭票供应，政府实行暗补。在安置地点、项目的考察中，职工进入城市要收取名目繁多的费用，如：落户费、粮油费、副食补贴费，学校、医院、商业网点配套建设费等，进一步加大了与地方政府谈判的难度。经济发达地区有好项目，职工愿意去，但落户难以解决，最多欢迎我们去办个研究所。而经济欠发达地区欢迎我们去，缺乏好项目和对职工的吸引力。我们就在项目、安置地点、职工能否愿意去、落户合理收费几个方面寻找平衡点。

国家为控制通货膨胀，压缩基建规模。厂上报的联营项目的可行性论证立项报告迟迟难以批复，对外考察迟迟没有实质进展。加之当时通货膨胀物价上涨，年定期存款利率高达12%，矿区百货商场的肥皂、洗衣粉等实用商品在一天内被抢购一空。

在"118"首批任务完成后，厂的撤销工作处于低谷，职工要求尽快下山的急躁情绪在蔓延，队伍的凝聚力在减弱，干部中的畏难情绪在滋长。队伍一度出现了一等"两个安置办法"尽快出台，二看待遇、看项目的观望苗头。有的同志提出撤厂工作要快，在快中求好的建议。厂、矿领导面对出现的新情况，进行了认真分析研究后认为，在厂撤销工作外部出现错综复杂情况下，我们要始终坚持"好中求快"的原则，积极稳妥地推进厂撤销三大任务的完成，实现软着陆。好的结果才能经得起历史的检验，这也是历史赋予我们的责任。我们及时提出了"精神不垮，队伍不乱，生产不停，搞好调整，再作贡献""依法撤厂，文明撤厂，站好最后一班岗"的要求。

充分利用《草原工人报》，以领导"答记者问""本报特约评论员"文章等形式晓谕读者，肯定"好中求快"的主流，弘扬好人好事，澄清一些不实的传言。同时要求各级领导把思想政治工作作为硬任务来抓。

我们一手抓依法撤厂。对 1988 年四季度出现的盗窃、家庭暴力突发案件、单身宿舍赌博、个体录像厅放映黄色录像等现象，本着防微杜渐、从萌芽状态抓起的原则，对违反厂规的职工，运用经济、行政手段果断进行处理。同时加大治安工作的力度，组织民兵在生活区日夜巡逻，收缴厂、矿、民间所有的 200 多支猎枪暂为保存；公、检、法、司通力合作，公开宣判，运用铁的手腕，稳、准、狠地打击个别犯罪分子；对保卫国家财产，以身殉职的谭家声同志，省批准追认其为烈士，号召厂、矿职工向烈士学习。

当年草原出现旱情，县、乡生产队的羊群路过厂区草地过度停留，与厂牧业队多次发生争夺草场的纠纷。公安、武警部队与县有关部门共同做好工作，公平、合理地进行处置，平息了几起一触即发的大规模械斗。正是坚持了依法撤厂，稳定厂区治安形势，保证了厂撤点工作有序地进行。

一手抓"三项活动"的开展。清初思想家颜元为有句名言："人身动，则一身强，一家动，则一家强，一国动，则一国强，天下动，则天下强。"厂及时开展"三项活动"（抓"118"后续任务生产、抓学习、抓活动开展），要求各级领导"看好自己的门，守好自己的物，管好自己的人"。三分厂303车间开展了"我为撤厂作贡献，六看六比活动"，司法局举办普及法律知识竞赛，工会和各业务处组织企业知识、国标制图和外语学习班，开展多种多样的文艺活动，组织球类比赛和文教局系统的学生运动、年终文艺汇演等。从1987年起，每年大年初一都举办了迎新春团拜会和大型游园活动，全厂矿职工喜气洋洋、情绪饱满地迎接新一年更为艰巨的任务。

依法撤厂、文明撤厂、三项活动的开展，使职工感受到厂撤点工作的复杂性、艰巨性，每走一步都要付出艰苦的努力，体会到组织上为职工权益做出的努力。职工开始比较客观、实事求是地看待调整，认识到职工即是厂撤点工作的主人，有享受安置的权利，又有搞好厂撤销工作的责任。一位退休老同志说得好："过去突破原子弹、氢弹，是国家的需要；今天撤厂，也是国家战略调整的需要；我们要自觉服从、参与、搞好厂的调整。"

凝聚共识

在厂撤销工作的特殊历史时期，热点、难点、焦点多。甚至出现离奇的传闻，"中央下达了 38 号文件，二二一厂交兵器部了，就地转产。不执行 40 号文件了。"（注：厂曾找到中信公司问能否整体接收二二一厂？中信公司领导说："我们最近从兵器部接收了山西一家大型军工企业，没有条件再接收你们了。"）还有什么"厂长要把 1 亿多元投向合肥，被某副厂长顶住了""一弹费（注：根本没有'一弹费'之说）就是厂长顶住不给发"，等等。

当职工的期望值与实际出现差异时，就会产生心理上的不平衡，道听途说一些意想中的事，是可以理解的。特殊时期领导要大度，保持头脑清醒，充分相信职工，真心实意依靠职工，鼓励并支持职工积极参与到调整工作中来。多沟通、多交流、多疏导，增强调整政策透明度，调动职工主人翁责任感，这样就一定能把厂的调整工作做好。厂适时提出召开厂、矿职工代表大会的建议，得到党委和总厂工会的大力支持。

1989 年 4 月，厂、矿职工暨工会会员代表四届三次大会如期召开。会议为厂、矿领导与职工交流、协商提供了平台。职代会上大家见仁见智，各抒己见，有的意见还相当尖锐。有的代表提出："适当集中，合理分散"不代表职工的利益，只考虑少数领导的利益（意指下山办厂，领导可继续当官），要求小块分散安置。同志们对厂长的报告、经济责任制项目承包方案，提出了不少修改意见。总厂工会主席侯廷骝告诉我，经济责任制有可能通不过。我想，对于职工的意见，只要真心、真诚、平等地去协商，问题一定会圆满解决的。针对这样的情况，在预备和正式会议中，厂长三次与职工代表平等对话，又召开主、辅助生产单位领导座谈会，努力创造平等、和谐、协商的气氛，动员职工以主人翁的态度认真对工作报告、经济责任制、项目承包方案进行修改和完善。

正如《晏子春秋》所说："为者常成，行者常至。"说明努力去做的人常常可以成功，不倦前行的人常常可以达到目的。会议结束时，厂长工作报告和经济责任制项目承包方案以 265 票赞成、11 票弃权、4 票反对，获得通过。职代会的成功召开，进一步提高了领导和职工对 40 号文件的认识，凝聚了共识，振奋了精神，增强了队伍的凝聚力，维护了厂、矿的社会稳定，调动了职工完成"118"和三大调整任务的积极性，为"两个安置办法"①的实施打下了良好基础。

1993 年 4 月，国家计委、国防科工委、国家环保总局等有关部门领导，参加部级核设施退役工程验收时，看到厂区秩序井然，各项工作有条不紊，电厂、医院、学校、商店、交通正常运行，他们感慨地说："没想到撤厂到了后期，工厂忙而不乱，一切是那么正常。核工业队伍真是一支素质过硬的队伍。"

特殊解决

1989 年，厂撤销工作进入攻坚阶段，此时遇到了两个难题：

---

① "两个安置办法"指《关于妥善安置国营二二一厂在职职工若干问题的规定》和《关于妥善安置国营二二一厂离退休人员若干问题的规定》。

一是资金不足，二是希望"两个安置办法"尽快出台。这时，我们又想起非常关心厂撤销工作的张爱萍将军。我们以厂的名义，给张老写信以求帮助。张爱萍将军接到信后，很快在信上作了批示。

> 核工业总公司并国防科工委：
>
> 二二一厂的妥善安置，不论是他们对祖国的贡献和国家的稳定、安定团结，都将有相当影响。为对国家利益着想，建议请国务院予以特殊解决，虽然要多花一点钱，但事已如此，只好忍痛以求加速妥善解决。越拖越难办了！遵二二一厂之嘱，特转呈，供参考。并转告二二一厂。
>
> 张爱萍
>
> 一九八九年九月七日

1989年12月，中核总公司上报了《贯彻国务院、中央军委关于撤销核工业二二一厂有关问题的请示》。国务院副总理邹家华做了批示，国务院副秘书长王书明召开了有中央有关部委会议，下发了国阅（1990）13号和131号会议纪要，纪要指出："在几个点扩建项目安置职工，提供专项贷款，增加拨款。妥善解决好二二一厂职工安置问题，是一项政治任务，各有关单位要顾全大局，尽快认真做好这项工作。"

1990年4月至1991年7月，中核总公司调整协调办公室与十二个部、委、中核总公司，在个别协商基础上，召开了两次协调会、审议"两个安置办法"。

1991年7月27日，国务院批准了十二个部委和中核总公司制定的"两个安置办法"，批转有关省市执行。从此职工和离退休人员分散安置工作全面展开。

安置风波

本着"敲定廊坊，抓紧合肥、淄博，稳定青海"的精神，在廊坊建厂时，按照"积极推进，优先优惠，建厂安置同步"的原则进行。

1987年12月，二二一厂与二炮技装部特管部签订廊坊新建仪器仪表厂协议。

1988年9月，二炮副司令员张翔和栗前明等前往廊坊市考察，确定厂址，二二一厂从"118"任务利润中拨付建设经费2950万元，以二二一厂副总经济师于永宽和二炮张宝儒等同志组成的筹备组，开始了征地、立项、施工招标等工作。

1989年7月，双方签订了"共建共管"纪要，确定安置二二一厂职工600人，离退休人员100户（160人）。已是二炮副参谋长的栗前明亲自前往河北省批地300亩。项目分期进行，第一期工程投资3000万元，在中核总公司审批范围内，很快得到批准。请核工业第四设计院进行设计。一期工程基建工作开始后，筹备组的同志吃住在工地，喝着含氟量超标的水，不辞辛苦，埋头苦干，来往于设计单位与地方进行协调。他们克服了种种困难，做了大量卓有成效的工作，经过三年艰苦建设，一座现代化工厂耸立而起。

1990年，二二一厂副总经济师于永宽作为首任厂长，和书记赵东辉以及搬迁过去的职工一起艰苦创业，他们边生产、边建设，自己动手安装、调试设备和仪器，很快投入生产。工厂生产一年一个台阶，获得很快发展。继任的隋勇厂长又进行了二期工程的扩建，兴建了数控等精密加工车间，经济效益大幅提升，职工福利不断改善，企业荣获"河北省五一劳动奖""省精神文明单位"等多项荣誉。"两弹一星"的精神在这里发扬光大，二二一厂在这里延伸。

二二一厂与合肥市签订职工安置协议
汤宝昌（左1）、刘道浓（左2）、王菁珩（左3）、尤德良（左4）

1988年12月，我们带着上级《关于二二一厂在合肥建立转民基地的函》前往合肥市。成立了以副厂长吕义晋、任春泽为首的筹建指挥部，定名为"昆仑工业公司"，加紧拟建的镀锌铁板、汽车模具、准备接收市公安局在建百花饭店等项目的可行性研究。立项报告报上去，迟迟不给批复。这时军用局领导提醒我们："不要扛着旗子下山了，可以走带着嫁妆出嫁的路子安置职工。"猛听到这样的说法，在感情上一时还难以接受，40号文件中不是有在内地联合办厂的安置模式吗？中国有句谚语"儿不嫌母丑"，自己上项目建点，怎么说也要有一个家，既保存了技术力量安置了职工，又留在中核总公司内，离退休人员也不用交由地方管理，重要的是没有割舍几十年与核武器发展的历史贡献，职工的荣誉、工资福利和特殊事业带来的问题可以较好处理。可以保证有计划、有步骤、有秩序地撤厂。特别是近年来，我们在内地联营办厂，积累了一定经验，取得一定的经济和安置效益，何况常规武器战斗部开发取得技术上的突破，可望形成批生产能力。眼望着这些成果，队伍就这样散了实在是可惜！一个在历史上做过重大贡献的厂，在我们这届领导班子内拿钱散伙了，这让我们如何向下一代交代？当然，自己建点有资金不足的风险，搞不好还有第二次转产的风险。有风险，才是真正意义上的创业。只要付出了艰辛，肯定会有收获的。这种想法一直在我脑海里回荡，直到国阅〔1990〕13号和131号文件中确定了"适当集中，合理分散"的安置原则。这时合肥市政府热忱表示：愿意在经济效益好的企业，安置职工和离退休人员，并可接收留基地全部人员，为厂、矿人员安置提供宽松的环境。这里不能不提到，当时合肥市市长钟泳三曾在核试验基地工作过，正是他对核事业情有独钟，才有这样的胸怀和胆识。

1990年4月，国家计委、财政部、中国人民银行、中国核工业总公司有关部门负责人，考察了合肥市准备接收职工的企业（合肥钢厂、合肥化工厂、安徽轮胎厂、合肥无线电二厂），得到他们一致认同。

5月1日，二二一厂在合肥市梅山饭店，厂长与合肥市常务副市长刘道浓签订了全面安置协议。

山东省淄博市的扩建项目是由调入该项目的厂原财务处处长纪奎生牵线，山东省委、省政府大力支持促成的。该厂项目扩建急需资金和人员，而我们又在找项目，两家一拍即合。

二二一厂与淄博化学纤维厂签订职工安置协议
前排：孙璞（左1）、王菁珩（左2）

通过双方考察和谈判，1990年3月，在北京部大楼二楼会议室，二二一厂厂长与淄博化学纤维厂党委书记、厂长孙璞签订了带资安置职工的协议。目前该厂已是齐鲁石化下属的企业（1997年并入齐鲁石化）。至此，形成在廊坊、淄博、合肥带资相对集中安置的拼盘方案。在协议的谈判和落实中，职工安置资金的投入强度和比例与职工安置岗位是否合适、进度如何保持同步，成为双方讨论和执行协议的焦点，这个矛盾一直持续到最后。中核总公司多次听取厂汇报和专题研究，及时向中央报告。主管二二一厂撤销工作的中核总公司副总经理李定凡七次到合肥协调。

在淄博市建设工地

王怀远（左1）、刘书林（左2）、李定凡（左3）、孙璞（左4）、王菁珩（左5）

全国人大、政协会议期间，中核总公司总经理蒋心雄先后与青海、安徽、山东省主要领导会晤，协调协议落实中的问题。中核总公司协调领导小组办公室（军用局），往返于有关部委进行"两个安置办法"的会商与民政部的协调。

1992年，中核总工作会议期间，中核总公司领导安排了二二一厂厂长向邹家华副总理汇报。二二一厂在汇报中，邹家华副总理不时询问有关情况，汇报在限定的10分钟以外临时增加了

5 分钟。其后，邹家华副总理批准了"两个安置办法"，推动了安置工作全面展开。

厂在内地联营的有四个厂。其中两个厂（上海模具厂、西宁办事处在陕西临潼联营开办的金矿）顺利回收了全部投资；一个厂（交通运输处在烟台开办的汽车修理厂）将股权与职工安置捆在一起，移交烟台市高级技工学校。而另一个联营公司职工安置却遇到了麻烦。由于这个联营公司在市区重新划分中从 A 区划分到 B 区，而持少量股的 A 区，仍保留对联营公司的人事管理、任命总经理、上收税收的权利。这使联营公司所在 B 区的乡感到不满，乡上访到中央主管业务部门，主管部下发函件支持乡的意见，要求当地主管部门予以纠正。但两个区都看好联营厂的效益和发展，双方坚持不让，矛盾愈演愈烈。《XX 法制报》发表调查报告，编者按指出："在改革开放渐趋深入时，XX 市有关部门，却对属地内乡镇企业的正常经济活动粗暴地干预，造成企业无法正常开展经营达 10 个月之久。我们热切地希望 XX 省有关部门，能对此高度重视，这样一个与时代格格不入的不协调音符，是到终止的时候了！"社会舆论支持 B 区乡的做法。

40 号文件下达后，地方政府希望二二一厂的股权和职工一起移交地方，而在联营公司的二二一厂大多数职工又不认同。二二一厂通过多次商谈，将股权和职工安置一同移交秦山核电厂，作为该厂的维修厂，双方签订了移交协议。上级也下发了移交通知，受到职工欢迎。当秦山核电厂主要领导前往该公司考察时，由于地方不支持而搁浅。

为加快职工安置，摆脱地域划分引发的矛盾，二二一厂决定将股权转让与职工安置分开处理。

就在两市区意见相持不下时，联营公司所在乡的领导和第二大股东玻璃钢厂的领导前往二二一厂，商谈股权转让事宜。这犹如干旱的土地遇到了一场及时春雨，为股权处理提供了难得的机会。在邓小平南方视察重要讲话精神鼓舞下，按照建立社会主义市场经济的要求，快刀斩乱麻。乡和玻璃钢厂的领导表示：根据联营协议，愿以现金支付方式，接收二二一厂股权。于是双方签订了股权转让协议。

但股权转让协议如何尽快落实，以防不测？刘智财董事长盘算着，要抓好两个关键节点，不出纰漏，才能顺利收回投资。一是保证董事会尽快顺利召开，二是尽快拿到投资资金。

当联营公司董事长刘智财得知，厂已签订股权转让协议时，刘董事长和厂器材供应处驻上海办事处的许震贵（联营公司董事）一看天时、地利、人和，水到渠成。事不宜迟，刘董事长当即决断马上召开特别董事会。为防止中间出现变故，刘董事长亲自将召开董事会的书面通知送往 A 区区长手里，区长对召开董事会不以为然，对刘董事长说："我们区的陈副董事长就不参加了。听说秦山核电厂要接你们的股和人员，你们厂和秦山厂分别跟我们谈。"最后，还用带有威胁的口气说："听说二二一厂要撤了，你们连一块砖头也别想拿走！"

为落实股权转让的资金，联营公司刘智财董事长找到 B 区某乡的老耿，私下谈起此事说："我想把厂的股份卖给你们。"后面的话就没有直说下去，以怕说话不投机，反而误了事。老耿心领其意，也没有直接点破，就回去了。

两天后，老耿落实了资金找到刘董事长说："你前天说的事，是不是 400 万股份转给我们。"

刘董事长问："是！你们有钱吗？"

老耿说："有！"

刘董事长高兴地说："那好，我们来真的。通过工商银行汇票办理。"一切条件具备，只待董事会开会，完成股权转让程序。

第二天，在联营公司所在地 B 区，召开了特别董事会会议，除 A 区的两名董事一名缺席外，其余全部到位。董事会在掌声中，通过了厂 57% 股权转让给第二大股东乡玻璃钢厂的决议。组建了新的董事会，任命了新的总经理。

第二天在当地进行了公证，从法律程序上完成了股权的转让。

下午召开联营厂中层干部会，宣布了董事会决定。职工奔走相告，拍手称快，"办得好！""办得对！"大家心里犹如久旱逢甘露般滋润、舒畅。

联营公司副总工程师查幼良说："现在是山重水复疑无路，柳暗花明又一村。"联营公司的二二一厂的老工人邢家栋说："早该这么办，要是事先通报当地政府，就办不成了。"当夜将汇票带回厂，回收了全部投资。

股权转让后厂里生产秩序井然，职工情绪高涨。然而A区个别领导强烈反对，先后提出种种质疑：二二一厂职工在当地落户，是政府行为，股权转让应取得政府认同；厂在联营厂的投资，不是使用厂的自由资金；董事长没有厂长授权等，要求二二一厂退回转让走的资金。

前方情况紧急，二二一厂连夜召开会议研究认为：股权转让是市场经济行为，是厂长授权董事长来处理股权的转让，符合公司章程，合法也合理。厂股权转让所得资金，不可能、也没有理由转回。上级部门也出具证明，联营的投资是厂的自由资金。同时，派出由厂党委副书记高桐淮、副厂长孙铁柱带队，分散安置办公室主任靳庆奎等坐镇苏州，与前方刘董事长保持联系，应付随时可能发生的新情况。

A区则派工作组进入联营公司，宣布股权转让无效，恢复原总经理职务。引发乡群众不满，聚集在联营公司会议室质问工作组。工作组见到群众强烈的对立情绪，为缓和矛盾，撤离了现场。此事引发了当地新闻媒体的广泛关注，乡准备召开新闻记者招待会，二二一厂也被迫聘请律师对簿公堂。

市政府一位副秘书长，约见厂民品处刘智财处长（原昆仑联营公司董事长）。向刘处长宣布了市关于联营昆仑公司的五项决定："一、6月26日召开的董事会是错误的。二、新成立的董事会，任命的总经理市不予承认。三、厂带走的汇票400万元资金，不能动用，听候处理。四、今天下午召开公司大会，原班子人马进驻。五、你不能离开本市，钱拿回来才能走！"

刘处长以坚定口吻回应道："我们是按董事会章程办事，没有错。我不是你市的人，你们没有权力约束我的自由。"说完调转身就离开，走出了办公楼。

在门口等候的联营公司原董事、厂器材供应处驻上海办事处的许震贵走上前去，刘处长告诉了他对话情况，老许说："看来，咱们给他们的地方保护主义捅了一个大窟窿，还想把你作为人质！"

刘处长和老许轻松地回到招待所，一位服务员小声对刘处长说："乡政府给我们布置了任务，要我们注意你们的安全。"

刘处长已做好被带走的最坏准备，回到房间将有关向厂和上级汇报的材料，叫老许带往苏州，交给在苏州支援的厂党委副书记高桐淮工作小组，进行了必要转移。

为缓解矛盾，军用局局长尤德良与我、副书记高桐淮前往该市与市沟通。到达的当晚，我和厂分散安置办公室主任靳庆奎与联营公司工作的二二一厂职工举行座谈。介绍了有关政策，要求同志们不唱反调，不搞小动作，与厂同心同德，做好股权转让和职工安置。根据个别问题个别处理的原则研究处理，把同志们安置好。

靳主任会下与厂在联营公司的同志促膝谈心，听取他们对安置的诉求，耐心做好职工的安置。

有一位女同志含着眼泪对他说："父亲早年在厂动力处离休回到上海，年迈多病，无人照顾，想回到上海照顾父母。"靳主任听得很认真，听后对她说："我们回去后尽快研究，尽快与上海取得联系。"这位同志听后感动地说："谢谢！那就拜托了。"在分散安置办公室的努力沟通下，根据上海的落户政策，这位同志可以重新回到父母身边。

股权转让前后的日日夜夜，前方天天保持与厂的电话联系，厂领导连夜进行研究处理，在联营厂工作的职工面对复杂形势，与厂共同努力，保持了我方在股权转让上的主动权，顺利完成了股权转让。

最后，当地政府采取措施，逐渐平息了事态的发展，对联营公司厂方的职工安置提供了相对宽松的条件，大家得到较好的安置。

一波未平，一波又起。

1992年5月，海北藏族自治州政府接收工作组一行50多人进驻二二一厂。

工作组与厂移交领导小组进行了洽谈，就中核总公司与青海省政府达成的移交热电厂、医院、文教局所属学校、交通运输处、动力处、国营牧场、总厂通讯电视广播等13项设施交换了意见。本着"成熟一块、移交一块"的原则，分设七个接收组进行。

首先，海北州接收了三分厂的制氧车间、交通运输处设在乙区（海晏县城）的机动车修理厂。很快投入运行，为地方经济发展服务。

为保证正常运行，在热电厂移交中，海北热电厂的干部、工人参与共同运行，为移交打下了基础，在运行中逐步移交。也缓解了热电厂人员下山带来的人员不足的困难。

海北州在接收基地利用上存在一定的困难。厂的移交组与州接收组在谈判中，由于对厂外运到职工集中安置点的设备太多感到不满，以及在国营牧场草库伦建设等资金支持的数额上有分歧，迟迟达不成协议。州个别领导在厂区下达州通告，厂在向内地集中点运出的设备在县城检查站受阻，引发厂职工的不满。通过上级沟通，问题很快得到解决。

厂、矿办公会议及时研究认为：海北州把最肥美的金银滩草原作为厂址，划定为国家禁区后，省、州、县在生产力布局、地区经济发展规划上受到很大制约，同样为我国核武器的发展做出了无私奉献。建厂初期迁出的1279户牧民，因厂的撤销强烈要求迁回金银滩草原，对他们的困难必须给予适当解决。建议除中核总公司与青海省政府商定向海北州无偿移交牧场、热电厂、医院、学校、运输、动力、通讯广播电视等13项厂房、设施、设备、牲畜外，敦请上级对海北州接收的厂房和设施，给予5年的管道、房屋维修费，牧场草库伦建设和1279户牧民生产、生活补助费共计2300万元。这一请求得到中核总公司的批准，大大加快了基地移交进程。

221人期望

1990年7月，完成"118"后续产品交付后，职工安置报名工作全面展开。报名工作以政策为导向，职工自愿申请，先廊坊、后淄博、西宁、合肥，合肥兜底的顺序进行。本着对方工作需要、厂方推荐、与地方协商的原则，确定职工安置去向。

在尊重国家与地方政策的前提下，充分保障职工自主、自由选择安置地的权利。我们在推荐中掌握好"两个结合"：一是在职职工与离退休人员和家庭户安置相结合；二是离退休人员安置，身边要有子女的原则。同时要求职工、大集体职工、社会闲散人员随同迁出。厂、矿召开广播电视大会，厂长宣讲了安置定向有关政策和工作安排并印发到基层，做到政策公开透明，职工心中有数。

职工报名时思想异常活跃，显露出许多矛盾。有一位技术骨干，由于夫妻二人在安置地点上意见相左，互不相让，这位技术骨干一气之下睡到办公室，争执一直闹到厂领导那里，经过调解协商才妥善解决。有的夫妻一方坚持去南方，另一方则坚持去北方，双方坚持不下，最后双方妥协在中原地区进行了安置。也有协商不成而离异的。在退与干上，较多的双职工采取了一方退休、一方下山工作的模式。以矿区办事处副主任曹登石、副厂长蔡金生为组长的安置领导小组和办公室的同志不厌其烦，耐心做好报名和来访者的政策解释工作。各单位领导做好职工家庭的思想工作。在遇到"合法、合理、合情"的冲突时，我们坚持合法是前提。从全局上讲，合法才是最大的合理，才可能把政策贯彻下去，才能保持矿区的稳定。我们也遇到在某些问题处理上是合法的，但不一定合情理,这只能在今后改革中去解决。一个多月的报名工作，90% 的职工和离退休人员确定了去向。

从报名到职工安置工作启动，因间隔时间较长，有近 500 名职工、离退休人员，由于婚姻、子女上学、毕业分配、身体健康等原因要求改变安置去向。我们本着从严控制、实事求是、逐级集体审核的原则进行了调整。

住房的分配，本着公开、公平、透明的原则，严格按照厂的房产管理规定，在大会上依次按分数选定房号。有困难需要照顾的，张榜公示无异议后予以照顾，近千套离退休人员住房分配很快顺利完成。

1990年11月17日，第一批集中安置淄博的人员离厂。离厂前对他们进行了保密教育，厂领导热切地希望："同志们在一起工作生活了多年，为事业的发展作出了贡献，尽管中间发生过不愉快的事，但都已成为过去，让我们愉快走向新的生活。继续发扬221人奉献、勤奋、务实、创新的团队精神，用自己的行动，在新的天地，扎根、开花、结果。我们再三嘱咐离厂职工，保密工作仍是我们一生中永远要牢记的，不该说的不说。"

那些日子，每一次在俱乐部门前广场举行热烈的欢送会，依依惜别的情景使人难以忘怀，喧天的锣鼓声、鞭炮声，一辆辆大轿车前挤满欢送的人群。有的握手告别，有的深深祝福，有的热泪盈眶，有的抱头痛哭，这一别不知何时才能相见。

在草原的日日夜夜，我们共同开创事业，团结友爱，和谐相处，221就像是一个大家庭。"世外桃源"是这个大集体的美好称谓，这里没有大城市的喧嚣，只有生活的恬淡和安定；这里没有商战中的钩心斗角，只有难能可贵的友情和关怀。许多离退休同志从内地再来草原时，都会由衷地感慨说"这里真是一片社会主义的净土！精神高地"。221人眷恋这块土地，她的一草一木，一砖一瓦，无不唤起人们亲切、美好的回忆。不少职工离厂前，来到工作生活过的车间、实验室、办公室、工作岗位作最后的告别。有的同志写下激情的诗句："我爱二二一厂，不仅爱她的事业，也爱那对事业执着追求的人们，更敬佩那为建厂不远万里而来，付出艰辛劳动的开拓者。我爱这里的技术人员、工人，因为他们勤劳、朴实、热情、勇于进取。我爱这里的马兰花，无论是春风艳阳，还是狂风暴雨和严冬，她总是昂着头，挺着纤细的腰杆，与恶劣的环境拼搏、抗争。她是草原的骄傲，也是草原开拓者的象征。"

三十六年过去了，草原上朴实的马兰花依然年复一年地开放，象征着开拓者们顽强拼搏、英勇奋斗的一生。221 人深深眷恋这里的事业，他们血液里奔腾着无私奉献、勇攀高峰、永不退缩的精神，这种精神是在原子弹、氢弹突破的事业中播种，在艰苦的岁月中用热情去浇灌，在"文革""二赵"冲击下用谅解去维护，这种精神将会一代一代地传承下去。核武器过去是、现在是、将来仍然是我国国家安全的重要基石，是我国大国地位和综合国力的重要标志。

虽然二二一厂撤销了，二二一厂在原子弹、氢弹突破中凝练而成的"两弹"精神，仍然闪耀着时代的光辉。它是社会主义核心价值观的集中体现。愿我国的核武器和核武器科学技术将为"铸国防基石，做民族脊梁"不断创造新的辉煌。

建立 221 基地是史无前例的，撤销二二一厂也是空前绝后的。

人们用目光送走开往西宁的大轿车，送走朝夕相伴的战友，但 221 人的情意永驻金银滩，天长地久。

心系 221

1985 年 11 月，原副部长、九院的第一任院长李觉顾问特意到京西宾馆看望二二一厂出席核工业部表彰大会的厂先进代表。李觉将军满含深情地说："'一老一小'是二二一厂比较突出的两个问题，我是清楚的。二二一厂的老同志，为了国防事业的发展，吃尽了苦，流尽了汗。建厂初期，在一片荒凉的草原上，头顶青天，脚踏草原，住帐篷、吃青稞面，饿着肚子进行紧张施工，为核基地的初具规模立下了汗马功劳。当前，社会上流行一切向钱看，当时又有什么待遇？又能拿多少钱？但在那艰苦的年代，在短短的几年时间里，成功地爆炸了原子弹、氢弹，为国防事业的振兴写下了崭新的篇章，是崇高精神文明结出的丰硕成果。""二二一厂地处高原，高寒缺氧，信息不灵，但我们有一支具有高度政治觉悟，对事业执着、责任心强、百折不挠的职工队伍。我相信你们能正确对待困难，走出一条适合厂情的保军转民新路子。"

1987 年春节刚过，我们风尘仆仆前往北京参加年度工作会议。我们带着职工的亲切问候，看望老领导。73 岁高龄的李觉顾问在仔细听取汇报后，饱含深情地说："你们那里很艰苦，现在厂完成了历史使命，撤点工作任务重，责任可不轻啊！厂子一个上，一个下，一字之差，可大不一样。不能乱，不能散。在贯彻落实中央文件中，一定要稳、要准、要慎重。""希望能成建制下山，队伍可以搞变频机、石油机械，还可以出口，实现厂的转移和妥善安置职工。相信你们会顾全大局，把厂的调整搞好。"

李觉顾问看望出席部工作会议的厂领导

前排：王菁珩（左）、李觉（右）

后排：吕义晋（左）、尤德良（中）、张秀恒（右）

从1985年后，二二一厂也进入核工业部调整的困难的特大企业行业。每年部工作会尾声，蒋部长都会与三个主管局长和二二一厂、酒泉原子能联合企业、八一二厂、新疆矿冶局的厂长、书记聚集在一起述说心里话。蒋部长语重心长地说："拜托，你们是肩负着困难大企业的调整重任，回去后，希望你们根据企业具体情况，研究保军转民的新举措，开辟出保军转民的新天地。"

1992年，中核总公司工作会议期间，李觉顾问在军用局局长尤德良陪同下，来到住处看望我们。他再次对撤厂工作提出希望说："撤厂是件非常难办的事。既然上级决心定了，我们就要办好。工作方法上要民主化、科学化，要耐心细致地做工作。"

29联谊会庆祝李觉将军80华诞，作者向李觉献花

1993年4月6日中午，29联谊会①在贵阳饭店二楼餐厅聚会。李觉、刘树林、郭英会、吴益三、唐信青和我与张书记一同谈起221基地艰苦创业和原子弹、氢弹的突破时，李觉顾问总是精神振奋，话语滔滔不绝。他说："你们二人，马上要到前方处理撤厂事宜。建厂初期，我和吴际霖、郭英会三人搞基地建设……"吴际霖同志曾说："我们这些人，是从搞手榴弹到原子弹的。"他事业心强，坦诚直率，实事求是，尊重知识，尊重人才，工作非常细致。他有一个小本，谁有什么专长，适合搞什么工作，都记在本子上。局、院、厂合并后，李觉院长抓原则、抓大事，主要对外。吴际霖任副书记、第一副院长兼二二一厂书记，主持基地日常工作，当时没有技术副院长，也没有总工，副院长朱光亚抓科研，几个业务副院长一人主管一摊，吴际霖抓设计、计划组织的协调。院

① "29联谊会"指原在二机部九局工作过的同志成立的社会团体。

里开计划、设计协调会都是吴际霖主持。他善于把领导、技术人员、工人的智慧集中起来，统筹兼顾取得研制工作的快速推进。

　　李顾问继续说："部编写的军工史，一定要充分肯定二二一厂的成绩，你们不好说呀！原子弹、氢弹突破在 221 基地，批量生产、贮存、延寿科研都在二二一厂搞的，军工史中要加大二二一厂的分量。"我插空汇报说："到目前为止，已经有 85% 的职工和离退休人员下了山，大多数职工还是比较满意的。从高原下来，落叶归根有了归宿。职工安排了工作，分配了住房，离退休人员有了住房、医疗、生活的保证。"领导们的眉头舒展开来，脸上露出笑容。李顾问连声说："好，大多数满意，我们就放心了。这样的安置条件，在中国也只你们这一家。"郭英会伸出了大拇指兴奋地说："是做得最好的一家。"喜好"喝一口"的李顾问，高兴地端起杯子抿了口酒。接着，我汇报目前的困难："主要问题是：职工调出了部，割断了几十年和核工业的联系，感情上有失落感；离退休人员强烈要求在中核总公司内成立留守处；分配到企业的职工，企业社会负担重、效益差、职工收入低。"老领导听后表示："一些问题还可以继续向上反映，争取较好地解决。"29 联谊会秘书长唐信青拿出两本《原子弹出世记》一一签名送给我们。李顾问最后说："你们要回厂了，任务很重。我说过，厂没撤完，你们不能走。叫你们做点牺牲。要教育职工尊重地方。他们把最好的草原让了出来，地方是作了贡献的，请转达对省的感谢。托你们向职工和离退休人员问好。"席间充满着温馨和亲切的关怀。

《核武器》编委会扩大会议合影

第一排：胡思得（左3）、张华祝（左4）、陈能宽（左5）、彭桓武（左6）、
李觉（左7）、刘杰（中）、王淦昌（右8）、刘书林（右7）、李定凡（右6）、
陈常宜（右4）任益民（右3）、俞大光（右2）、张兴钤（右1）

第二排：宋学良（左1）、尤德良（左2）、吴学义（左4）、陈锡钧（左7）、
何文钊（中）、谷才伟（右9）、姜靖（右8）、谢家琪（右7）、苏耀光（右6）、
张真（右5）、白东齐（右4）、张培望（右3）

第三排：谢建源（左1）、海玉英（左2）、

第四排：张启龙（左2）、王菁珩（左3）

有一次，在《核武器》出版的编委会扩大会上，原第二生产部副主任吴永文非常关心二二一厂的情况，对我说："听几位同志讲，二二一厂撤厂搞得不错，大多数职工还是满意的。"

我说："主要是中央的关怀和政策、资金上的支持，中核总公司的正确领导和各地方政府理解和帮助。我们仅仅做到了两点：一是在政策上，把中央的关怀和职工的要求很好地结合起来，做到公开、公正、透明，在民主、廉洁气氛中推进调整。二是'118'

任务的支撑，为撤厂工作推进提供了一个稳定、安全的环境，特别是为职工安置方案调研、形成和职工离退休两个安置办法与 12 个部委协调赢得宝贵时间，保证了撤销各项工作有计划、有秩序进行。'118'任务圆满完成，也为职工撤销时期提供了福祉。上级在为厂核定的年度奖金额度较为宽松，也争取到 40 号文件下达后内调职工，按在厂工作年限也发放了高原补助费（根据规定在厂退休时才能享受高原补助费，每年 100 元）；在撤销的重大任务中（如核设施退役工程保安全、保质量的任务承包发放奖金等）由总厂会计师叶定松单批专项奖励奖金；为建立纪念碑、发放纪念册，从'118'任务利润中拨付费用 60 多万元等。老领导心系二二一厂，时时能听到他们期望的声音，感受到一种深情的温暖。这是 221 基地老一辈革命家，热爱这片亲手创建的事业，热爱每一个与他们并肩战斗、共患难的同志，也是对二二一厂年轻一代的殷切期望和嘱托。这就是 221 情结，既是一种牵挂，也是一份责任；既是一种精神，也是一种享受。"

你们辛苦了

夕阳西下，余晖缥缈。

1991 年 5 月 15 日下午 5 时许，我们驱车来到北海后门的一条小街。向警卫说明来意后，进入一座普通的四合院，进入厅内。30 多平方米的小客厅简朴、整洁。塑料地砖铺设的地面清爽、明快。军绿色灯芯绒罩的沙发，青翠欲滴的君子兰，四周墙壁上挂满花木国画，中间摆放着一台 25 英寸的彩色电视机。精神矍铄、手拿拐杖的张爱萍将军在夫人李又兰陪同下慢步进入大厅。这位坚贞忠诚的老将军，无论是在总参、国防科委，还是在国防部工作，都表现出超群的胆识和惊人的意志，以顽强的开拓精神享誉全军。我们迎上前去和他握手。将军拉着我的手，来到沙发前坐下。我拿出由张老题名的"中国第一个核武器研制基地"纪念碑照片和二二一厂纪念册送给他。张老翻开纪念册，意味深长地说："撤销二二一厂是国防战略调整的需要。国防战线拉得太长，不利于集中人力、物力、财力搞国防科研。二二一厂撤销了，可惜是可惜，也只能这样办。""中央很重视，下了文，全国只此一家。原批的款不够，又增加拨款和贷款，各地方那么支持，二二一厂职工又那么理解，做到这步真不容易。"张老问起职工安置得怎么样、有什么反应时，我汇报了大多数职工比较满意和存在的问题。张老不时点头表示赞同。当翻开纪念册，看到草原牧场图片时，勾起张老对往事的回忆，他操着浓厚的四川口音说："我常来往新疆核试验场和 221 基地，你们那里建设时期，住帐篷，吃谷子面，生活条件很艰苦。在那里创业，突破原子弹、氢弹真不容易。"他又问起"你们的牧场交给谁？"

"根据青海省政府意见，移交海北州作为国营牧场保留下来。"我回答道。

张老又说："金银滩草原有座分界桥，金滩草原临近 221 基地，你们的金银滩靠近青海湖。湖色很美，湖中有个鸟岛，现在鸟多吗？"

"很多，鸟岛已经保护起来。五月游人很多，前来观赏鸟岛奇特景色。"我说。

"现在还有黄羊吗？"张老问。

我说："基地建成了，铁路也通了，人多了，已经见不到黄羊了。"

张爱萍与作者合影

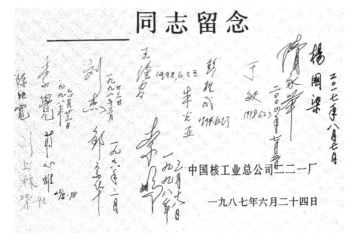

曾在二二一厂工作的"两弹一星"功勋奖章获得者和
关心厂撤销的中央、二炮、部领导的签字

一种平易近人的亲切感涌上心头。将军已是 81 岁高龄之人，但他对 20 多年前的事记忆犹新，言谈中透露出他敏捷、犀利的思维。时针指向 7 时整，张老提议我们一同看新闻联播。他不时问起："221 基地怎么利用？准备上什么项目？青藏铁路修到了什么地方？"我一一做了回答。我看手表时间不早了，拿着纪念册请张老签名。张老拿起钢笔，问起"菁"字是不是有草头，我递过名片，他欣然签上"菁珩同志留念，张爱萍 1991.5.15 北京"，我们一同合影留念。告别时，我们再次感谢张老对二二一厂的关怀。张老深情地说："现在办事难，过去周总理一句话都得办，现在难多了，所以更要感谢你们，你们辛苦了！代向领导和全体职工问好。"张老和夫人一直把我们送到屋门口。当我们坐上汽车，二老还在频频向我们挥手送别。

还一片净土

40 号文件指出："二二一厂撤销后，厂房、生活设施等移交青海省安排利用。"厂区核设施退役处理关系到 573 平方千米生态环境的恢复，关系到当地政治、经济、社会发展，关系到民族团结、社会稳定的大问题。我们本着对子孙后代负责的精神，不留后患，做好核设施的退役处理工程，还金银滩草原一片蓝天和净土。退役工程包括前期准备、退役执行标准或限值制定、污染物处置、终态验收以及退役中的辐射防护等。

根据国际原子能机构（IAEA）及有关国家对核设施退役等级划分的原则，经国内权威专家论证，确定 221 基地核设施退役处理，采用国际公认的"三级退役标准"。即经过无害化处理后，厂辖区的设施和场地达到不加任何限制的永久性开放。核武器研制基地的放射性污染处理，国际上没有先例，国家没有标准，要达到永久性开放，可以说是一项开创性的工作。

总厂成立了以总工程师陈家圣为组长，副厂长任春泽、丛洞一和副总工程师吴景云为副组长的核设施领导小组和办公室（设在安全防护处）。委托中国辐射防护研究院（简称中辐院）作为技术后援单位，开展源项调查、方案拟订、限值控制和退役终态环境影响评估。按照科学程序，严格国家审批手续。

从 1988 年 8 月，二二一厂与核工业中国辐射防护研究院开始了源项调查，查阅了发达国家的资料，参照我国当年的辐射防护规程，结合厂的实际，经国内专家咨询及代价效益分析，慎重、周密地制定了适用于二二一厂土壤中铀残留极限和贫化铀表面污染控制暂行管理限值，经多次专家评审最后由主管局审批确定。这些限值和标准在当时国际上也是最严格的，并得到国家环保总局认同。

土壤中的贫化铀残留量限值规定为 0.8 贝可 / 克（土），镭-226 为 0.2 贝可 / 克（土）；

填埋坑的贫化铀残留量限值规定为 70 贝可 / 克（土）；

镭-226 限值规定为 7 贝可 / 克（土）；

表面污染规定为贫化铀及 β 污染 0.8 贝克 / 厘米²；

镭-226、钚-239、α 污染 0.08 贝克 / 厘米²；

大于 10 毫米厚钢板 β 污染 1.6 贝克 / 厘米²。

先后向国家主管和监管部门提交了退役工程可行性研究报告、初步安全分析报告、环境影响报告、设计书、验收管理办法等。经有资质的专业机构和专家审查，获得国家有关部门批准后，在厂区按照"谁污染，谁治理"的原则进行处理。在实施过程中推行安全、质量、进度承包责任制，二二一厂负责全面组织实施。二二一厂、二七九厂、中辐院、核工业第五研究设计院、核工业北京地质研究院等单位组成专业队伍，结合自身优势，分片包干，由中辐院、中兵总 204 所、青海省环保局环境监测站负责监测。

在国家环保总局和青海省地方政府的关怀和支持下，中核总公司领导亲临现场指导，中核总公司安防局、军用局及时协调，退役工程按照制定的方案、批准的作业计划具体实施。对退役作业场所的辐射水平、空气中放射性核素浓度以及污染水平、污染范围等进行普查检测和记录。严格做好核废物的运输和处置，不留后患。在质量管理、监督、检测、验收等环节做到公开、透明。

退役工作分两部分展开。一是有毒、有害物质处理。从 1990 年 7 月开始，对废旧炸药、雷管、热核材料、电镀、表面处理工号和设备、物资进行清理和处置。废旧炸药曾送给附近施工单位，作为开山修路用，并对施工人员进行培训，但因炸药感度高，时有事故发生，不得不全部收回进行销毁处理。特别是存放多年，一直未使用的 20 多吨高感度炸药，曾采用水中浸泡的办法运来基地，现在浸泡水已蒸发。蒋部长来厂宣讲 40 号文件时，专门察看了存放在三厂区的 20 多吨炸药库房，他再三叮嘱，一定要先实验，而后安全处理。在处理炸药过程中，在火工分厂陈瑞南厂长带领 12 名老工人，通过试验找到一种简单可行的办法，在草地铺上一层 1 厘米厚、10 厘米宽、20 多米长的干草，将裁剪好的牛皮纸铺在干草上，打开塑料袋，用专用的铜质工具，将湿淋淋的 2 号高能炸药（敏感度 100%）撒在一层干草上。一切准备就绪后，陈厂长一声口令"点火"，随着干草牛皮纸的燃烧，一点一点地引燃炸药焚烧。

他们就是这样以蚂蚁啃骨头的精神，奋战了一个多月，硬是把 20 多吨高敏感度的 2 号高能炸药全部安全销毁，消除了撤厂中的一大安全隐患。

二分厂职工为处理下水管管壁沉积的废炸药，他们挖出地下管道，一段一段地去焚烧管壁上残留的炸药，他们一丝不苟、精心操作，安全、顺利地完成了退役处理工作。热核材料成型、加工、分析、检测工号、试验室进行清理，剩余的热核材料退回原料生产厂。电镀、表面处理废液送交专业厂处理。

1988 年，二二一厂将贮存多年的残次特殊雷管组件进行销毁。由于产品贮藏时间长、数量大，特别是青海气候干燥，性能不稳定，极易发生事故。知识和经验的积累，拓宽了李富学的思路和方法。他长期担任雷管组组长，待人和蔼，坚持原则。亲自动手对不同型号、不同贮存时间的组件依次进行检查测试，制定搬运和销毁方案，身体力行，大胆谨慎带头操作，连续作战，和同志们一道圆满完成了销毁任务，体现了一位共产党员无所畏惧的高尚品德，为基地移交和平利用，交出了一份合格的答卷。1989 年李富学荣获全国劳动模范称号。

历时两年，有毒有害物质、工号、实验室实现了三级退役处理要求，通过部级验收，工程质量优良。

二是放射性污染厂区处理。退役工程分别在一、六、七厂区和牦牛沟的铀-238 切屑存放库进行。污染严重的镭放射源污染工号和牦牛沟的铀-238 切屑存放库进行了拆除、清理，拆除物进行了最终处理；贫铀切屑装桶冰冻，高放废物、超过填埋坑掩埋标准的贫化铀、镭-226 等污染物、装桶水泥固化运往废物处理场；各类放射源交由青海省辐射环境管理站存放；可燃性污染物，在焚烧炉内焚烧，灰烬残留物按限值进行填埋或装桶水泥固化处理。填埋坑经二次勘探、分析比较，经国家环保总局批准，选定在六厂区 656 爆轰试验场以西 400 米处。填埋坑开挖成漏斗型，底部 28.6 米 ×43.2 米、上部 40.2 米 ×54.65 米、深 7 米，总容积 6500 立方米。底层 0.5 米、侧面 0.3 米分别用青海省湟源县运来的黏土夯实，做了防渗工程处理。填埋物每层 200 毫米左右，逐层洒水碾压 8 遍，填埋污染物共 25 层。填埋坑内有放射性污染工号铲下的墙皮、各爆轰试验场表面层的土壤、使用过的手套、工作服和少量砖石和沥青路面低放射性废物，没有填埋任何金属件，共

6158 立方米。顶层做了防渗工程处理。坑的顶部向四周倾斜，坑边设有排水沟，填埋坑上种了植被，立有"退役工程竣工纪念碑"，实行严格的监督管理。

国家环保总局副局长王杨祖在爆轰试验场检查工作
吴景云（左）、王杨祖（中）、王菁珩（右）

1992 年 6 月，国家计委、财政部、国家环保总局先后来厂，检查核设施退役工程进度和质量，他们一致认为：二二一厂对核设施退役工程，是严肃认真的。本着对子孙后代负责，从维护国家声誉大局出发，客观、公正、实事求是地做好了这件事。核设施退役处理工程历时 5 年，投入资金 3000 万元，1993 年 6 月通过了国家验收，圆满完成了三级退役要求，整个工程质量优良，可交青海省安排利用。国务院副总理邹家华对青海省省长田成平说："世界核基地退役处理工作，做得最好的是二二一厂。"221 人为基地移交和利用画上了圆满句号。

在北京举行的中国核工业总公司二二一厂核设施退役国家验收会

戳穿谎言

1992 年 6 月，在巴西里约热内卢举行的联合国环境与发展首脑会议前，达赖集团流窜到里约热内卢伺机制造麻烦，多次造谣攻击，谎称二二一厂存在核辐射与倾倒核废物。当有记者问达赖："你说中国政府正用西藏来进行核生产和倾倒核废物是吗？"达赖回答说："是的，西藏东北部靠近青海湖有一个核工厂。据一些碰巧到达那个地区的藏民说，有一位在汉人机关谋职的藏民参观了那个地方，不久后便神秘地死去了。这样的事发生过不少。倾倒废料是我们的猜想，但猜想是有依据的……现在那个地区的绵羊生出畸形的羊羔，可能是因核辐射的缘故。"

事实胜于雄辩，当时我国政府给予有力的回击。

陈肇博（左3）在填埋坑处指导工作

　　二二一厂与青海省环保局共同努力，在厂区辐射安全方面有着良好的记录。厂安全防护处定期对周围环境进行监测。其中包括对牲畜、大气、河水和土壤取样分析，厂运行30多年，没有对环境造成任何不利影响。厂直接从事放射性材料作业的人员无一人因辐射死亡，也无一人得放射性职业病。藏族牧民进入厂区神秘死亡、绵羊出生出现畸形羊羔，纯系无中生有的造谣。每年冬天,厂办国营牧场宰杀牛羊分给职工食用,有力证明牛羊是健康的。二二一厂进行的核设施退役处理工程，也是世界上第一个核武器研制、试验基地，经处理达到无限制地转为一般工、牧业使用的全开放城市。

功载千秋

40号文件传达后，职工强烈要求兴建纪念碑，发放纪念册，以怀念221艰苦卓绝奋斗的岁月，纪念为原子弹、氢弹突破而献身的光辉历程。职工们激动地说："哪怕是自己出钱，也要办，一定要办好。"厂、矿领导组织班子进行筹划，待厂的撤销工作取得突破进展后正式启动。

1992年7月，厂、矿办公会议，确定纪念碑址，选定在总厂办公楼马路交汇处的东南角开阔地带。纪念碑由总厂工会副主席一级美术师李纯荣设计。设计以原子弹、氢弹突破为起点，到化剑为犁，基地和平利用为历史脉线，展现221人在36年间，为祖国和人民所建立的历史功勋。纪念碑主体为四面锥体造型，线条简洁，雄伟壮观。碑高原设计为10.16米，象征1964年10月16日15时，我国成功爆炸第一颗原子弹。在做模型时，高度调整为16.15米。张爱萍将军题写碑名，调整办公室的黄传贵起草撰写碑文。

1992年9月1日，风和日丽，彩旗飘舞，锣鼓喧天，鞭炮齐鸣，厂举行了隆重的纪念碑奠基仪式。主席台上摆放着纪念碑模型，党委副书记高桐淮主持，我作为厂长在讲话中说："纪念碑的建立，将核工业几代人永远记载，在党中央正确领导和全国人民大力协同下，坚持独立自主，自力更生，突破原子弹、氢弹；完成国家16次核试验和两次常规武器试验，武器化批量生产装备部队、延寿研究、工艺研究、常规武器战斗研发的历史功勋。它将激励221人，发扬'两弹一星'精神，为圆满完成厂的战略调整再立新功。"青海省工艺美术研究所，以高度的政治热情，承担了纪念碑的施工任务。浇灌碑的主体时正值隆冬，他们吃住在工地，采取有效的保温措施，抢战纪念碑主体的水泥浇灌，确保施工质量。到福建选用优质花岗岩，进行刻字和浮雕。碑的南北两面，各有18块花岗岩分别镌刻着原子弹、氢弹爆炸蘑菇云浮雕。碑的东面是时任中央军委副秘书长、国防部部长张爱萍将军题写的12个行书大字："中国第一个核武器研制基地"。碑的西面是用仿宋体镌刻的527个字的碑文，记载着221人为国家国防现代化艰苦创业、无私奉献、团结拼搏、勇攀高峰的时代精神和不朽业绩。碑的顶部四面是四只展翅翱翔的和平鸽，她向世人宣告：热爱和平的中国人民发展核武器宗旨在于防御。碑的顶端是一颗闪亮的原子弹模型，象征着我国第一颗原子弹在这里诞生。碑的下方每面有9个盾钉，寓意厂36年的光辉历程。纪念碑坐落在高3.8米的花岗岩平台上，四周是大理石方形石柱，南、北、西三面以铁链相连，东面留有九步台阶。

纪念碑落成庆典会上

中国第一个核武器研制基地纪念碑

1993 年 4 月 25 日，"中国第一个核武器研制基地"纪念碑落成典礼隆重举行。二二一厂的核设施退役处理工程部级验收会议的代表，驻厂部队，厂矿职工，离退休人员、家属等 1000 多人参加。"中国第一个核武器研制基地" 12 个鎏金大字，在阳光照耀下闪烁着耀眼的光辉。持枪的警卫战士神情庄严地守卫在纪念碑两侧。国家计委国防司司长郑庆甦、国家环保局副局长王祖杨、国务院办公厅秘书局处长郭永冲、中核总公司军用局局长尤德良等主管部门领导，在锣鼓鞭炮声中为纪念碑落成剪彩。我在大会上激情地说："在厂撤销三大任务即将完成的前夕，雄伟壮观的纪念碑落成。她将向世界展示核工业几代人，为中国核武器发展建立历史功勋的二二一厂，在完成她的光荣历史使命后，将落下庄严的帷幕，画上圆满的句号。还草原一片净土、蓝天。"纪念碑已成为我国第一个核武器研制基地的地标建筑。纪念碑碑文如下：

中国第一颗原子弹在这里诞生，中国第一颗氢弹在这里研制成功。一九六四年十月十六日，中国首次核试验爆炸成功，它向全世界宣告：站起来的中华民族终于有了自己的原子弹。为打破核垄断、维护世界和平作出了历史性的重大贡献。

一九五八年，在以毛泽东主席和周恩来总理为首的老一辈无产阶级革命家的决策和领导下，独立自主，自力更生，创建我国第一个核武器研制、试验和生产基地——二二一厂。三十多年来，广大科技工作者、工人、干部、牧工、家属和人民解放军、警卫部队指战员，在党中央、国务院、中央军委、中央专委的统帅和指挥下，在全国和青海各族人民的大力协同下，在这块一千一百七十平方千米的神秘禁区内，艰苦创业，无私奉献，团结拼搏，勇攀高峰，攻克了原子弹、氢弹的尖端科学技术难关，成功地进行了十六次核试验，实现了武器化过程，生产出多种型号战略核武器装备部队，壮了国威、军威。这一壮丽事业是几代人连续奋斗的结晶，多少人为之贡献了青春年华，有的献出了宝贵生命，党和人民不会忘记，共和国不会忘记。

雄关漫道真如铁，而今迈步从头越。遵照党中央、国务院的战略决策，二二一厂已经完成了它的历史使命，万名职工和他们的家属，带着核事业的优良传统和草原人的创业精神，告别核基地，奔赴新岗位为我国社会主义建设，谱写更新更美的篇章。

为中国核武器建立了历史功勋的人们，功载千秋！

中国核工业总公司二二一厂建立

一九九二年九月一日

化剑为犁

基地移交利用和职工在西宁市的安置一同进行。

从40号文件下达开始，中核总公司、青海省领导极为重视，成立了中核总公司、青海省协调领导小组和办公室。

1989年年初，全省开展"增产节约、增收节支"活动，青海省副省长吴承志来厂指导活动的开展。

同时，吴副省长带领省计委、国防工办、机械厅、西宁市等厅、局主要领导10多人，就二二一厂的利用、在西宁市安置职工和离退休人员落户等进行了考察。

从此,建立起以省计委副主任吴振云、国防工办主任冯义忠(后来为常俊华)与厂的联系沟通制度。

从1988年年初开始,宋瑞祥、金基鹏、田成平各届省长先后来到厂,看望职工,了解人员安置、基地利用、移交等情况,听取厂有关"118"研制、生产和撤点工作的进展汇报。

宋省长来厂考察时,厂汇报了在转民时,曾做过20万吨纯碱厂可行性论证、申报情况,由于所处地区高寒缺氧缺乏竞争力,申报没有成功。40号文件传达后,职工的思想主流是"一江春水向东流",宋省长听后,不再谈论希望大家留下建立特区的想法,而是转向对厂主要领导的挽留上。

在厂招待所食堂吃过午饭后,宋省长在警卫员陪同下,来到我家,先后察看了住房的布局和水、电等的保障后,问:"你们这水、电、气如何管理?"

我说:"'118'任务交付后,生产设备都停了下来,自备热电厂启动负荷不够,只能将热电厂的循环热水24小时供职工使用,以保证自备热电厂的正常启动运转。自来水、热水、供暖是不收费的。职工可用电炉做饭,电费是每度电一角钱。"

宋省长听后,感慨地说:"你们这里的生活用热水,电炉做饭,比我们那里方便多了。"

宋省长问起我的老家在哪里,并问我是否愿意去西宁工作?

我迟疑的念头一闪而过,犹豫了一下,恳切地说:"我是南方人,还是希望回南方深圳和孩子生活在一起。"宋省长听后觉得不是没有道理，挽留的事就没有深入谈下去。

青海省通过调查研究，经多方考察论证，对基地利用有了新的思考。

海北州是一个多民族经济欠发达的地区，在 221 基地创建过程中，海北州人民把最肥美的金银滩草原作为厂址。厂区被划定为国家禁区后，省、州、县在生产力布局，规划地区经济发展上，受到很大的制约，他们为我国核武器的发展做出了无私的奉献。海晏县又是有众多有声望的活佛的地区，迁出的 1279 户牧民，因厂的撤销强烈要求迁回，对他们目前的困难必须给予适当解决，基地的移交和利用既是经济问题也是民族问题。州在接收利用基地上存在很大困难，除向海北州无偿移交牧场、电厂、医院、学校、运输、动力、通讯广播电视等 13 项厂房、设施、设备、牲畜外，厂、矿领导进行认真研究，建议上级给予海北州接收的厂房设施五年的管道、房屋维修费，牧场草库仑建设和 1279 户牧民困难补助费共计 2300 万元。这一建议得到中核总公司的批准，为加速基地顺利移交创造了有利条件。

国营牧场牧工也极为关心他们的安置，派代表与厂长兼矿区办事处主任、矿办副主任曹登石进行座谈。那天 60 多名牧工骑着马和摩托车送他们的代表来到矿办门口，一时间矿办门口摩肩接踵，熙熙攘攘。牧工们在科技图书馆南边耐心等待，代表们就牧场性质、牧工安置、当年农业歉收等有关问题与厂长兼矿区办事处主任进行了坦诚友好的交谈，最后达成共识，他们满意地离去。

1991年3月，在北京召开了青海省、中核总公司第二次协调领导小组会议，形成向国务院联合请示的报告和会议纪要。由于海北藏族自治州州委书记卓玛的强力推动，最后报中央批准，基地决定移交青海省海北州接收利用。州委所在地从门源县浩门镇迁往221基地（后易名西海镇）。

1992年3月16日，海北州55人接收小组进厂，本着成熟一块移交一块的原则进行。

基地维持和移交，是相辅相成不可分割的两个方面。厂、矿保持社会稳定，厂房、设备、物资保存好了，职工安置、基地移交才能顺利进行。厂进入撤销后期，大批人员离厂，基地维持越来越困难，学校老师下山，学校学生大量减少。在合并十厂区的第三小学时，小学生改由坐班车到总厂上学，学生一时挤上车无座位，学生家长联名写信，打电话质问厂领导。这说明我们工作做得不到位，家长和学生有意见可以理解，我们耐心听完意见，再次与民政局、交运处商量及时增派班车和维持秩序的人员，使学校合并工作得以顺利进行。

部分热电厂职工下山，"一发三供"（发电、供气、供暖、供水）也越来越困难。热电厂的领导和职工顾全大局，挖掘内部潜力，改变运行方案，实施职工一专多能，加之海北州接收人员参与运行，保证了"一发三供"的正常运行。

记得有一天晚上10点，热电厂张师傅匆忙地敲开了我的房门，哭着对我说："我的腿骨髓炎犯了，以往喝点酒就能顶一阵儿，现在喝了酒也无济于事，找到医院外科又没大夫……"没等他把话说完，我安慰他说："别急，别哭，有话进来慢慢说。"进门后，我向他解释，"刚才医院领导和外科大夫在我这里开会，研究医院发生的一起突发事件。你们带病坚守岗位，应该首先谢谢你。"我随即拨通了医院电话，要求医院给予认真治疗。张师傅临走时，我对他说："要注意保重身体，有病一定要去看，有困难再来找我。"我们的工人师傅是那样的纯朴，默默地在各自岗位上无私奉献。正是他们忘我地工作，才保证了厂撤销工作的顺利进行。

合肥市考察团的一位代表，来到理发馆理发，与马师傅拉起了家常。马师傅说："我已办完退休手续，马上就要离厂了。回忆起在厂的 30 年，同志们的感情太深了，真是舍不得离开这个温暖的集体。"说着流下了眼泪。这位代表感慨地说："看到你们职工的精神状态，干部一心扑在工作上就是没有想到自己。你们的干部和职工真是好样的。"

厂矿领导安置

1993 年 5 月 23 日，那是难忘的一天。

我、书记张秀恒、副厂长吕义晋接到通知前往北京，一下飞机就被接到李定凡副总经理办公室，一个一个谈话。我第一个接受谈话，李副总经理向我宣布说："中核总公司党组研究决定，你担任计划与经营开发局副局长（正局级）、兼二六一厂厂长。"

"是兼二二一厂厂长吗？"我问道。

"不是，是二六一厂厂长。"坐在一旁的军用局局长尤德良说。

李副总接着说："这个厂目前比较困难，你尽快到位，那里新的领导班子正等着你。"

面对这突如其来的决定，我的脑子里是一片空白。李副总经理叫我表态，我一想只能说："我将尽力而为。"而李副总经理说："不！要全力以赴。"

看来我将接手一项十分困难而艰巨的工作。

从此，我走进了原子能和平利用行业，成为一名新兵。对于这样的结果并非是我的意愿，南方人总是想回到南方，与孩子生活在一起也算是落叶归根吧。也没来得及回厂作最后告别，就离开了工作 33 年的二二一厂。此后，我又参加了中核总公司新的各新局班子宣布大会，几天后就匆忙上任，正如二炮驻二二一厂军代表室总代表王家声同志所说，"老王，你总喜欢去啃硬骨头，搞一些开拓性工作。"看来，等待我的又是一块硬骨头！

其后，李副总经理分别与张书记、吕副厂长谈话。

第四天，我在中核总公司副总经理李定凡、人事局副局长范立、宝原仪器仪表公司副总经理陈格峰陪同下，来到冷冷清清、几乎停产的二六一厂。在会议室与新产生的领导班子见面，听取了代厂长和书记的汇报。李副总经理叫我说说。第一次听到二六一厂的汇报，如同在我的头脑闪过的一次闪电，还未来得及深思，就要表态，当然只能原则地说："二六一厂曾为我国核事业的发展作出了重要贡献，在改革年代落伍了，只要班子团结，依靠群众，锐意改革和发展，一定能够打赢企业的翻身仗。"李副总经理作最后发言，肯定了我的表态发言提出的改革和发展的理念，同时提出了几点要求。

上班的第二天，在中层干部会上我宣布了三条："一、新产生的领导班子一个也不动，面对困境，只要大家团结一致，情况是会好转的。二、继续推行厂与各室、车间经济承包责任制，已签订的承包的指标不变。三、开展社会主义劳动竞赛，各单位完成了经济承包指标，年底人人升一级工资。"虽然说得简单，但稳定了干部队伍，明确了当年的工作目标，劳动竞赛一下子把职工的劲头渐渐鼓动起来。

我一上任，每天办公室坐着退休干部反映房子分配中的问题。同时引来了热力公司催交供暖费的人员，就连当地派出所的民警也坐在办公室要与新来的厂长交谈。我看在眼里，心里却在想，在过去工作的老厂，就连公安局局长要汇报工作，还得通过办公室安排，心里散发着一阵酸楚。但有一点就是要面临新情况，调整好自己的心态。

从中核总公司贷来 3 个月的工资和医药费（90 万元），二室光电倍增管的技术改造贷款（90 万元）。算是中核总公司对自己工作的支持。随即购置了原材料，恢复科研生产，狠抓规章制度的落实和产品质量。

如何进行厂的改革和发展？办法只能到职工中去找。职工也希望尽快召开全厂大会，听听新来厂长的想法，我保持着沉默，等待座谈会后再召开。

我连续召开了十多次各类人员座谈会听取建议。有的职工提出："我们不能捧着金饭碗，向上伸手讨饭吃！可以腾出办公楼和厂房对外出租，转让中日合资公司的部分股权……"我一听，有道理。现在是急需用钱，启动生产、偿还银行即将到账的巨额贷款和上级与职工的欠款，靠有限的核仪器产品销售增长，偿还债务，是远水解不了近渴。

困难工厂的困境，无奇不有。有一件事深深地触动了我。一位离休干部住院要出院，厂需交足数万元住院费才能出院，而厂财务账号上仅有 1.5 万元流动资金，不够支付。我与总经济师杨有珹商量，能否厂里出个证明，货款一到马上偿还。证明拿到医院，无奈被拒绝。我不得不叫离休干部多住几天，待厂有钱时再出院。从一个特大型国防的厂长岗位来到困难厂，几万元就把我难倒，我第一次感受到市场经济的无情和信用的危机。

面临 600 多万元即将到期还款的巨大压力，我冲破阻力，敢于拍板。由机关带头，首先腾出机关办公楼对外出租，盘活资产。这一招真灵，租金也来得快，一下取得年租金 90 万元，大大缓解了企业资金的瓶颈，但也引来一些非议，说什么"新来的厂长就会卖厂！"我不因非议而动摇，针对中日合资多年，原有约定的分红只能用于合资企业发展，职工早就有意见。但中日合资公司是原核工业部 XX 局刘局长亲手牵线、促成的，资金的转让怕给这位局长带来尴尬。我仔细地思量着，当前要的是里子，顾不上那么多面子。经厂务会议讨论同意，向日方转让 20％ 的股份（原来是各 50％ 投资）获得了 600 多万元资金，还清了工商银行的巨额贷款。

职工尝到盘活资产的甜头，厂又腾空俱乐部对外出租，车间也纷纷提出合并车间，腾空部分车间对外出租。这样一来，厂里一年有了 300 多万营业外收入，大大支持了核电产品和核仪器的研发和创新。

三个月后才召开全厂职工大会，我宣布了治厂的理念和措施，赢得了职工的广泛赞同。

但主产品的开发一时没有重大进展，企业发展还看不到希望。上级想通过土地的置换，解决二六一厂的发展问题。

一天上午，李定凡副总经理和多个司局领导，叫我一同来到燕郊镇的 23、24 公司所属的空地去考察。在参观完空地后，李副总经理叫我谈谈土地置换的想法（即二六一厂腾出原有大北窑地段黄金土地，搬到燕郊镇 23、24 公司的空地来），我早有思想准备地说："假若厂有一个大型中外合资项目，搬过来有可能生存下去，否则简单地搬迁过来，企业只能是死路一条。"李副总经理一听，我的说法不是没有道理，土地置换已没可能，就没有再讨论下去。经过这次考察，厂要改革发展，还得靠厂在核电领域有新的作为。

从此，我甩开臂膀团结领导班子和职工一同拼搏。转机的出现是我参加一次激动人心的产品鉴定会。

中核总公司科技局将要在某市核动力研究院（简称核动力院）召开由该院设计、X市核电办公室下属企业研制生产的秦山二期60万千瓦逻辑保护系统技术鉴定会。我决定一人前往。从一进入大会，我就感受到巨大的危机感。此项任务若被X市抢走，就等于端走了厂的饭碗。在通过技术鉴定庆贺验收成功的宴会上，X市核电办公室主任自信地端着酒杯，走到我面前，火药味十足地说："让我们在发展核电控制技术上相互竞争吧！"我一听不是味，心想过去秦山一期30万千瓦核电站和出口巴基斯坦恰希玛30万千瓦核电站的四大控制系统都是二六一厂生产的，理应优先由二六一厂和X市核电办竞争投标，而X市抢先一步，通过了技术鉴定。不服输的我端起酒杯，以坚定、自信的口气，应战似的说："还是发挥各自的技术优势为我国核电技术发展服务好！"似乎这样的应战，有理、有节。此时，我的心思集中到一点，就是一定要把此任务夺回来。X市核电办主任许诺合作生产众多优惠条件。我越听越心急如焚，恨不得马上飞回北京。一回到厂，就与马书记、管总工程师、杨总经济师商量，决定自筹资金50万元与核动力院合作研制60万千瓦核电站逻辑保护系统。企业生存危机一下子把大家的积极性调动起来。经四室和全厂同志奋力拼搏，我们研制出了样机。邀请中核总公司科技委专家，通过了技术鉴定。全厂又紧急动员投入质量培训，建立质量体系，通过了ISO9001论证，这样就能与X市在同一起跑线上竞争。通过与中核总公司领导、宝原仪器仪表公司和核动力院领导多次沟通，终于赢来了厂与宝原仪器仪表公司签订了秦山二期两台 60 万千瓦四种控制系统 5000 万元的合同，扭转了二六一厂几乎要被 X 市挤出核电市场的局面，保住了厂生产核电反应堆中四大控制系统的地位。在宝原仪器仪表总公司对下属厂的调整中，二六一厂保留在核工业系统内。

委任我担任计划与经营开发局副局长，是要代表中核总公司将原二六一厂与外边签订的房地产项目由利润分成、安置职工协议改为 3∶7 的物业分成。主管计划局的常务副总经理陈肇博多次听取我的汇报。找来屠文祥等三位大学生，成立了大三产办公室。从头学起，编制了可行性报告。通过多次激烈交锋，解除了原协议。其后与多家外商谈判，最终在中核总公司四楼会议室，我代表中核总公司与一家台商草签了 3∶7 的项目开发物业分成协议，中央台办主任陈云林出席签约仪式。台商向二六一厂投入 1000 万元的担保金，开始规划设计。但由于项目大，在压缩基建规模的大环境下，此项目需经国务院会议审定，因而搁浅。

当年厂就实现了承包经济指标，兑现了增加职工工资的承诺。其后经济指标年年加码，职工的工资和福利年年增加，固定资产也随之增长，偿还了银行、上级贷款和拖欠职工的工资，改建和新建职工住房。从此，二六一厂走上良性循环的发展轨道。

2006 年，该厂迁往北京新技术开发区，转制成中核集团公司核电工程公司下属的控制系统公司。

全面退役

1993 年 11 月 27 日，国营二二一厂、青海省人民政府矿区办事处牌匾光荣落下，221 基地的历史定格在这一天。

1994 年 4 月 21 日，乙区最后一批平房 30 栋和锅炉房、水泵房移交海北藏族自治州。

1994 年 6 月 15 日，中国核工业总公司国营二二一厂向青海省海北藏族自治州正式签订移交协议，成为世界上第一个化剑为犁的核武器研制基地。

西海镇鸟瞰图

原子城纪念馆

　　针对离退休人员强烈要求留在核工业系统内的意愿，我们本着先安置后移交原则，在抓紧人员安置的同时，中核总公司调整协调办公室的同志与民政部门通过多次协商，在接收离退休人员安置的机构、编制、人员、住房、车辆等难以取得一致。而由二二一厂在职职工管理离退休人员，不但安排了二二一厂在职工，且所需的编制、人员、住房也少。通过厂和中核总公司通过各种渠道，积极向上级反映。在基地移交、人员基本安置完毕后，国务院副秘书长石秀诗与有关部门协调，确定安置后的离退休人员留在核工业系统内，并成立相应的管理、服务机构，按事业单位处理。

"两弹一星"理想信念教育学院

至此，二二一厂撤销任务圆满完成。这是党中央、国务院、中央军委的正确决策和支持，中央各部委和地方政府的理解和帮助，中核总公司的正确领导，以及军用局、各局和厂、矿各级领导怀着强烈的使命感、含辛茹苦、卓有成效工作的结果，也是广大职工、离退休人员、家属和驻厂部队顾全大局，无私奉献，顽强拼搏，历经急、难、险的"864"工程任务的考验，实现了厂撤销的软着陆。这是221人发扬"两弹一星"精神，在新的形势下交给祖国和人民的一份满意答卷。

厂、矿领导班子成员合影

　　一片草原、一个信箱、一项事业、一段经历。这就是221人36年的全部人生。如今的金银滩已回到"离离原上草，一岁一枯荣"的原始样貌，221 人也像草原上的一场春雨，悄然来去润物无声。摆脱民族屈辱的历史与苦难的昨天，铸牢国防基石，挺起了民族脊梁的"东方巨响"所做的努力，已被这片土地永远印记。

1995 年 5 月 15 日，新华社向全世界宣布："我国第一个核武器研制基地已全面退役。这个基地位于青海省，曾为我国研制第一颗原子弹和氢弹作出历史性贡献。这个基地环境的整治，符合国家有关环保法规的要求，并已通过国家验收。目前基地原址已移交地方政府安排利用。"

可以说，建立 221 基地是史无前例的，撤销二二一厂也是空前绝后的。

红色管家

让人尊敬的厂、矿"红色管家"叶定松总会计师，20 世纪 50 年代毕业于中南财经学院，一直勤奋地工作在国防财经战线上。

他为人耿直正派，精力充沛，工作严谨。他从 20 世纪 80 年代担任总厂总会计师，我们共事了近 11 年。他经手的每笔账、每笔款都清清楚楚，一目了然，是一位让领导和职工放心、尊重的"红色管家"。他生活充实，有忙不完的工作和孜孜不倦的学习热情。他与爱人同在财务战线，主持一个单位的财务工作。他们相互促进，相互支持，生活过得有滋有味。面对工作中遇到的困难，他坚定、果断从不彷徨，勇往直前。有一年主产品投入生产，大量流动资金被占用，一时流动资金周转困难。他及时与军方沟通，得到军方理解，提前支付了部分货款，保证了科研、生产、生活正常运行。在产品定价谈判中，本着实事求是原则，经过充分而耐心细致的谈判，取得了较好的定价。厂长委托他"一支笔"审批厂、矿资金的支出。他虽精打细算，但该花的钱也舍得花，如每年科研、技术改造、离退休人员安置、待业青年就业等。而接待、办公费用，本着少花钱、多办事、办好事的原则，审时度势处理。他每年提出增收节支目标，动员全厂、矿职工努力增收节支取得较好成效。在厂撤销的特殊时期，他作为厂、矿财、物领导小组组长，主持制定了厂撤销期间加强财务、物资、设备、房产、家具管理的补充规定，对低值易耗品、办公用品、图书的处理也有严格的审批程序。在国家有关文件规定下，结合企业的效绩，审批科研、生产、安全、质量、进度承包奖；增设临时重大任务单项奖；提高经济责任制考核奖励的幅度；增加中国三大传统节日（端午、中秋、春节）职工过节费等。每年的财务预、决算和大额用款，都与厂长商量或提交厂务会议审定。正是由于他与财、物、房产系统职工的有效工作，为厂撤销创造了良好条件。

1996 年 4 月，中核总公司审计部门会同财务局对二二一厂撤销期间财务收支情况进行审计，审计意见指出："二二一厂撤厂资金来源清楚，开支合理。撤厂期间各项资产的处理符合国家规定，流动资金的回收较好。此外，厂还结合撤厂期间的实际情况，制定了一系列撤厂制度、规定，为完成国家交给的人员安置、核设施退役、基地移交等撤厂任务起了很大作用。在审计中未发现重大违纪问题。"总会计师叶定松是人们尊敬的兄长，他执着的工作热情，严谨务实的工作作风和无私的奉献精神，将永远铭刻在我的记忆中。

一次，在北京核工业医院看病排队候诊时，二二一厂原厂长与中核总公司审计局局长张孝浩排队等候。这位局长深情地谈起上次去厂审计的情景，他感慨地对厂长说："上次去二二一厂审计，给我们参加审计的人员留下深刻的印象。你们的账目，每笔款项都记得清清楚楚，一目了然。到了西宁杨家庄，听到职工对厂领导一片赞扬声，你们把厂撤点工作做到大多数职工满意，真不容易！"

在草原工作的 33 年，在我记忆中一直未能尘封，也未化作过往的烟云，而是真真切切，如在昨天。人生中的这一段经历，是如此刻骨铭心。往事历历，永远新鲜。近万名创业者和后来人，已分赴祖国各地奔上新的工作岗位或离退休人员安置点，他们将"两弹一星"精神带到祖国各地，创业者的历史功勋，写在共和国的史册上，也印记在辽阔的金银滩草原上。当我们退休后住进城市的一个角落安度晚年的时候，我们面颊上因长期高寒缺氧留下的红丝，见证了我们在遥远无际的金银滩草原奋斗、拼搏的岁月，那是一部记载着我们美好回忆、值得我们经常翻阅的辉煌史书。

221 基地是发展我国核武器首先立功的地方！

祖国人民永远不会忘记！

重返金银滩

2007 年 6 月，我国第一颗氢弹爆炸成功 40 周年前夕，应广州报业集团邀请，我和老伴从北京前往原二二一厂，随广东地区原 221 基地工作的同志一同重返原子城，寻找过去的足迹。

真是"故土难离，故园难别"，这里是我们魂牵梦绕的第二故乡，在这里我们接受了核事业的锤炼，有幸参加了第一颗原子弹、氢弹研制，这是我们最大的幸运。我们带着无比的兴奋登上西行的飞机，脑海里的思绪，伴随着飞机发动机的隆隆声翻滚着。许多往事，清晰地浮现在自己的脑海里。那里有我年轻时对理想的追求，也有我中年奋斗留下的回忆。晚上抵达西宁市，我们就沉浸在第二故乡的温暖之中。老同事来到住处，送来了从广东带来的鲜荔枝，阔别重逢的老战友，千言万语汇成一句话，那就是深情的问候："分别后生活怎么样，身体好吗？"昔日血气方刚的青年创业者，如今都成了年逾古稀的老人，十四年谋一面，怎能不心潮澎湃呢！

第二天清晨，天空下起了小雨，天气转冷，我们穿上了棉毛衣，一行 30 多人登上大客车，向西海镇进发。汽车飞速行驶在新建的一级公路上，路过多巴国家高原体育训练基地，进入青藏公路，汽车在文成公主进藏的日月亭旁停下来。虽然已是六月，在山的风口地带，还不时飘起小小的雪花，马路旁的藏民牵着纯白色牦牛，向游人出租军大衣，大家纷纷同他合影留念。之后，车向青海湖北岸的旅游景区驶去，来到青海湖景区。这里曾是 151 鱼雷试验场，为保护生态环境，早已撤销。码头停有游船，湖中的游艇来回穿梭。码头长堤两旁，高原特色旅游产品——牛仔帽、昆仑玉器、牦牛梳等应有尽有。我们游览了景区，饶有兴趣地参观了高原动植物标本馆。

　　汽车从刚察方向进入西海镇，车厢里顿时热闹起来，人们纷纷站了起来，抬头向前观望，发出一阵欢呼声："你们看，那红色的屋顶不就是总厂生活区吗？""我们回来了，我的第二故乡。"汽车在刻有"金银滩"字样的大石碑旁停下来。州委林副书记等热情迎接，向我们一一献上洁白的哈达，大家在"金银滩"石碑前合影留念。而后驱车沿着新建的宽阔马路进入西海镇。映入眼帘的是新建的公园式广场和州政府办公大楼、法院、检察院等建筑群，经过精心改造的马路两旁，新旧建筑错落有致，一派生机勃勃的景象，宛然是一座现代城市的雏形。来到"中国第一个核武器研制基地"纪念碑前，纪念碑在花木、雕栏的簇拥中巍然屹立。林副书记介绍说："多位中央领导先后视察了西海镇，原二二一厂确定为国家级爱国主义教育示范基地，国家拨款在纪念碑南 200 米处新建纪念馆，预计明年竣工。落成后纪念馆将以丰富、准确的图片、模型、实物和现代声、光、电技术再现原子弹、氢弹突破的壮观情景。""办公楼、俱乐部外墙要恢复原貌，原科技图书馆的展览搬入纪念馆后，改造成州的新闻、文化活动中心。"我们一同参观了我国第一个核武器研制基地展览馆，展厅按照年代以基地建设、核武器理论原理、研制、试验、生产等顺序排列，图片、实物、模型琳琅满目。在氢弹爆炸蘑菇云模型前，我接受了海北州电视台的采访。步出展览馆，对面的原二二一厂办公楼，现在是西海镇政府办公的地方。漫步在林荫道上，那些粗壮的树林，是 221 人艰苦创业的见证。

当年农副处林场的技术人员和工人，面对"一年种、两年黄、三年见阎王"的困境，不断试验，终于摸索到避开冬季北山口寒风袭击，沿着地下暖气管线和楼房旁种树的办法并获得成功。30多年前种植成功的树木，如今枝繁叶茂，成为草原的一大景观。来到俱乐部前广场，俱乐部毗邻的文化宫，现在是州委办公场所。

作者与参加原子城纪念馆开馆的杨家庄代表合影

前排：刘兆民（左1）、王菁珩（左2）、刘继群（右2）、李振基（右1）

后排：卢秉进（左1）、李应功（右1）、张凤城（右2）

广场东南的邮电局"地下指挥中心对外开放"的大红横幅标语十分醒目，吸引不少前来旅游的参观者。总厂生活区的 11 栋黄楼外墙粉刷一新，阳台已用玻璃窗封闭。3、4 号黄楼之间的刻有"全国重点文物保护单位——中国第一个核武器研制基地旧址"的石碑已装饰一新。张爱萍、刘杰、李觉、吴际霖等领导和王淦昌、郭永怀、彭桓武等科学家曾在 1、2、3 号黄楼一、二层居住过。

当晚，我们下榻七厂大桥西北方向草滩上的大型休闲度假村——金银滩藏家风情苑，受到身穿少数民族服饰青年的热情欢迎。三星级标准的板房帐篷，坐落在一米高的水泥板上，几十顶星罗棋布的帐篷将住宿区、餐饮区、演出区连成一片。演出区是一座高大的帐篷式的金银滩王洛宾演艺中心，中心前的水泥广场耸立着一座藏族少女萨耶卓玛骑着骏马的雕塑。晚上州委林副书记设宴款待我们，宴会洋溢着海北人民和 221 人一家亲的热闹气氛。

第二天，我们驱车游览了七厂区、三厂区，汽车在二分厂围墙外停下来，院内地堡式的厂房像一处丘陵，等待开发利用。汽车经过四分厂时，热电厂现已停运。一眼向前望去，远在一分厂北边的新建热电厂，高大的米黄色厂房和冷却塔正滚滚冒着热气。一分厂各车间和 105 大楼外墙按原貌粉刷一新，105 大楼外墙上"用毛泽东思想武装一切，全心全意为人民服务"的白边红底大字引人注目。104 车间已改造成西北电力设计院西海电厂项目部用楼。105 大楼、102 车间内部正在施工整修以恢复原貌。路过交运处，火车已停运，产品和客运车厢已包封起来，车间已改为碳化硅生产厂。三分厂已改造成海北州铝业有限公司的生产、办公场所。301车间扩建成铝的熔炼、浇铸车间。由于广东地区原221基地工作的同志已购买了当晚的返程机票，大家只能依依不舍地作了告别。

之后，我和老伴及二二一离退休人员管理局的同志来到656试验工号西北方向不远处的"填埋坑"，这里立有"退役工程竣工纪念碑"。正巧遇上省环保局的小邢在这里取水样，他告诉我，填埋坑周边已修了排水槽，他们定期在周围的井下提取水样，对周边的土壤、草皮和牛羊取样分析，总的情况比较好，未造成环境污染。随后参观了656试验工号，地堡外墙铁板上残留着用碳弧气刨去除钢板上重放射性污染点留下的累累斑痕，向人们诉说那如火如荼的奋战历程。掩体内的各工作间和各类实验仪器，栩栩如生的工程技术人员的蜡像，凝聚着夜以继日攻关会战的历史。

告别工号登上汽车，在崎岖的草原小道行驶，来到牦牛沟附近的一排平房，原矿办国营牧场副场长昂巴（藏族）全家在门口迎接。我们按藏族礼仪向主人敬献了青稞酒，主人迎接我们进入正厅，茶几上摆满了手抓羊肉、肉肠、血肠、油炸果子、烙饼、各色水果、糖果。我们有的坐在沙发上，有的盘腿坐在坑上。主人端上香喷喷的酥油奶茶，我们一同拉起了家常，得知牧场向海北州移交后，牧民得到州、镇政府的妥善安置，牧民生活安定。昂巴同志也退了休，每月领取700多元退休金，并享受医疗保险。全家三代同堂，十口人再次搬进了新盖的砖房，有自养羊 300 多头、牦牛 50 多头，一家人其乐融融，安享晚年幸福生活。原国营牧场副场长石发友，已提拔为国营同宝牧场副场长，原牧场实习医生朱义，现在是州人民医院的主治医生。有的青年牧工在西海镇办起了旅馆、餐厅。听到这些我们感到特别欣慰，不知不觉聊了一个多小时，我们告别了主人，满载着海北州各族人民的深情厚谊，再次告别了金银滩和西海镇。

做客《新闻会客厅》

2007 年 5 月 28 日是王淦昌先生诞辰一百周年纪念日。6 月 17 日，是我国第一颗氢弹空投爆炸成功四十周年纪念日。4 月 28 日，原二二一厂地下掩体对外开放，引起媒体广泛关注。我在家接受了中央电视台新闻频道记者的采访，第二天应邀来到录制厅，进行了 1 小时 10 分钟的节目录制。一是宣传二二一厂的历史贡献；二是较准确地介绍地下掩体的情况。节目主持人是李小萌，我们之前没有见过面，她将提出什么问题，事先也没有沟通。节目录制时，主持人对我说："咱们简单地聊聊。"随后就开始了录制。在强烈的灯光照射下，我一时还不适应，自己力图控制把话说得慢一些，过了一会儿才慢慢适应下来，录制一次完成。

6 月 11 日晚 10 时 30 分，这次采访在中央电视台新闻频道《新闻会客厅》中播出后，原在二二一厂工作过的同志纷纷打来电话，他们说看过节目后，感到格外亲切和自豪，祖国人民没有忘记我们。但还是感到对内容上有些不满足。现把这次《新闻会客厅》节目内容整理出来。

李小萌（以下简称李）：您好！观众朋友，欢迎来到《新闻会客厅》。今天我们节目的嘉宾，他在人生当中33年里遵守着一个原则：那就是不该问的不问，不该说的也不说。他就是原子城的最后一任厂长。欢迎您来到我们节目。时至今日，是不是还有些东西是我不该问，您知道的也不说？

王菁珩（以下简称王）：是，还有。

李：那您要给我一个提示吗？什么是不能问的呢？

王：你问到的时候我不做答复，那就是属于保密的。

李：最近开放的地下指挥中心，是不是当时原子城最后一块被揭秘的地方呢？

王：到目前为止可以这么说，至于以后随形势发展，那就很难说了。

李：您还是有保留的，看来还是有可发掘的地方。

王：地下指挥中心实际上是一个地下掩体。

李：差不多是地下九米多吧？

王：九米多。比较简单，没有粉刷装修，中心的主要任务是当基地受到空袭威胁时，基地领导和科学家们就进入掩体，通过掩体内的通讯设施，保持与上级的联系。

李：您说这个指挥中心很简单，我想肯定是因为您对那儿太熟悉了，像我们这些年轻人，看到媒体的报道觉得可神秘了。比如说它的门有几米厚，毒气也进不去，水也进不去，电路都还是通的，而且当时电话可以直接打到北京最高层，实际情况是这样吗？

王：不完全是这样。那里面有发电、排风、配电系统，有载波机发电报保持与核工业部联系畅通。

李：和部领导的联系畅通，不是中南海吗？

王：根据我们的规定，我们是一级一级向上报，而不是直接往中央报告。

李：您说得这么轻描淡写，但是我们的期望值是很高的，您得给我们说说这里面的情况，值得看吗？

王：里面还有会议室、发报室，领导进入后，可以在里面开会、发电报，保持和部机关的直接联系，所以我们并不觉得有多么神秘。

李：那我理解了，到那个地下指挥中心去参观的话，不见得你肉眼上能看到什么特别的东西，但是，是一种感觉，是一种对那段历史的感受。

王：对。

画外音：这是 1953 年，由著名导演凌子风执导拍摄的一部鲜为人知的电影《金银滩》，它讲述的是发生在金银滩农奴翻身得解放的故事。即便是在当时，一切以政治为纲的特殊年代，影片从主题到内容并没有任何越规之处。然而，就在公映刚刚半年之后，电影被突然停播了。40 年的时间里，禁映的谜团随着电影拷贝一起被尘封在库房的深处，除了极个别的当事人，直到今天依然很少有人知道，这个电影停映的唯一原因，就是因为故事发生地与神秘的核基地有关。

王：1958 年 7 月中旬，中共中央总书记邓小平批准了核工业部上报的选址报告，我国第一个核武器研制基地选在青海省海晏县金银滩上。从此，这个地方成为国家的禁区。这部电影也就禁止上映了。

李：不仅是电影禁映了，地图上都找不到这个地方了是吗？

王：地图上有海晏县，但金银滩是一个草原，地图上没有标注。

李：这个县有，但是这个具体地方就没有了。

王：对。

李：这么一个神秘的地方，在这里工作、生活可能都要受到保密纪律的严格要求，工作人员初到原子城时受到的第一个教育是什么？

王：是保密教育。进入这个基地的职工，要接受保密教育。保密教育一般是个别谈话的多，由保卫部门的同志负责进行谈话。

李：逐个去跟他讲？

王：对，哪些该说，哪些不该说，都有严格规定。总的精神就是不该说的不说，不该问的不问。

李：什么是不该说的？不该问的？

王：比如说我们从事技术工作的，事业的性质、事业的地点、技术上的情况都是不能说的。我们科研技术小组之间是不发生横向往来的，别人做的技术工作内容，我们是不问的。

李：那就是在那里工作，互相要少一份好奇心。

王：对，不要有好奇心，我们已经养成了保密的习惯。我们每人有一个保密包，每天上班的时候，要到保密室领取。

李：保密包是什么样子？

王：保密包，其实是一种帆布包。一天的科研生产活动记在保密本上，科研总结写在科研报告纸上。用线绳系好，娃娃泥封上盖上印章，下班时交到保密室。

李：没有其他人有权力打开这个包了？互相都不知道彼此的包里写了什么，装了些什么？

王：对。

画外音：这段十几年前航拍的影像资料清晰地反映当年221基地的规模与布局。许多建筑群布满在金银滩上，一条铁路穿梭其间，将散落的棋子串联起来。

如今这里已经成为一个旅游胜地，对于前来参观的游客来说，他们并不知道40年前，这个建筑群里曾经发生过什么，他们也不清楚这里的地下暗藏着多少秘密。其实又何止今天的人们不知道，即使对于曾经生活工作在这里的人们，当他们回忆那段生活的时候，听上去也依然有说不完的秘密。

接受采访的221基地二分厂技术工人赵振宇：我就跟你说最简单的吧，我加工的产品，我不知道产品尺寸，那是技术员掌握的。他叫我进多少（尺寸），我就进多少。最后加工完了，产品（内球）尺寸越来越大，我有点火了，这个产品你保密是保密，连尺寸我都不知道怎么干呢？所以（当时）保密性相当严。

画外音：其实核基地的保密程度远不止普通技术工人感受到的这些，他们还不知道，当时他们所在的金银滩，周边近 2000 平方千米的土地事实上变成了军事禁区。就是在这样的保密情况下，20 世纪初期，美国不断派遣飞机潜入中国腹地，侦察刺探原子弹基地的情报，苏联也在密切关注着研制的进展。为此，221 基地实行了更加严格的保卫措施和保密制度。

接受采访的刁有珠：221 禁区初期是 1170 平方千米。刚开始是八个哨所，八个哨点，一个哨所一个班，六号哨所是一个排，保证禁区的安全。

接受采访的赵振宇：我们二分厂大门有警卫，每个工号门前还有警卫。不是这个工号的是进不去的。

李：我听到一个说法，说如果没有通行证，鸟都飞不进去。

王：倒不是鸟飞不进去，就是有严格的保卫、保密规定。比如我在 102 核材料车间工作，车间大门有解放军站岗，出示盖有"102"字样图章的通行证才能进去。要再进入车间内的装配工号还有站岗的，出示盖有"装"字的通行证，我才能进去。

李：站岗的解放军荷枪实弹吗？

王：基本上荷枪实弹。

李：这气氛真凝重。

王：对，我们习惯了。

李：您，后来当厂长了，您那个通行证是不是可以到处走呢？

王：是，我的通行证上盖有"全"字。

李：那这个通行证您得保存好，不能丢吧？

王：当然不能丢。

李：您刚才讲了好多代号，我发现一般都有什么样的代号，比如工作内容，还有车间有代号吗？

王：车间、实验室、工号有代号，产品有代号，实验任务也有个代号。我们个别知名科学家，像著名的核物理学家王淦昌，他自从事核武器研制工作开始就取名叫王京，隐姓埋名17年，直到"文革"结束后的两年，1978年国务院任命他为二机部副部长的时候，人们才从报纸上见到他的名字。

李：其实在进入基地之前，王淦昌先生已经有很大知名度了，在这17年当中一流的学术会议的会场，包括国内国外的都找不到这个人了。

王：对，是这个情况。王老在苏联杜布纳核技术研究所任副所长时，他所领导的小组在反西格马负超子的发现方面有突出贡献，有望冲击诺贝尔奖。他回国后，刘杰部长找他谈话，转达了周恩来总理的指示精神，要调他领导核武器研制工作的时候，部长给他三天时间考虑，王老毫不犹豫当即表示"我愿以身许国"。我们的科学家和工程技术人员就是这样无私奉献，隐姓埋名为核武器的发展作出了突出贡献。

李：当时，在厂区里，大家都认识他吗？他出入的时候会不会有人关注、看他？

王：有人关注。当时为了他们的安全，还配有警卫人员。

李：我也看到资料说，就是你们亲手研制生产的原子弹爆炸成功了，全国人民知道的时候，你们却都并不是很清楚。

王：是，只有从事与产品接触比较紧密的生产、技术工作的人知道，一般的人员并不知道。我们那里是科研、企业、政府合一的单位,有青海省人民政府矿区办事处13个局。文教局下属4所中学、4所小学。这些部门的职工并不知道原子弹是从我们那儿出去的。

李：生产、技术部门还是清楚的吧？

王：生产、技术部门也不见得，有些部门也不一定知道。

李：那好像是一个汽车厂，我做的是零件，但并不知道最后它将总装成一辆汽车。

王：在当时的情况下是这样的。因为保密有规定，不该问的不去问，我只要把本职工作做好就行了。

画外音：用王菁珩的话说，从接到通知前往青海的那天开始，他和他的同事们就记住了这句话，不该问的不问。

这是一张特殊的照片，它记录了1963年3月的某一天，北京火车站里,一列装满了实验仪器和人员的火车即将启动。没有鲜花，没有欢送，而是一次秘密的远行。

20世纪50年代末至60年代初，大批科研人员、技术工人从北京的科研所，东北的军工企业来到221基地。今天我们已经很难统计出，当年究竟有多少人怀着一腔热情投入到青海高原的这个基地。但我们可以肯定，在当时他们中的大多数人并不知道自己即将从事的事业事关国家最高机密。

李：工作中的感觉是一方面，可能更强烈的感觉是在生活上，有很多人到这儿来之前，并不知道自己来的是一个什么地方对吗？

王：是这样，1960年我从北京航空学院毕业。我们四个同学毕业分配时，管分配的只说到遥远的西北核工业系统工作，具体叫什么单位，在什么地方也不清楚。到北京第九研究所报到后，干部部门领导说到"前方"去，到青海省西宁市胜利路196号报到，单位叫青海省第五建筑工程公司。在西宁休整期间，正好在招待所遇上同一个卧铺车厢到青海综合机械厂报到的同志，实际上都是一个单位，用了不同代号名称，在火车上也不敢多聊。

李：您那个时候是刚毕业的学生，孑然一身可能还好一点，也有很多工作人员已有孩子，然后从祖国各地调到这个地方来，那跟家属怎么交代？

王：调来工作的，是不能告诉他们在什么地方工作，从事什么工作。

李：跟爱人怎么交代呢？

王：告诉她，保密有规定，不该知道不知道就完了，让她理解。

李：家属应该有不少猜测，也会有一些误会吧？

王：也有。但绝大多数家属是理解支持的。

李：我听到一个有趣的故事，是说在那边日照很厉害，人晒得很黑，所以回到家里，爱人会问你是不是在煤矿工作的，有这种猜测？

王：这种猜测是可能的，因为我们那儿有青海省人民政府矿区办事处，我可能会说在"矿区"工作。加之那个地方平均海拔3500 米，紫外线很强，所以脸上皮肤晒得比较黑，就可能说你是开采煤矿的。

李：像这么多年轻学生毕业到那儿去，自己的青春时光在那里度过，找对象就只能在这个小范围解决是这样吗？

王：当时结婚是有严格规定。如果说你要在内地找，要经组织审查以后才能结婚。有一位从空军空勤部门转业的同志到上海并有了对象，当他调来基地的时候，因为女朋友家里有老人需要照顾，跟他分手了。基地初期确实有女同志少、男同志多的矛盾。基地领导很重视，到 1964 年时，从上海、北京招来高中毕业生和技校学生，充实科研、生产队伍，再加上职工医院的大夫、护士，文教系统的老师，商业局的女职工，这个问题得到较好的解决。

李：调入这些女学生去，虽然给她们安排工作，但更大的意义是解决这个问题。

王：有这个因素。

李：很多都是内部解决的。

王：对。

李：这么多人在基地生活 20—30 年，如果没有撤销，外边的人也进不去，里边的又出不来，再住下去子女再结婚也只能在内部找？

王：所以在基地有个口头禅，叫作"献了青春献终身，献了终身献子孙。"

李：变成了一个村落的感觉，自成为一个系统。

王：应该说，它是一个自成体系的封闭系统，成立青海省人民政府矿区办事处是国务院批准的，形成公、检、法、司、民政等服务于核武器研制的服务系统。

李：包括生活设施？商场、菜市场、医院、学校都有？

王：有商业局、粮食局、文教局、卫生局。

李：所有人在一个大的单位里工作，每天早上同一时间上班，厂、矿区很安静，下班又都一起回家，街上的景象就会很有规律。

王：是这样。

李：这个保密意识，我想可能不分8小时以外，回到家里，夫妻、父母、子女之间，这根弦还得绷紧。

王：已经形成习惯了，就不觉得怎么样。比如我从事技术工作，我爱人也从事技术工作，后来搞技术管理，我从事的技术工作内容，是不能跟爱人说的。

李：家里墙上要挂着"莫谈工作"。

王：倒没有这样写，实际上是这样做的。

李：这么严格的保密制度下，有没有人有意识或无意识地违反呢？

王：有，曾经有过，也受到处罚。

李：是怎么样的情况？

王：有一位职工在外谈恋爱，声张我们所从事工作的性质、地点,造成了影响。有的职工还把一些不该说的情况说给了老同学,而这名老同学的家人出了大问题,受到牵连后,受到了处罚。

李:处罚严重吗?

王:严重,判了刑。

李:判刑啊?

王:是,判了刑。

李:判几年?

王:有几年。

李:这属于不能问的吗? 如果他没有坏的动机的话。

王:如果造成了后果,从后果上来考虑,应该给予处罚是对的。特别是在当时的历史条件下,国内外反动势力时时刻刻都在乘机破坏核设施,在当时条件下,采取这样的处罚是应该的。

画外音:20世纪60年代中期,高度机密状态的221基地,为新中国研制出第一颗原子弹和氢弹,这两颗核弹的爆炸成功,向全世界宣布中国已经拥有了自己的核力量。从那个时候开始,先后完成了16次核试验,为我国核武器研究和发展奠定了基础。

1984年,王菁珩成为二二一厂新一任厂长,但他没有想到,就在他任厂长的第3个年头,收到了来自中央的一个机密文件,文件内容是:根据国际形势和我国军事力量的发展需要,中央决定撤销二二一厂。

李:人员的安置是一方面的工作,但这毕竟是一个核工业基地,走了之后,这里要留下一片厂房和环境,将来,来这里的人,都要保证他们有一个安全的好场所，怎么来做？

王：这是我们厂撤销的一项重要工作——核污染设施的无害化处理。厂房、设施、放射性加工的设备等经我们认真去污清理，通过剂量监测，达到技术标准后才能对外开放。我们还挖了一个大的填埋坑，含低放射性物资，如手套、口罩等在那儿掩埋，这个地点现在也对外开放了。

李：好像高放射性物资，加工车间的墙皮都刮下来厚厚一层。

王：对，放射性工号墙皮要刮掉，附在下水管道的炸药要焚烧掉，分类进行处置，通过了国家验收，221人为基地的移交最后画上了一个圆满的句号。

李：我想随着地下指挥中心的开放，这个新闻发布出来，很多在这儿工作过的同志通过媒体看到，大家会不会重新燃起一种回去看看的想法？

王：会。原来在厂区工作的人员，并不一定知道有个地下指挥中心，当然开放了，如果他身体好，他会有机会去看看。

李：您觉得随着地下指挥中心的开放，会不会成为当地一个旅游热点？

王：会引起人们的关注。过去那么神秘，保密性那么强，还有一个地下指挥中心，想去看看它的实况，究竟怎么样？

李：成为一个旅游热点，可不可以说也算是这个基地给当地的一个回报？

王：我觉得青海省海北州海晏县，在我们整个基地建设发展的 36 年里，作出了很大贡献和牺牲，首先他们把最好的金银滩草原划为国家禁区，作为核武器研制基地，迁走了 1279 户牧民。其次，由于基地保密需要，省、州、县对这个县的经济发展规划和建设也都受到很大制约，从这个意义上说，省、州、县为我国核武器研制和发展作出了贡献，我们不应该忘记他们。

李：您，经历了这么多，怎么看待这三十多年?

王：我觉得应该说无怨无悔，不管怎么样，也为祖国的核事业，做了一点自己应做的工作，我感到很欣慰。

221 基地体制机构的演变

221 基地——我国第一个核武器研制基地（二二一厂），坐落在青海省海北藏族自治州海晏县金银滩草原。曾为我国原子弹、氢弹的研制，第一代核武器的研制，批量生产装备部队，作出了历史性贡献，是发展我国核武器首先立功的地方，是"两弹"精神的摇篮。

1964 年 3 月 2 日，二机部九局、北京第九研究所、国营综合机械厂合并组建了第九研究设计院和 221 研究设计分院。九院院长、代理第一书记李觉，分院党委书记由九院第二书记刁筠寿兼任，分院院长是李信。分院下设理论部（在北京）、实验部、设计部，第一、二、三生产部等。

1965 年 2 月 15 日，二机部党委为加强领导、精简机构、减少层次，又将 221 分院与九院合并。221 研究设计分院存在不到一年时间。

1965 年 9 月 9 日，在九院内又成立二二一厂党委。九院党委副书记、第一副院长吴际霖兼任厂党委书记，内设机构又重新纳入二二一厂党委领导下。

1965年10月20日，四清工作开始，成立国营二二一厂四清分团和分团党委。下设理论部（在北京）、实验部、设计部，第一、二、三生产部等工作队。

可以看出1964年3月2日至1965年2月15日，局、所、厂合并，成立了九院和221分院。1965年2月16日至1965年9月9日，分院又合并到九院。1965年9月10日至1974年1月1日，再次分为九院、二二一厂。可以说，是合中有分，分中有合。"文革"期间也是如此，不管是分还是合，内部管理机构只有一套，党委名义上有两个办公室，分管院、分院（厂）党委日常工作。经与原办公室的丁毅、缪仲甫回忆，实为院、厂两块牌子，两套领导班子，一套机构，一人管两家的印章。

1964年年底，在221基地，九院派出一支六七十人的队伍，开始在四川、贵州的三线选址。经半年的考察、勘测后，决定把中枢机关定在四川省梓潼县长卿山南麓的山脚下。

1965年4月3日，在221基地成立了902基建指挥部。九院第二书记刁筠寿任书记、总指挥。开始了代号为"902工程"的核武器研制新基地建设。

1965年5月，中央批准了九院的选址——902基地。

1969年，902基地正式启用。九院大批职工搬迁902。

1974年1月1日，221基地的院、厂正式分家。院、厂二家分别成为核工业部军工局下属的两个正局级单位。

　　直到 1990 年，中国工程物理研究院离开核工业系统，成为副部级计划单列单位。所以说从 1964 年 3 月 2 日到 1974 年 1 月 1 日（"文革"期间也是一样），院、分院（厂）同是一家人，一套机构，两块牌子。正如李觉将军所说："我到哪里，九院（局）就在哪里。"在 1984 年，国家颁发的"原子弹突破和武器化""氢弹突破及武器化"国家科学技术进步奖特等奖，分别发给了九院和二二一厂。所以，在 1974 年 1 月 1 日前，用小写的数字 221 或 221 基地，包括了九院、分院（厂）。其后就用大写的数字二二一或二二一厂。

221 基地历届主要领导

1. 青海第二机械实验厂筹备处（1959.1.12—1959.6.25）

书记：李觉（青海省委常委、九局局长兼），副书记：徐步宽

2. 青海机械厂筹备处（1959.6.25—1963.5.9）

书记：徐步宽，主任：李信（1959.6.25—1961.4）

书记：赵敬璞（九局书记兼，1961.4—1962.10 离职休养），副书记、主任：李觉（副书记、九局局长兼），副书记、政治部主任：徐步宽（九局副书记兼），政治部副主任：张有才，副主任：李信、乔献捷（九局副局长兼）、彭非、刘志民、崔银茂、肖光、王志刚（以上为党委常委）

代理书记：李觉（九局局长兼，1962.10—1963.5.9），副厂长：王志刚、乔献捷、李信、彭非、李英杰、徐庆宝（以上六人1963.2.27 任命）

3. 国营综合机械厂（1963.5.9—1964.3.2）

代理第一书记：李觉（1963.5.9—1964.3.2）

第二书记：刁筠寿

副书记：吴际霖

4. 九局、北京第九研究所、国营综合机械厂合并，成立第九研究设计院、221研究设计分院。分院下设理论部（在北京）、实验部、设计部，第一、二、三生产部等（1964.3.2—1965.2.15）

九院代理书记：李觉

第二书记：刁筠寿

副书记：吴际霖

九院院长：李觉

第一副院长：吴际霖

副院长：郭英会、王淦昌、郭永怀、彭桓武、

马祥、乔献捷、彭非、朱光亚

221分院书记：刁筠寿（兼）（1964.3.2—1965.2.15）

副书记：吴丕恩

221分院院长：李信（1964.3.2—1965.2.15）

副院长：陈能宽、李英杰、徐庆宝，田子钦、

聂怀德（后面二人1964.7.22任命）

建筑设计分院院长：李力

书记：姚军山

5.221分院与九院合并为九院（1965.2.15—1974.1.1）

九院书记、院长：李觉

第二书记：刁筠寿

副书记：吴际霖、吴丕恩

常委：李觉、刁筠寿、吴际霖、吴丕恩、王志刚、

马祥、李信，郭英会、袁冠卿、朱光亚

（后面三人 1965.9.9 任命）

第一副院长：吴际霖，副院长：郭英会、王淦昌、郭永怀、彭桓武、

马祥、乔献捷、彭非、朱光亚、李信、陈能宽、徐庆宝（后面三

人 1965.2.27 任命）

九〇二基建指挥部（1965.4.3—1968.1）

书记、总指挥：刁筠寿（兼）

副书记：苗兆瑞、徐杰、袁冠卿、刘志民、吴法周

（后面三人 1965.9.9—1968.1 任命）

副总指挥：袁冠卿、李英杰、马祥、刘子明、姚均山、李力

6. 九院二二一厂（1965.9.9—1967.3.4）

书记：吴际霖（九院副书记、第一副院长兼）

副书记：王志刚、史克胜

四清工作分团团长：刘西尧（二机部副部长兼分团书记）

（1965.10.20—1967.3.4）

副团长：李觉、戈克平、申居昌、李戈、李毅（1966.3.4 任命

为分团副书记兼常务副团长）

7. 实行军事管制（1967.3.4—1968.1.1）

中央军委派出军管组组长：贾乾瑞（1967.3.4—1967.5）

姚光（1967.5—1968.1.1）

撤销第一、二、三生产部，成立一、二、三、四分厂，交通运输处、机械动力处

国防科委接管九院、二二一厂（1968.1.1—1973.2）

启用中国人民解放军总字八三九部队番号（1968.1.1—1973.2）

8. 国防科委派出军管组组长：王俊峰（1968.7—1968.9.17）

厂革命委员会成立（1968.9.17）

主任：王荣

第一副主任：董仁

副主任：徐超

九院临时小组成立（1968.9.22）

肖泽泉、王荣、武世鹏、李月坤、王俊峰、朱光亚、刁筠寿

九院二二一厂（1968.9）

厂长：徐超

政委：吴世俊

二二一厂党的核心领导小组（1968.11.6）

组长：王荣

成员：董仁、徐超、龚幼卿、吴北针

九院院长：王荣（1969.11.1）

政治委员：肖泽泉

副政治委员：刁筠寿

副院长：董仁、李英杰

九院院长：朱玉荣（1969 年 12 月初）

政委：姚陆

厂启用中国人民解放军兰字八三九部队番号

（1970.12.9—1973.2）

中国人民解放军二二一厂（1970.12.9—1972.5.31）

中国人民解放军第九〇八厂（1972.5.31—1973.2）

9. 中央工作组（1969.11.28—1971.9.13）

组长：赵启民

副组长：赵登程

九院，临时党委成立（1970.2.17）

书记：肖泽泉

副书记：王荣

常委：朱光亚、董仁、刁筠寿、李月坤、胡毅

（1973.2 九院、二二一厂划归二机部领导，1974.1.1，院、厂
正式分家，院迁往四川）

10. 国营二二一厂（1974.4.19—1994.6.15）

中央联络组组长：梁步庭（1974.2.20—1975.11.8）

副组长：赵振清、刘书林

临时党委书记：梁步庭（1974.9.16—1977.8.5）

副书记：刘书林、董天祯

革委会主任：刘书林

副主任：胡深伐、梁士超、王健、苏耀光、李颖春、
白东齐、谢平海、郭宗仪、刘秀洪（女）

临时党委书记：刘书林（1977.8.5—1977.10.17）

副书记、革委会主任：胡深伐

副书记：郑祖英

副书记兼政治部主任：梁礼秀

革委会副主任：董天祯

革委会副主任：魏孟川

书记：刘书林（1977.10.17—1982.8.25，1978.8.5 撤销革委会，实行党委领导下的厂长负责制）

副书记、厂长：胡深阀

副厂长：苏耀光、白东齐、董天祯、谢平海、

魏孟川、刁有珠、高光祥、陈家圣、郑哲、丌瑞云（其间，谢海平调回上海，魏孟川调任矿办工作）

副书记：郑祖英、王健、梁礼秀

书记：郑祖英（1982.8.25—1983.8.31）

副书记：刁有珠

总工程师：苏耀光

书记：刁有珠（1983.8.31—1984.10.5）

厂长：白东齐

总工程师：苏耀光

矿办主任：刘庆隆

副厂长：王菁珩、董天祯、陈家圣、高光祥、郑哲

总会计师：叶定松

厂长：王菁珩（1984.10.5—1993.5.23 实行厂长负责制）

书记：张秀恒

矿办主任:亓瑞云（1986.3,调至天津工作,厂长兼任矿办主任）

副书记：高桐淮

副厂长：吕义晋

总工程师：陈家圣

矿办副主任：曹登实（以上人员均为党委常委）

总会计师：叶定松

副厂长：任春泽、蔡金生、孙铁柱、丛洞一

（暂缺青海省人民政府矿区办事处历届主要负责人名单）

参考文献

［1］梁东元.596 秘史 [M]. 武汉：湖北人民出版社,2007.

［2］梁东元 . 原子弹调查 [M]. 北京：解放军出版社,2005.

［3］本书编辑委员会 . 朱光亚院士八十华诞文集 [M]. 北京：原子能出版社,2004.

［4］当代中国丛书编辑委员会 . 当代中国的核工业 [M]. 北京：中国社会科学出版社,1987.

［5］国防科学技术工业委员会科学技术部 . 中国军事百科全书核武器分册 [M]. 北京：军事科学出版社,1990.

［6］降边嘉措 . 李觉传 [M]. 北京：中国藏学出版社,2004.

［7］聂力 . 山高水长——回忆父亲聂荣臻 [M]. 上海：上海文艺出版社,2006.

［8］解放军总装备部政治部 . 两弹一星——共和国丰碑 [M]. 北京：九州出版社,2001.

［9］宋任穷 . 宋任穷回忆录 [M]. 北京：解放军出版社,1994.

［10］核工业神剑文学艺术学会.秘密历程[M].北京:原子能出版社,1993.

［11］中国核工业总公司.中国核工业四十年[M].北京:原子能出版社,1995.

［12］中国核工业总公司.毛泽东与中国原子能事业[M].北京:原子能出版社,1993.

［13］理查德·罗兹.原子弹出世记[M].周直,夏岩,译.北京:世界知识出版社,1990.

［14］约翰·W.刘易斯,薛理泰.中国原子弹的制造[M].李丁,陈旭舟,傅家祯,叶名兰,高晓松,译.北京:原子能出版社,1990.

［15］"两弹一星"历史研究分会."两弹一星"历史研究创刊号[J].2008.

［16］"两弹一星"历史研究分会."两弹一星"历史研究[J].2008(2).

［17］政协青海省海北藏族自治州委员会文史资料委员会.海北文史资料选辑第三辑[M].1997.

［18］国营二二一厂厂志编辑委员会.国营二二一厂厂志[M].

［19］李鹰祥."两弹一艇"那些事[M].北京:中国原子能出版社,2013.

［20］任益民,胡思得,王菁珩等口述,侯艺兵,曹治炜访问整理.亲历者说"金银滩传奇"(上、下)[M].长沙:湖南教育出版社,2018.

后 记

我作为中国核武器研制基地的最后一任厂长，亲身经历了：集结队伍，艰苦创业；草原大会战，突破原子弹、氢弹；16次国家核试验和两次常规武器试验；"二赵"破坏，医治创伤；企业转型，批量生产；保军转民，厂的撤销几个重要的历史阶段。经受并战胜了苏联背信弃义毁约停止援助和三年严重自然灾害造成的巨大困难；经受并战胜了十年动乱期间林彪反党集团对我厂职工队伍和科研生产的严重破坏；经受并战胜了厂的撤销给职工心灵带来的巨大冲击和考验。在厂三十六年的历程中，时时都闪烁着"两弹一星"精神的光辉，特别是在中央下达决定厂撤销的决策和实施的过程中，我们是怎么做的，职工又是如何忍受着心灵的阵痛，服从国家战略调整，无私奉献，完成好三大任务和国家特、急、险的"864工程"任务。对历史有个交代，这也是我的历史责任。

在这样一个为我国核武器发展作过重要历史贡献的基地、我国核武器发展的摇篮，早期，我只是一个普通技术人员，所接触的面实在有限，写好这段历史确实太困难了。更何况有关我国原子弹、氢弹突破的文章和影像资料太多了，我只能以基地发展大事为主线把自己所经历的事件、事情从我的记忆里记录下来。

本书的叙述，第一是力求在保密的条件下，比较准确、真实地勾画出这段历史。第二是力求把基地的建设、会战、国家核试验成功……放到核工业内与核工业的发展内来写。实际的情况也是 221 基地的每项试验成功都与核工业的发展和成就紧密联系在一起。在 1964 年 2 月前，221 基地是九局下属的青海第二机械实验厂筹备处，第一任临时党委书记是李觉。1964 年 2 月，局、所、厂合并为第九研究设计院，第一任院长是李觉。下设 221 研究设计分院，分院党委书记由九院第二书记刁筠寿兼任，分院院长李信。在 221 分院内设设计部，实验部，第一、二、三生产部等。直到 1965 年 7 月院的组织机构才明确。理论部、设计部、实验部，第一、二、三生产部又直属九院。1965 年 9 月，九院 221 研究设计分院改为二二一厂，九院副书记、第一副院长吴际霖兼二二一厂书记。但院、厂都是军工局下属两个单位——第九研究设计院和二二一厂。20 世纪 90 年代，第九研究院离开了核工业系统。所以在 1964 年 2 月前，我使用 221 基地和青海省综合机械厂，不同历史时段分别使用了 221 研究设计分院、九院二二一厂、二二一厂来叙述这段历史。二二一厂撤销后，原二二一厂被命名为国家级文物保护单位、国家爱国主义教育示范基地。新闻报道多以我国第一个核武器研制基地在宣传。第三是力求全景式地写221人。从领导到科学家、科技人员、干部、工人等；从科研攻关、试验、生产到思想政治工作、后勤生活保证以及221人感情生活等方面。不仅要展现"两弹一星"的光辉精神，还有221人敦厚、淳朴、善良、诚信的情感。第四是力求表现三个重要历史时期九局、院、厂领导班子在基地创建，原子弹、氢弹突破，16次国家核试验中艰苦奋斗、团结拼搏、开拓创新的团队精神。中央联络组贯彻"北京会议"，消除派性、增强团结、落实政策，恢复科研生产、核武器的批量生产，务实、果断，卓有成效地工作。以及厂撤销时期党、政、工、团精诚团结、通力合作，实现了厂撤销的软着陆。

由于经历、水平有限，有许多事情未能一一详述，难免有不足之处，衷心希望同志和读者批评指正。

感谢刘书林、李鹰翔、尤德良、杨中英、杨志平、隋勇、高同槐、张德祥、黄克骥等同志的热情支持，对书稿提出宝贵意见。感谢陈卫平、张德祥对文字修改付出的辛勤劳动。感谢中核集团档案馆的房红、熊伟在查阅档案、文字排版上给予的帮助，以及核工业二二一离退休人员管理局、6916厂以及我的家人给予的支持和帮助。

本书是在《金银滩往事——在我国第一个核武器研制基地的

日子》和第二版《铸剑》一书的基础上补充修订的。这次再版做了较大调整和补充，除对原书进行勘误外，又增加了不少新内容，特别是补充了221基地历届主要负责人名单。

第一稿，2009.8.15

第2次再版，第二稿2016.7.15

第3次再版，第三稿2019.1.2

第4次再版，第四稿2021.1.31

2022.7.15对221基地历届领导整理修订